生活在江西

朱強著

自序

一幅畫的內部擁有無數細節，一個地域的文化也是這樣，需要有無數細節參與；惟其如此，它的形象才有可能鮮活、逼真起來。有些細節你接觸它，感覺器官始終是閉合的，天生無法觸摸到，最終，被忽略了。而記住的，永遠是你較為敏感的部分。蒙娜麗莎的微笑僅僅是一個很普通的微笑，從蒙娜麗莎的眼睛透發出的一束束光線中，有一些憑藉你的感官根本就沒辦法捕獲到，但有一些卻流到了你的眼睛裏。這樣一來，因為每個人都有一雙屬於自己的眼睛，意見自然就出現了分歧，有些人覺得它笑得舒暢溫柔，吹面不寒楊柳風；有人卻覺的她的面上蒙著一層憂傷，甚至還有人覺得她的微笑中帶著譏嘲和揶揄的成分。

這麼說，即使是最人工化的東西，當它出現之後，都將成為一個很客觀的體。因為每一雙眼睛裏都可能存在有一個屬於自己的哈姆雷特，我們向來沉湎於自己所能看到的這個哈姆雷特中。對於這個單一的形象，既可以說成是一個欺騙，也可以說它豐富了原先事物的意義。就像拿著相機拍照的那個瞬間——你看到的不是風景，而是自己，隱蔽在身體裏的那個審美喜好，哢嚓一聲，輕易就被曝光了，因為個人的審美喜好，一道風景線多半被拉伸，扭曲，效果完全失真。儘管如此，我們依然要感謝鏡頭所帶來的局限，正因為它包含的永遠只是風景裏的一個片段，是這些片段，使鏡頭裏出現了千萬道的風景；或者說，是因為每個人感覺上的細微差別，簡單的空間才有能力變成一個大千世界。

面對江西這塊土地，我們每個人的讓鏡頭截取下來的，也僅僅是畫面的一小片。你不要認為這一小片風景如何垂青於你——心甘情願地讓你捕捉到。不是的，那些對你開放的，也正是你對畫面最感興趣的部分。你之所以收穫，是因為你自己性格裏的某一些特質所造成的。面對風景，每個人感興趣的點都不一樣，在張三的眼中，江西所呈現出來的色調很可能是大片的紅，紅米飯，南瓜湯，表現出的完全是革命老區的氣質。但另一個人看到卻是肆意橫流的綠，井岡山，龍虎山，三清山，阡陌稻田，田園和山林中的綠像衝破韁繩的犀牛，莽撞而富足野性。當然，紅與綠也僅僅是某一部分人眼中的色塊，譬如你也完全可以把江西說成是素色的，「素」這個顏色根本就不起眼，在紅與綠之間，它很可能被溜過去。但我看到的江西就是這樣一種活生生的素色，我沒有必要附和任何一種人——說我也看到了他所看到的顏色。一個天生對素色敏感的人真的沒有必要強迫自己把眼前事物說成是紅的、或者綠的。

現在我試圖把我的感覺真實的呈現給大家看。說實話，我確實沒能力把江西的大觀給勾畫出來；如果能夠的話，那麼我勾畫的永遠是個假像。因為我書寫的，僅僅是寄存在我身體裏的那些關於江西的零碎事物。那是一些被局限了的，甚至帶著私心的東西。但於我而言，它卻是一個個巨大的真實。在這個真實的版塊上，這幾年關係到我個人的座標在紙上逐一得到落實，當我在紙上看到這些素色面孔：或因為泡桐花的香味而陶醉不已，或為尋找一本書而跑遍全城的街巷，簡直是一位訓練有加的密探，或在某個公交月臺傻等，結果卻因為發呆而錯過了最末的一趟班車——懲罰當然就是步行好幾裏夜路。或因為聞到某個女孩子身上的異香，煞費苦心的追求，結果求之不得，寤寐思服，頗有點像《詩經》裏男女的再版。這些素色的事物像一面面鏡子，讓我看到這些年來一直穿一個素衣，懷一枚素心的自己。

但任何一個自己都是在時刻變化著，我們既期望自己變化，對於現狀，大家總有點不滿足；同時又對變化前的這個「我」分外留念，總覺得變化之後，「我」會因此少去什麼，於是文字自然就成為了種種告別的儀式，人們設法把許多已經成為過去式的東西儲存到紙上，在這個儀式中，過去「我」的意義被一筆一劃地加深著。因此每讀一次自己搗鼓的玩意，那些片段在腦海中的印象就被加深了一次，於是個人史最終就成了一些被剪切的片段，而那些沒有來得及記錄的事件就慢慢消失了；文字很少不存有私心，無形中它讓一些東西保留下來，然後讓另一些東西無辜地消失掉。有時你面對自己寫的一大堆東西十分尷尬，你設法丟開文字，憑藉零星的記憶去恢復以往的那個「我」，但經驗告訴你——那個「我」是無論如何也找不到了。因為文字已經把你的思路徹底打斷了，所以說，這一本書於我而言，是懼怕再讀的；我害怕自己的過去——被這些文字無情地給篡改掉。

說實話這組文字也耗費了我不少心血；為伊消得人憔悴不算，它還讓我壓根沒有時間去追我傾慕的女子。坐冷板凳好好寫本稿子大概在十年前就有打算，那個時候覺得寫字是種榮耀，這個榮耀最早是從贛南師院的一個老教授贈書給我爸這件事上體會到的，當時老教授在一本關於「贛南革命」的書上鄭重落款——言××惠存，這讓我覺得寫書人的姿態十分高蹈；寫書人把一冊自己的著作遞出去，炫耀了自己不消說，還讓對方由衷地發出敬佩，這個動作和其他炫耀自己的方式比較，最大的好處是不會讓人覺得有什麼造作。

現在寫書的願望還和以前一樣強烈，之所以那麼強烈，原因是夙願未償。加上寫字本身也和吸鴉片一般，一旦上癮就欲罷不能，吸鴉片也是一種讓內心得到平衡的方式，只不過這種平衡多數是暫時的，接下來它會給你帶來的是更加嚴重的失衡。可是每當此時，寫作者往往措手無策，只好再拿文字去與這種失衡抵死對抗。

書名也是困擾我的難題；就像孩子好容易生下來卻開始為取名字而苦惱。「無法割捨的素色塊」多少還是謙其風雅了點，倘若能真風雅一把也好，至少能夠讓市面上氾濫成災的假風雅汗顏。面對複雜多元的江西，我只截取了當中「素」這個色塊，我對於這種色調的敏感程度，說心裏話確實要遠遠超過其他。但顧慮同樣也在這張素色的紙上，墨那麼釅，這讓寫字的手腕不由地會緊張起來。一旦出現敗筆怎麼辦呢？就像穿白襯衫總是要謹小慎微，沾一點灰塵就很難看。幸好，這僅僅是一些信箋，當然信箋未必只寫給特定的朋友看，許多的信箋後來都公諸於眾了，寫作者恐怕也不是不清楚這個事實；並且有很多老早就想過把自己的信箋結集出版。所以信箋這個稱謂也只是給自己提供一個強有力的心理暗示，它只限於當下的意義，過後這個意義就完全喪失了，因為沒有誰能夠保證裝在信封裏的書信不被第三者看到。目前它的存在，只是要讓書寫者的筆變得輕鬆瀟灑起來，偶爾寫錯了字，塗抹幾筆也不打緊。

感謝秀威的同仁讓這本稿子有機會與讀者見面，另外還要感謝我爸媽，三歲時候我爸教我讀背唐詩，別以為三歲的兒童理解能力太弱，更不要以為幼年記住的東西現在多半忘卻；知識未必要吃到肚子裏去，有時它所提供的，僅僅是一個外在的牽引力。一種新知識能夠很好的陶冶你，成就你的氣質，讓你不自然地朝著某個方向一路走下去，事情總是一環扣著一環，以至於將來的許多事，早早就已經有了安排。

我媽這些年來一直為我洗衣做飯，我閱讀的第一本文學書就是她給我買的，可是時間不停地在我們的身上增加砝碼，它讓我逐日的變健壯，而我媽的容顏卻殘忍的被時間磨損著——漸漸黯淡。文瑞與清安先生都可以被稱作江右的名士，自古做名士條件繁多，既要博學多才，又要相貌瀟灑，還要有一段不隨人維阿的氣質。這些年來我與他們亦師亦友，許多扇天窗都是他們為我開啟的。段曉華與姚雪雪女士、張宗子先生，在我看來，他們的頭頂永遠籠罩著一頂神聖的光輝。他們把我引到文學的路上，手把手地朔造我，栽培我，使我在相對喧囂的大環境中棲守著這方寧靜，另外還有好朋友楚容，因為她的素心，讓我看到了素色在現實生活中的巨大意義。

是這些可愛的人使這本書能夠一頁一頁地寫下去。要知道感恩絕不是一種負擔，從感恩中你可以獲取快樂，當你發現身旁有那麼多需要你去感恩的面孔，你會發現你的世界從來都不缺少愛，從來都不缺少一個幸福的人所擁有的任何一樣。

一本小書多有紕漏，請讀者指正，是為序。

壬辰年清明南昌

目次

003 自序

第一輯 天時

013 躲春
017 三月七日
023 清明
033 採藥
037 記病
044 秋藏
048 立冬記
055 釣夢
059 小寒
064 雪屋
068 與年有關
075 單身史記

第二輯 地理

085 贛州行書
092 青雲譜的隱者
100 ××書舍

109 遺傳
114 野學堂
121 花園塘一號
126 七路夜行車
129 站臺・舞臺
135 車廂外
138 墩子塘・四路公交
144 省府大道
151 大士院

第三輯　博物

161 景德瓷
173 啟蒙讀物
186 鄉音
192 古泉
196 舊物
199 同學
213 烏紗帽
218 青絲
224 茶酒藥
235 江西菜
239 無關嘴饞
243 年味
248 過塘蛇
252 靜物瑣記
271 後記

第一輯　天時

天時近乎道，視乎冥冥，聽乎無聲，但卻隱蔽地發揮著巨大的作用。它像一個玉指芊芊的彈奏者，許多奇妙的音律在它的撥動中瘋長。它樣子有點像垂簾聽政，內部傳出一道旨意，只見外面草木發生，風雨大作。在江右，你隨處可以感受到天時的存在，春天，街道兩側的香樟抽吐新綠，湖邊的細葉榕撐開巨大的樹冠；這個巧匠在江右的調色板上隨意地攪動著，各種顏色浮現。因為它的氣質溫文爾雅，這地方的氣候，草木，人的性格都與水套上了關係。譬如別處很簡單的一個夢，這裏卻牽扯到睡眠之河，「做夢」於是變成了「釣夢」。

躲春

事情一走極端便容易落到反面，現成的例子就有「樂極生悲」、「否極泰來」這類詞語。在古希臘的許多神話中，這個現象也十分普遍，明明是一個神的扮演者，可是因為神的角色扮演得太好了，結果卻出乎意料的變成了魔。再比如女人不能長得太美，太美了就讓人聯想起女妖精，判斷鬼蝴蝶的依據不在於它有多醜，而在於它的雙翅花紋是否繁複豔麗，是否容易迷惑人的雙目。相類似的例子還有呆頭呆腦的人卻擁有的著大智慧，總之，這樣的例子不勝枚舉。

春天在歷史上已經被美化得無以復加，即便兒童在紙上表現春天的方式也是千篇一律：紅色和綠色的兩支筆堆疊出大片的色塊。這些色塊相互擁擠，春天很輕而易舉地就被招呼出來。不僅如此，兒童作文簿上的春天也是小草如何鑽出泥土，山丘如何變得朗潤，水如何的碧油起來；即便要讓春天與一株朽木發生的關係的話，那也是枯死的老樹在春的作用下如何被喚醒。

不只是土地，哪怕一塊石頭，一溜臺階，一片瓦，一角天空在春天都會把表現的欲望放到最大。再荒蕪的土地這時候也會讓自己吐出一點什麼，或者是一朵菌子、或者幾棵野花、一片雜草，總之不能讓自己兩手空空。

讓春天生長起來的原因說起來大致有兩種，一種是土地被冬天壓抑得太久，需要好好地發洩一下；另一種是土地間互不示弱，在制奇花異草的時候都設法把對方給比下去。但不論哪種說法，至少說明春天擁有著強大的生殖力。它讓細胞的分裂達到一種近乎瘋狂狀態，譬如一粒種子在春天給自己樹立起來的一個理想，便是攀及天空的雲。可是，隱藏在地裏的這些巨大能量，讓我們心存感念的同時——無端的，也讓我們對它產生了懼怕。

許多人之所以覺得春天可怕，是因為它本身可敬，也就是平常所說到的敬畏心理。還有一種人，感覺到自己的命脈很弱，而春天，完全是毫無邊際的，它擁有一個巨大的場。這些命脈很弱的人，面對這個巨大的場，容易被它擊倒。就像小時候我外公說他父親撿了金子，因為算命先生早就說了他命很薄，薄過紙。所以撿來的金子就不能急著收起來。為了不使金子失去，必須先拿雄雞的血來祭拜一下。

長期以來，我們已經習慣這種事物之間的對稱法則。這個「對稱」——便意味著事物並不是以單一的形式出現；譬如你看到了陰，那麼就一定會有陽，並且陰和陽還要對等，不對等就會出現問題。在世俗婚姻中，我們很強調門當戶對；人與自然的相處也十分強調這一點，譬如人丁興旺的人家，在立春這一天就可以把聲響弄得很大，以表示對於春天到來的喜悅心情。聲響製造得越大，這一年就越興旺，而一些寒門小族，或者遇上太歲年——那麼就盡可能的做到不聲張；最好是能夠躲起來，要麼就乾脆把衣服穿成反面；因為面對春天這個龐然大物，他手上力量不足。就像一只盤子，沒有抱穩就很有可能被打碎。這麼說來，事物之前是那個事物，現在還是那個事物，它並沒有變得更好也並沒有變得更壞。譬如春天，本來就沒有好壞之分，所謂的否與泰，福與禍，其實關鍵都還在於你怎樣看——原來的那個對稱的狀態，現在是已經被破壞掉了，還是又被重新找到。

我小時候被陰陽先生直接劃到需要躲春的這個行列。那個躲可是真的躲，並非敷衍了事。人被鎖在一個漆黑的屋子，那個屋子的面孔到現在我也沒法忘記。它伴隨我出生。印象最深刻的是它淺綠色的天花板，地板被紅油漆刷過一遍。開始只有我爸媽在上面踩，後來又多出了我在上面踩，紅油漆就這樣一遍一遍地被踩得脫落了。躲春的時候這一切都是看不見的，眼睛裏上下一片漆黑，每年立春的時候，其實天地之間到處都是冷風，那時候你還看不到桃紅柳綠，嗅不到春天的氣味。躲的其實並不是春，而是光。窗子外的白光被我們直接當做了春天。所以簾子不僅要足夠厚，還要足夠寬大。能夠堵住視窗，這樣春天就沒法找到我。因為我爸媽很愛我，為了保證事情萬無一失，每年立春都讓我躲在這個屋子裏，所以我對於春天的記憶是從黑色開始的，就像植物對於春天的記憶也是由黑色的土壤開始。那個時候我並不知道懼怕，因為春天並沒有給過我疼痛的經驗。是我父母，確切的說，是陰陽先生，在我周圍製造著一種神秘的氣息，教會了我怎樣去對事物產生恐懼。

一部分人恐懼春天的原因並不是出於單純的敬畏，對於他們來說，春天並非創造，而是在破壞。春天的能量足夠巨大，並且這種巨大的能量並不好把握。它就像一頭從來沒有被馴服過的獸，無時無刻不在給人造成著一種不安全感。

春天強大的生殖能力，同樣讓我們想到女人。女人在很早以前也被當做神來看待，譬如最早雕刻在石頭上的那些生殖崇拜的圖案就是很好的例子。雕刻家有意識的讓生殖器、乳房和臀部變得十分的碩大。每逢婦女分娩的時候她所在的部落還要舉行隆重的祝禱儀式。在原始社會，大家對於生殖都表現出巨大的熱情，後來女人的這種創造新生命的能力直接妨礙著某些人的利益。這些人為了鞏固自己的權利，於是就要設法把這種恐懼感給擴散開來。他們要讓大家對分娩的女人變得不敢靠近，於是使出最陰毒的手段，有意的詆毀她們，說她怎麼的污穢不堪。譬如婦人懷孕生了男孩，那麼她就將不潔淨至少七天，生了女孩的話又得不潔淨多久。總之必須找到一個理由，讓大家疏遠她，讓她自己的這種優越感徹底的粉碎掉。

某些人對待春天的態度也是這樣，他們一方面感覺春天充滿了神性，另一方面又生怕春天這種強大的力萬一控制不好將顛覆自己的勢力。所以不妨做得保守一點。即使了無生氣，也別添出什麼亂子來。可是事實上，只要春風春雨一旦橫掃過來，地上的各種植物就發了瘋似地將向上猛竄，它們不再受到任何勢力的干擾；春天說有意要讓大地動盪起來，讓雷聲在昏睡的人面前響幾下。然後用力地在地上攪動一番，於是一片紅的，一片綠的就明亮起來，讓人看到新的秩序與希望。

三月七日

三月七日對我而言，至少在那個春天是一點感覺也沒有，它和三月六、三月八一樣，乏善可陳，像一張在季節中找不著五官的面龐——扁平而蒼白，是一張素淨的紙，缺乏亮點，吸引不了我的眼球。而對於江西這片廣袤的土地，毫無疑問，在歷史上，三月七日肯定不是我所想像的那般寂寞，曾經它也誕生過許多值得記錄的事情。不過這些歷史記憶與我無關——它們遊離在空中，逍遙自在。

說老實話，三月七日真正讓我觸摸到，完全來源於蘇軾的一首《定風波》，在這首詞的開先，有這樣一段話：三月七日，沙湖道中遇雨，雨具先去，同行皆狼狽，餘獨不覺。已而遂晴，故作此。我對這樣的意境似乎有種先天性的好感。事後，我認為這個意境完全是由三月七日一手捏制而成的，所以，從那時起，對三月七就有一種無以言傳的喜歡。

然而，事情總是那樣的不巧，那一年正對上我的高考。案頭的教科書像鐵盤一樣笨重，試卷如驚鴻的羽毛撒落而下。很恐怖，三月七被封藏了起來，我臉上的委屈沒有誰能看得見，各種化學元素與數學符號堆在那裏，真不知道該把它比作陳死人的白骨還是比作機器上的零件誰要好。總之，三月七日就被活生生地壓在下邊，並且一壓就是好幾個月。當時我騰出一個很大的紅木書櫥，之前裏面除了擺放各種版本的古籍，還有類似於《查泰萊夫人的情人》這樣的西方禁書。可後來我都將它們統統請了出去，裝箱，貼上封條。因為如不這樣做，我的高考很可能就會一塌糊塗——它們每日誘惑我，給我拋著媚眼，讓我整顆心都陷進了裏邊。空蕩的書櫥，後來開始有新的主人入住，它們是案頭無法再堆下去的參考書籍，以及我的考試文具。那會兒，我完全無暇去想念我的三月初七——這一個我尚未謀面的情人。

我骨子裏的迂氣就時常見於這種自欺的行為上——你不知道芟除花葉之後，會導致植物的根系更加龐沃，到明年春天它的勢力很可能就會反撲過來。使你迷戀它，而陷入無可自拔的地步？

同年九月我離開故鄉，去一個很生疏的城市，開始了我的大學生涯。走之前，我在城北轉悠了一圈，在過去我熟悉的園子裏找來偏僻的一隅。我把自己身上偽裝得很有些雅氣。儘管這些小動作只是名著中人物的翻版，但假戲真做也算是彌補了某些遺憾。我找來一小塊青瓦，薄薄的，略呈拱形。掏出鑰匙在上邊留下兩道刻痕，然後將它埋在水塘邊的竹林裏。為了讓我以後還能夠找到它，於是我又找來了一塊很大的石頭，死死的蓋在上邊，作為我將來尋找它時的記號。那時候我真的懷疑自己且要瘋了，可是我很為這發瘋而高興，假設那以後這個青瓦塚沒有被大雨沖盪掉的話。那麼，我回家就還有見它的機會。當再見時，我仍舊會在上邊記一條刻痕，再將其掩埋回去。可惜今年這個年過得有些倉促，怠慢了我的青瓦塚，我打算把欠下的這條刻痕，下次補上。可以說，我的戀舊癖，就是這樣一步一步養成的。

三月七號是不同於小青瓦的，它是不能埋進土裏去的，然而我可以在心裏邊給它掘一個坑，埋它進去。我既然有了第一次在上邊刻記痕的經歷，以後就不能中斷了。三月七日，日深月久，它就轉變成為了個人的信仰或者說習慣，假如說在這一天，我沒能玩出點什麼花樣、造出點有意義的事，那麼我誰也對不住，儘管這個誰，我自己也是說不清的。

第二年的三月七像歷史上所有三月七一樣到來。它邁著很輕，很柔，很美的步子來到，我自信的認為這完全是做給我看的。

春天的氣息已經在窗子外發作了，寢室的九個純爺們春眠不覺曉，五十開外的女輔導員，很為這個事情而惱火。每次她在門外滴滴東東的長敲一陣，有時候門是虛掩著的，她推開一道小口，使勁地清一清嗓子，驚醒了兩個，我們這會才相互推醒。寢室外邊是比屋子還要高大的香樟樹，數十株。鮮綠的色彩倒映在洗衣房的水池裏，清涼的，漿洗衣服的水聲，人走近去，太敏感，整個小肚子都要向上提縮。

蘇軾的《定風波》一直都沒有從嘴邊卸下來。上一年沒能夠在三月七日讀到它，為此我心情悵惋了許久。今年無論如何，我也得將這個機會把握好。若把握好了，非但我自己能夠很順利的遊往這闋詞的中心。且能夠將這個原本不屬於我的日子，種植到我的身上。成為與肺葉，心臟，四肢地位相當的一個人體器官。

這個三月七日用微冷形容不得。簡直冷得料峭。我為了使它的意義加深。很懵懂的，就開始暗暗地追求一個女生，我真的很卑鄙，就為了給三月七號留下兩條刻痕，居然貢獻了我的初戀，並且褻瀆了愛情。為了自製的信仰，我情願拋棄更多的美好。這個在別人看來根本無能領解的事，我卻把它做得很有些理直氣壯。那天，我堅持完成最後的一堂數學課，之後就去了廣播站，那個長著水蛇腰的女孩子已經在裏邊了。她懇求我寫一個節目的引子，我發覺這個契機難得，正好可以借她的唇齒，美舌，甜嗓子一用，我真想聽聽《定風波》在她嘴裏吐出來是什麼樣子。其結果不用多說，當然是好聽得像一隻夜鶯。

這個春天我在寢室裏常常聽見隔壁洗衣房裏的水聲。綠油油的。耳郭會無緣由的一陣火辣。微微發脹的甜蜜，致使我簡直沒法安靜地坐下來。三月初七，我很出色的完成了任務。很成功的把一闕古老的詞，春天的一小截時光，以及我親手捏制的一段愛情交融在了一起。從此以後，三月初七就歸我所有了。完成了這個奠基儀式，接下來，需要去做的，就是在來年的三月七號這天，照例朗誦蘇軾的《定風波》，並且不停歇地將新的蘊含朝這一天當中注入。

第二年，我讀大二。

自打那以後，我就從沒有將內心懷抱的秘密對誰透露過。縱然是與我玩的要好的遠兄，明子，也沒有。這一年，三月初七如期而至。為了把自己這個宗教徒當得更為出色一點。於是乎，我不吝犧牲掉自己身上的一些優秀的品質。我扛著遊春，野炊的幌子，聚集了一大幫玩得頂是要好的同學。我們買來鍋、鏟，漏勺、還有杯子、碗，以及各種在我們認為有能力烤熟的肉類食品。至少乘坐了近兩小時的班車，我很善意的將他們哄騙到了郊外。最後是蘸在食物上的胡椒粉把每個人的兩片嘴唇塗得紅紅的，不得不撮著嘴、向內吸氣才能緩和一下口腔裏的麻辣感。午後天空裏的雲，朝四邊遊動，太陽像打在瓷碗裏的蛋黃。色調溫暖。

我哄他們出來，朗誦《定風波》給他們聽。竹篁幽靜。塘水像天空一樣的藍。很久沒有見到這些了，我們臉上掛滿了笑容。一個個都很陶醉的樣子，絲毫也不覺得自己是被雇傭到這裏——幫忙來豐富朱強的三月七日。

此刻，我在心裏搭建的這個三月七日正在一刻刻地長高。經過兩個年頭的苦心經營，那時它已經是頗具規模了。正當我準備再花些心思使它變得更為精緻時。可我卻要走了，遠離這個安謐的環境。我要和園子裏的斑鳩，雀仔，還有香樟樹上小蟲子說再見。可是第二年很出人意料，我居然又帶著一雙很水亮的眼睛回來了，工地上我完全呆不下去。每天坐在醫務室裏發呆，偶爾有兩個偷懶的工人跑過來和我說海外奇談。回來之後，我在辦公室找到了一份工作，錢少，有雙休。這一年，三月七日正是週末。我著了一件素色的衣裳，很清純的，很像模像樣的——去了園子裏做我的功課。

而現在，三月初七已經在我身體裏邊了。哪怕距離它至少還有半個月，我心裏邊就開始數著，盼著它的來到，且相信它充滿靈性，是一片青瓦。當回瞻起整個過程，我才發現多情與信仰相互依存。在日記中，我曾經不止十次說到，無論走到哪，哪怕最使我憂傷的城市，也會有我認為秉具靈性的土地，有空時常來，沒空也要偷閒走走，總之，在心裏邊的位置把它們放得很重。

在時間中，也常常有類似的經歷。一年三百六十五日，總有些與自己有緣的日子。無緣由你就喜歡上它，或許，你在那一天結婚，那一天死亡，那一天失去家園。或許那天什麼也不是。但是不論如何，你都認為它是最美好的。因為這一天是親自由你的手來塑造的。譬如現在我每每想起之前三月初七的美好，就覺得接下來的這個三月七日，不能馬虎了事。維繫它，豐富它，幾乎是我的一項神聖的職責！

清明

火車載我回清明

清明前兩日，雨開始飄灑。

距離發車時間還有一截，燈光被雨水濯濕，籠罩著行人。透明、鮮活。我沿站前西路行走了至少一千米，終於買到了紙、筆。雨也由微細而漸大，打在臉上，明顯有洇開的意味，涼意在加深。但願清明天晴——以方便遊人掃墓，可是節前沒有雨，這可是無論如何也說不過去的。

我乘夜車還鄉，假如身上沒有紙、筆，就有一種去了一趟花園而忘帶花鋤的感覺，空中浮動的任何事物都無法參與進去；並且在意識裏，也覺得沒能力駕馭它們。月臺對面紙、筆也有賣，可惜價錢太貴，筆四元一支，老闆多少有些奇貨可居的意思。我賭氣，不願意隨便拿人宰割。於是就多走了這一大程路。

我乘坐的是一個劣等車廂，過路車。在我上去之前，它已經裝載著大量的農民工與學生。都是從長江北面運送過來的。藍色白色的編織袋，殘破的密碼箱隨意地擱放在高過頭頂的行李架上，意態懶散而疲憊。我懷疑夜色裏真有伸著細長喙的吸血怪物，乘客臉上的氣血被吸乾了，包括燈罩裏的光，也慘澹著。車輪與鐵軌互相擠壓，節奏明快。車過了向塘站就始終沒停下過，野獸逃亡似的，直往前奔竄，夜色與車速摩擦著，發出巨大的聲響。——這個聲響縱隨火車延伸。許多睡眠就被載於這個昏沉的箱體之內，由一座城被帶往另一座。

手機遺失之後，我打算再不使用這玩意，朋友交流，改以書信，過去熟悉的朋友便從伸手可以招攬的地方退回到了蠻荒之地。一個小盒子裏聚攏的許多面孔，像光和影子一樣，忽然銷聲匿跡了。現代文明很多也就是一些類似於泡沫，曇花，羽毛的東西。別常去渴求擁有，這太不現實了。我媽沒法用手機捕捉到兒子的訊息。我給她製造著一些不必要的焦慮。開始我還能倚靠在硬座上看雜誌，到後就不行了，頭與四肢沉得將要掉下來，小推車近到前邊，載著價格很離譜的飲料。我買了兩大瓶，想用這些酸甜的液體稀釋一下固態的困意。

我的座位靠近過道，靠窗的這個中年男子在吞咽了一盒泡面之後，身體歪斜，沉入了幽黑之中。開始我以為僅僅他一人睡了。後來才發現我所觀察到的，只是螞蟻中的一只，周圍團團的蟻群我我沒看著。

車廂外邊時間正洶湧的朝一個方向滑落。車廂裏邊的時間出現了真空。乘客們的各種姿態被嵌固在某一個時間刻度上。特別是斜對面的一個長相嫵媚的女子，脫下鞋露出白淨的襪子，架在她朋友的腿上，兩人把臉相互貼靠，血液與氣息彼此進入，怎麼看都像是一個整體。這個場面不由引我想起了電影《超市未眠夜》裏男主角Ben Willis在停滯的時間中獨自行走的片段。還有他的一個內心獨白，也同在這個時候被想起：

城市的生活節奏太快。我們常常忘了停下來好好看看身邊的人和事。然後心被現實蒙蔽了，變得冷漠起來。那麼，就試著讓自己停下來那麼一陣子吧。哪怕只是五秒鐘，仔細聆聽一下這個世界想告訴我們什麼吧。或許，那些我們曾忽略的細節，會是我們原本該擁有的呢？

關於火車，中間的段落基本上就給夜色虛掉了。當我再次覺得事物有必要書寫時，我已深陷於某條空街。我在將近十五年前，同在這個城市也領教過深夜穿行空街的滋味。不過那時我的身體是處於高熱狀態，舌頭乾涸了，味覺的酶液奄奄一息。我品嘗不到那個季節在深夜裏所散發出的體香，甚至夜中荒情野趣也沒能感覺到。可這次因為在火車上假寐了一會，夜雨初歇，又被腥冷的風一捂，我的整個身子就被弄得很敏感了。街，真的被清空了。兩側的街樹在春天裏，將黑色的樹冠高高撐起，街道被它嚴實包裹，確切的說，真是古代地下宮殿裏生長起的狹長的甬道。幸虧車不由我駕駛，不然我真會迷路。因為它與白天的城太不相像了。它冷清、靜篤的面相極容易讓我聯想起封固在山中的歲月。

春天與《牡丹亭》的隱蔽聯繫

春天最好哪都別去，就待在故鄉，左心室與右心室裏堆滿了葉綠素。把肺腑裏的氣息抽上來，含在舌根，可以感受得到植物的莖被折斷時的腥味。

我家樓頂的一株葡萄，是我在故鄉認識春天的發端。它現在葉子還只有半只手掌那麼大，有些地方已經出現了穗狀的花簇。米黃色的，我知道它不過舀取了外邊的春色的一瓢罷了，倘若我真要將心裏邊春天的氣壓與外面持平的話，我還得要出門去。走至春深處，效果最好。

園林局把這個城市的樹木栽種得十分茂盛，但有一點還是疏忽了，它們沒在樹身上掛「胸牌」。出門的大道有一種我喜歡的街樹。樹齡不過十年，枝葉就已經攀到了三層樓的高度。之前栽種的，我記得是一種開黃色小花，葉子細小，呈橢圓形狀的樹種。長得十分結實，不過歲次翻動，總不見它長大。園林局覺得它們很不成器，就在某個春天請它們去了別處。

現在的這些長勢洶洶的樹，我是在念高一的時候才對它們產生情感的。具體說來，那個春天是從一瓶水仙牌風油精裏邊倒出來的。開始，春寒料峭，我沒發覺，春天就縮藏在這個帶著刺激性氣味的綠色液體裏。後來我發覺雨天在鼻子上抹一點風油精，薄荷與樟腦丸的香味就使我眼睛裏添出了一點綠色。直至有天，我在班裏的某個女孩子身上——嗅到了這個我熟悉的——清涼的香味。春天與朦朧的愛情才被收藏進這個淺綠色玻璃瓶裏。一瓶風油精是如何揮發掉的，弄明白這個，便知道了春天的去向。

幾百年前。江西這樣抒情的唱著。

夢回鶯囀，亂煞年光遍，人立小庭深院。

炷盡沉煙，抛殘繡線，恁今春關情似去年。

出門的這些街樹，在春天，它淺黃的色調氧化成墨綠的過程，就很形象的概括了我是如何服用下湯顯祖的《牡丹亭》的。二〇〇五年春季，我在班上戴的帽子除去宣傳委員，還有歷史與語文課代表的頭銜。晨讀的內容我總是喜歡挑揀《牡丹亭‧驚夢》裏的段落，唯獨這一篇最能夠與春天形成呼應。這個被稱為東方莎士比亞的臨川人很有些意思。寫《牡丹亭》之前，他和朝野上許多人一樣，帶著一頂烏紗帽奔走在各地間。儘管在二十八歲就已經嶄露了一點頭角，寫出了一本像模像樣的《紫釵記》，但距離大名鼎鼎的戲劇家還有好些距離。這個男人外表看上去非常矛盾，他一面是深情款款地寫著這些適合拖腔拉調來演唱的句子，柔媚的簡直就不像是一個男人。另一面又正直剛硬像一塊盾。朋友之間他很重義氣，許多人在官場上像一條魚他卻是一只螃蟹。年輕的時候首輔張居正有意把他拉攏過來，他卻嫌人家不夠君子，結果弄得自己兩次落第。直到三十三歲，也就是張居正死後的次年，才終於考中進士。但是新任的宰相申時行他也不和人家打成一片，於是只好在南京，廣東，浙江幾處地方上輾轉過官，後來也算折騰夠了。就回到臨川老家，把自己關在玉茗堂裏寫《還魂記》。他說出來的話總是容易傷道學家的心。道學家們很喜歡講理，他卻偏偏講情。他的性格像春天的情緒一樣。洶湧著，放縱著，像一壺剛剛煮熟的酒水。這麼多年過去，埋在它文字裏的春天還是那麼的活躍。彷彿一堆柴草。一點即燃。

畫廊金粉半零星。
池館蒼苔一片青。
踏草怕泥新繡襪，惜花疼煞小金鈴。
不到園林，怎知春色如許？

當我騎著斜杠自行車在上下學的街樹林裏行駛，我就會很豪興的誦起此些文句，當中無絲毫矯情。暖風將人暈眩，這些曲子是油然升起的，你會覺得它的寫作者根本不是明朝的某位文化人，而是自己，自己的心境正與它相契合，文字在這兒所起的作用——當屬於催化劑，它把環境所釀造的情緒一步步的推向巔峰。

二〇〇五年的春天，清明節尚沒有劃歸到國家法定節日之列。任何有關於這個季節的風物，得到它，其途徑都只能來自於偷竊。

桃花，綠柳，宜人的天氣，因為沒有誰能夠給我遊春的權利，可心裏邊卻極渴望親近它們。所以猥瑣的面相一直緊跟著我不放。門縫裏的春光是很難使人盡興的，而晨讀《牡丹亭》正好是一種補償，讀得發瘋似的，以滿足我心裏邊的那些焦渴。我看到空的水壺被使勁的摁入深水裏，一連串的氣泡同空乏的聲音浮出了水面，我這才長籲了一口。

當然，現在是不必再拘手拘腳的了。我望向街樹上的新綠出神，一出神，就想起了一種叫軟羅煙的、糊紙窗戶的紗。我甚至想利用這個熟悉的佈景尋找到〇五年、我十六歲時發生的一切，包括那個通體散發著一股奇怪香味的女孩子的背影……

我沿著舊路，滿地的葉子，綠得結實，枯燥，硬得有些割手。我找到了自己讀書過的舊學堂，現在它經過修葺，比以往嶄新了許多。桂樹與香樟的陰影，讓我聯想到老師在潛移默化中將自己的某些思想伸入到學生的體內的過程。隱蔽，幾乎不容覺察。

現在，星期天，四月三號。為了把清明節的氣氛渲染出來，所有的年級都一律補課。課還沒有完，戶外安靜的，花穗與落葉在大理石地面上被風掃動，窸窣聲細細的，如蠶食桑葉。

我今天是真想找著我高中時候的語文老師，我極想告訴他，我已經在某雜誌社工作。我希望他能夠扎扎實實地再給我上一課。對於文字書寫的習慣是如何養成的，我希望他能夠給我再重播一次影片，且儘量把鏡頭放慢一些。

下課鈴響，我跑了幾個教室。在一棟舊樓中，這張多年不見的面孔，終於找著。我進門時屋子裏並沒有亮燈，有一個很暗的輪廓浮在桌子跟前，我走過去，線條就一筆筆的清晰、明亮了。有幾秒鐘是沒有聲音的，過去了這幾秒，彼此才敢相認。這次交流的期望值我抬得有點過高了。先前總以為只要找著了我的老師。只要端端正正的坐在後排聽講，那個春天攪動在空中的神秘漩渦又會舒活起來。那個從一瓶水仙牌風油精裏倒出的春天又能重返。可事實呢，是我無論怎樣使力，就是遊不進那個氣氛。人與某個環境的相處，就是鐵盒子與盒子蓋的關係，分開多年的鐵盒子與蓋，自以為型號都對得上，但時間在上邊生了鏽，大了，或者小了；不再是從前的那一對了……

掃墓

那天夜半從車廂裏出來，同一陌生男子聊天，我看他返鄉就只帶了一杆折疊雨傘。與他玩笑，你樣子更像是乘坐了一趟遠程公交。這一回我去城郊的墓地看外公，事情期盼多年，今朝終於如願，我乘坐的也是公交。我發覺這個方形盒子的鼻子特別靈，它可以在幾百公里以外——將故鄉的氣味辨別出來，就像信鴿在很遠的地方，屬於某片區域的磁場就會把神經牽動。

這些年我真不知道外公的骨灰盒到底藏放在了哪，單靠步行我是永遠也無能找著的，必須依憑公交了，它能夠將外公身上的氣息給嗅出來。

天空的雲開始白得發亮，雲生脆的，像水裏邊的藕。那背後的光再稍微亮一些，就要被折斷。我的這只黑色塑膠袋中放有兩只紅燭，幾刀草紙，還有棒香。半路上我媽才意識到缺漏了一樣，三兩三的散裝白酒。

只有等到了墓地，看附近有無商店，把漏掉的盡可能補上。

〇六年春天，我外公走時的那一會，至少從我的身上滲出了半盆眼淚。那個事件在我心裏邊的刻痕太深了，後來外公托夢。畫面差不多都是他病中蹣跚的影子。那個時候我對於所有的物，態度一律認真而嚴謹。所以凡在我眼睛裏出現的，我就判斷它是真實地矗立著。後來我發現了：任何東西都非絕對，譬如陳述一個人死了，其實他並沒有完全死去，甚至還會有舒活過來的可能。現在在我的抽屜中就保留著我五歲時候與外公談話的錄音帶。放音機通上電流，磁帶中童年的舊時光被一段一段讀出。外公就在這當中醒了。我發覺我之前白白的淌了那麼多的眼淚。你若是太認真的生活，就註定傷心，應該把假的珠子與真的攙和到一起去，心境才會變和平。

假若把死亡都想到了這份上，許多罪犯看來也不過是有點兒玩世不恭了，他們將遊戲玩得有些誇張了。帶著利器，殷紅的血去和另一群人較量智商。

窗外的景象實在是太無生趣了，所以我整個思想才會下沉。就像現在外邊的環境著實太汙糟，因此我乾脆閉門讀點兒書。

下車，是一個小集鎮，為各種花、樹所包圍。再外邊，是一圈淡的像煙一樣的山巒。

我看著有商店，內心很興奮，可以給外公帶一壺酒。有酒，外公則特別愛說話，那會他儘管老了，但聲音卻保持著壯年男中音的渾厚與飽滿。下了車我仍然不知道這哪兒有墓區。我始終也不知此刻距離外公的那一片墓碑到底還有多遠。但從來也沒有這麼近過——這一點毋庸置疑。當一個離我很近的事物我不知道它具體的方位，我頭皮就會變得酥麻起來，身上的各種觸鬚也都綻開著。幸好我媽媽在我前邊走，有她給我引路現在。

朝著集鎮後邊的山路走了大概百米。松林中開始有一些白色的碎片閃爍起亮光。我從一個土階繞過去。我媽指著左邊的這塊墓地告訴我，外公就安睡在這了。我一聽見眉心就開始有些暈眩。這個感覺在四月三號凌晨，當我掉入故鄉的那一瞬間也有過一次。不過這個暈眩感像風一樣飄過去就沒了，墓碑的字跡如一個精緻的謊言，我外公明明還活在那一盒舊磁帶裏。假設要燒香的話，也應該是對了放音機，而不是冰冷的碑石。但事實是，這個墓塚裏確實有我外公的骨灰呀，並且這些骨灰所有的重量加起來，就是我外公一生的全部了。

可是我熟悉的外公，與這一堆無機化合物並不相關。我外公的歌聲美得可以把四圍的畫眉鳥引過來。絕對不是這樣蓬鬆的、死寂的粉狀物質。我把帶去的紙錢撕開。燒著某一張的一個小角。火焰很快就均勻的鋪開了。再過一會就變作了一堆輕盈的紙灰，旋風將它團結成一個圓球。可是這個球形支持沒有多久，就散了，沒有了形狀。我覺得這樣的遊戲很好玩，幾乎成了這個春天裏最好玩的一個。我把這當遊戲看，不存在褻瀆誰，其實那些可愛的逝者，只要你想它在哪裡，它就在哪裡，那些墓，不但限制了它們的行走，同時也浪費了土地。我絕不想丟棄下我的外公——使他孤零零的落於荒野，他應該居住到溫暖的錄音磁帶中、或者子孫的掌紋裏來，清明節絕不該是向外的，一切的儀式都會使祭奠受到干擾，而今公墓區裏喧囂使整個場面更像是一場表演，掃墓之人演戲給掃墓之人看，比較的心理在其中普遍存在著，這不但使掃墓原先的意義喪失了，個人的內心也因此無法安靜。我想清明節最好是坐在家中，掃地焚香盤膝坐，身體儘量鬆弛，無論是翻看老照片還是懷想往事都是很好的。因為這才是通往心靈深處與親近故人的一條捷徑。

採藥

我少時嬌怯無人能比，小病細水長流，求仙、問卦、吃藥、挨針頭已成日常必需，唯一令我媽寬慰的是——吃藥凜然大義，無畏無懼。

因為我向來病體懨懨，與藥物因此有了不解之緣。俗話說，三折肱成醫，那一套望聞問切於是乎也學了點皮毛；比之於老殘：偶遇一個搖串鈴的道士，向道士輕而易巧地學得幾個口訣，之後便可治療百病。我的這些處方可謂個個得來皆辛苦。

都說偏打正著，醫者意也。有些個病，要是規規矩矩地醫，反而無動於衷，只會令人好生歎氣，類似的病，果真是非旁門左道還不見得能好。譬如說，我舅舅的腰疾是老病了，凡是哪裡有一絲兒的風聲，聽說來了個名師，急忙找人打聽約時間拜訪。可是何曾湊效？還不是一路疼將過來，風雨之夕尤甚。管後來遇上個莊稼人，說了個海上奇方令人詫異：專尋採桂花蜜的土蜂，每回捉四五只蓄於竹筒內，將竹筒倒扣患處，令土蜂螫之，只消螫數回，必愈。哪知道後來還果真應驗了，此事不叫人稱奇恐怕也難。有些方子拿到藥鋪現場抓藥打包，再繩子一束，輕輕快快，拎了走人，有些奇方就得親自上陣，扛花鋤，攜大剪，負竹簍，上山下鄉，繞至深山古林，南山採藥北山歸，經此一遭，山野的時氣沁到骨子裏，驅邪，扶正，藥未到，病先除。

我念書小學到高中，許多老師都對我恭恭敬敬，絲毫不敢怠慢，原因簡單得很，我家有一闕專門對付痔瘡的祖傳方子，一副藥放下去，保准枯木逢春。可是藥雖好，我們家卻從不藉此盈利，無非是拿去做點人情罷了。而那些做慣了冷板凳的教書先生據我所知其中是很少沒有痔瘡的，即使自己沒有，親戚朋友也總會有的。因為他們的痔瘡，讓我的童年一時間變得十分忙碌與熱鬧，那時候，先生在我們的腦子裏，完全是一個高高在上的人物，既傳授我們以學問，又如斷案治罪的青天父母官，有關於先生們生活，我們始終不敢問津，因此也加大了他們生活的神秘性，而我，從小就把先生們的這種高度給放下了，始終與他們進行著最日常的交流。要知道，先生也是一副肉眼凡胎，每天也都需要面對開門必須的七件事，面對感情上的種種，他們也有傷情寂寞的時候，譬如那些由痔瘡所帶來的苦痛，不就是一個活生生的例子。我說實話，當時我很希望我的老師不是凡人，而是神仙，假設是神仙的話，當然就不再可能患有人間常患的痔瘡了，而我每天自然就可以不再需要如此瑣碎麻煩地給各位老師大人去送藥，那個時候，採藥，斬藥，分包，送藥幾乎是我每天都需要面對的功課，我通過這一道功課，深刻的感受著老師身上的另一種疼痛，同時也在同學之間找到了一種無與倫比的自信與優越感。現在我只要聞到那股藥味，那些日子就會一株快速生長的植物一樣活現在我面前。

那時候，城裏去鄉下，路窄。車行不便，於是只好安步當車。沿途風景佳麗——應接不暇，每行一步就覺得泥土在腳心上抓繞，土地所蘊蓄的巨大能量也唯有在山野阡陌才能抒發得淋漓盡致，那些分列的花藥，翳然的林竹，堪稱是美極了的魑魅。藥用根，且得連根拔起，不得有斷，溪邊洗淨，長蛇似的攀在身上，一直是一件無與倫比的享受。趁藥物水分尚在，易於切片，切片之後烈日下曝曬至乾。然後論斤兩打包，送藥之時還得將藥的用法一一記牢，以便於在先生面前陳述，似乎從那時候起，我口齒就變得極其伶俐了：先將三飯碗水倒入藥罐中，待煎熬至約合一飯碗水時，調成文火，再煎。至半飯碗，遂畢。然後兌紅糖兩匙勺，睡前服用，連續六日，帶六日前後七天，辛辣不得食，房事不能有，大凡熬夜等一概粗活都得止息。

因此之故，我對於草木倍覺珍視，古人雲，百草即藥。據我所知，已然應驗的就不下百種，譬如葉下珠清燉精肉湯治小兒疳積有奇效，蒲公英活血化瘀，車前子利尿。古榕樹葉退熱祛風寒。每值端午，百草豐茂，走進隴頭籬角，親近一下相違已久的草木，就算作是一次集體郊遊吧。順便也採些回去，用作藥物，未雨綢繆的心態在此可見一斑。多病所需惟藥物，微軀此外更何求。杜甫之所以會讓人覺得親近，不論何時何地念誦，距離似乎都總在一箭之遙，何故呢？因為苦難作為人生的一大片土地，他仍然勇敢地、直面地發而為文，發而為詩。我想所謂的親近，也就是讓人找尋到了一種排解憂鬱的途徑。

南山採藥北山歸，採藥成了滿足某些心願的藉口。這會整個山野如一缸美酒，耽溺其中，獵取山林之樂倒是事實。大凡萬物都得遵循自然之法，順者昌，逆者亡。超出了某個界限臟腑中就會濁氣氤氳，日久成疾。於是乎，就得借助於靈秀之物，汲取地氣，草木中秉持著苦辣辛酸，不足者補之，多餘者和之，使內心複歸一派和氣。

如山中清日一般漫長的不僅僅是中藥的藥物作用。甚至採藥，配藥，煎藥，都得納入療病之中，因為這些，都是與地氣周旋的過程。同樣發揮著巨大的作用。而人，在一個緩和不見角度的斜坡上，回歸健康。

記病

端陽節每人如獲珍寶——重新獲得自己。

儘管只有三天假，但我還是選擇黃昏的火車上路，南昌到贛州的距離。慢車——六小時車程，抵家正好半夜。下車，夜色流動，事物們心懷詭計，葡萄藤在繩索上伸吐出閃亮的杏子，健猛的身體被身體裏突如其來的病菌圍剿。我瞌睡沒一會，簾子上一片白亮的薄光便夾在了眼縫當中。

天已經大亮，我試圖用掌心撐坐起來；精貴的三日，必須保證每一滴時間都能夠有它的意義。我嘗試了許多次，腰杆、手臂在涼席上始終沒有辦法拼出一個像樣的銳角三角形。背板上的許多條經脈像癱瘓的公路，無數的氣泡，食物殘渣擁堵在身體裏某個十字路口，某些部位開始膨脹，有刺痛感，巨大的危機正在潛伏。

我媽率先穿衣洗刷，步履輕悄，她擔心驚擾我睡眠。不久客廳裏有一些窸窣響動，這個極強的信號被我第一時間知覺到了。為了減少白色垃圾，通常逛菜市之前，她都會自備數個大號塑膠袋，形質皺巴，近嗅有一股菜蔬的香味，昨日殘留在上邊的青菜葉子也還能夠找著幾片。可是我身子有些軟，加上睡眠剛醒，整顆頭顱嗡嗡的，搖一搖，裏面響聲很大——它壓根沒在脖子上擺正似的。平常肚皮上隆起的腹肌現在完全被腹腔內填滿的空氣、水、腐肉撐緊了，像一張光滑平整的豆腐塊。也就是說，別指望身體能夠彈起來。一些很厚的雲層在體腔內遊動，雷聲殷殷，有一種不好的徵兆。可是同我媽去逛菜市場，是我在南昌盼想了很久的事情。索性大喊一聲？不行的！我媽若知道我醒了，必定要來敲門。我必須先把身體給扶坐起來，倚靠在牆側或者書櫥一側都行。我像極了一只節肢動物：肩膀一點點地後挪，頭架在了靠背的欄杆上，手伸到脖子後面握緊扶手，汗滴一粒粒掛滿了額頭，我從身體其他部位抽出一些力氣集中在了兩只手臂，暗示自己，數一二三，才勉強使自己坐立起來。

蹭一雙拖鞋緩慢地向著門邊挪動，好像是從一個空殼子裏搖身變出來的，暴露在我媽的視線裏。為節約能量，我將逛菜市場的請求壓縮為簡簡單單的幾個字，這樣一來，媽媽必定是要拿「態度冷漠」來責備我，不過事情也不能怨我，身體鉛一般沉，整顆頭壓得脖子緊緊的，整個人像一灘軟泥。

面對現狀有兩點我很清楚：首先隱瞞病情只會加重病痛，所以症狀要如實的說出來；可是臥床休養就白白浪費了這個短暫的假期。最後決定，出門的計畫還是不能貽誤。因為外邊有花看，有酒喝。閉戶雖說也有花，也有酒的，但少了外邊的氣候，就覺得和沒有還鄉一個樣了。

結果咽了一點稀粥出門。路過菜市場，它像一只味道很重的鹹魚，刺鼻的氣味像一張高掛在餐桌上方的布匹，別的菜香全部置身於它的陰影內。我老遠就感覺到胃被它伸過來的小手拍打著；這個情形就像你聽見粉筆尖在黑板上劃出一條猩紅的傷口，還瀝著血，短時間內你再不敢想像刀子與玻璃片、硬鐵皮與夾砂粉筆尖接觸的那種事。菜市場的魚腥味與各種肉的羶氣在空氣中揮散，它很容易讓我聯想起昨夜米粉蒸肉的那張猙獰的面孔。此刻有一個波浪在胃裏不停的翻卷著，就讓媽媽單獨進去買點瓜豆。我索性沿了紅旗大道的綠蔭漫步。

在江西的所有馬路中，這條大道堪稱路橋中的傑作，上世紀五〇年代這一帶原是濠塘。濠塘也就是護城河。是之前守城的防禦工事，可是因為後來，作戰的武器變成了火槍火炮。它護城的作用漸漸地也就不再那麼明顯了。慢慢的，潦草叢生。附近的居民覺得大片的水域就這麼空閒著，實在是有些可惜。於是就攔截成一小段一小段，養點魚，種點藕，江西人性格安易，沒有太多奢求，能利用好眼前的資源就夠了。就像天上的雲霞，不論下一刻是風吹雲散，還是雷雨大作。都能夠泰然處之。這些雲朵會用僅存的一點時間竭盡全力去造出一只小狗或者一只小貓的形狀來。現在年紀稍微大點的人，順著這條大道直走還能夠找回記憶裏濠塘的樣子，它當時出自於前蘇聯的某位設計大師。在上世紀五〇年代，這絕對算是大手筆了，路有百米之寬，另外，設計師當初的一個決定足夠讓這個城市所有的後代心存感激；他太包容了，居然收留下了世代落戶在這兒的香樟樹，這些樹由開先的農村戶口，一轉身就變了身份，變成了一棵受到公家保護的街樹。我拖著步子，享受著樹脂濃稠的香，側頭看見公交的頂廂上蹲坐著一只畫眉，它毛色亮麗，車慢駛過來，在一個月臺口它將羽翼鋪開。沒等看清它飛翔的姿勢肚子裏就開始出現了一些帶刺的堅果；醞釀已久的病菌現在開始來干擾我欣賞面前的畫面了。

我身體像一具鏤空的香爐，絲絲縷縷的香煙從鼻孔中、齒縫中溢出，精氣神全都溢出去了；隨之而來的症狀是心慌，四肢乏困，腹部脹痛。特別是胃裏的食物殘渣老在為嘔吐與腹瀉二者之間猶豫。密雲不雨真是讓人的心發悶。縱然這樣，還是不能輕易就回家，因為待屋子裏就和沒回家來一樣，我不服氣折騰四百公里，夜晚拉長的時間在晝裏就這樣——被一寸一寸地縮回去。

路過一個老牌子的理工科院校。樹林暴露出一個扇形缺口，大門用兩豎一橫的白色水泥石拼成。我認識這個學校的一位老教授，他很低調，低調到辭去校長的職位不幹，在家裏寫毛筆字，養牽牛花，偶爾跑去上兩堂課，學生們時常堵在教室門口不讓他走——追著他問問題。此時畢業班的學生圍成弧形，留影紀念。襯衫，花裙子，純淨的太陽光從空中筆直流瀉，淋洗著這些且要高飛的候鳥。而臟器，在病菌面前乖乖的束手就擒，胃開始出現一些小小的騷動，我順著進門的花徑直走；有荷塘、球場、低矮的紅瓦樓。在一塊空地上，香樟樹挺秀的，向著天空延展，把大地深處的秘密傳往高處。我整個身子跌坐在一塊石凳上，隨意的抓取起一些掉落在鞋邊的碎葉，放置手心揉搓。綠色的汁水浸染得滿手都是，腥味重重的，絲絲地沁入胃的深處，嘔吐感一陣陣襲來，整條舌頭味道變得有些苦。因為早餐只啜食了一點點稀粥，眼睛裏的眩暈就漸漸加深了。我將沾在手上殘葉拍落掉，可剛剛噁心的氣味還是有一下沒一下地像鋤鍬似的挖動著我的胃，腹瀉與嘔吐的預感強烈，它沿途的考驗著我，有一個聲音始終在耳邊叮囑。不管平時你多麼放縱，而今必須收斂著。借住身上的那麼一絲餘力，我勉強把自己搬回了家。

我媽沒料到我病情的走勢會如此陡峭，在門邊見我臉色煞白她很傷心。扶住我，還沒等我在靠背椅子上坐定，她轉身就趴向了盛放電視機的低櫃面前，兇狠狠地一把拉開抽屜翻找起了藥。沒看見她性子有這麼急過；同時把幾個大塑膠袋裏的東西抖落一地，很快就找來了幾種。她先命令我灌一劑藿香正氣水下去，把胃裏腐敗的食物殘渣先倒一些出來。

藥汁把我的舌頭咬得很痛，嘴巴根本就沒法合住，味道真的很苦、很澀。當然，良藥不都是苦口的！藥水最終被我送下去了。暢暢快快打了數枚飽嗝，胸口的瘀結總算化開了一點。媽媽勸我在席子上躺臥一會，讓蒸散的氣血重新回落。可是，我哪裡會依呢，我不願將身子裹住，像做夢人一樣；當我回到故鄉就應當盡情地言笑、充分暴露自己。扶牆走樓梯去和外婆說話。後來身體真的無法堅持了，就強顏歡笑的找了個原因和外婆辭別，剛好走到樓下的花壇前邊，我胃裏邊就像竄出了一只猛獸。它踢打著，蹦跳著，翻滾著，致使我的眼睛一片潮濕。突然一個浪尖拍過來，酸的黏液便從鼻孔中，齒縫裏洶湧倒出。

我手撐住花壇後邊的牆垛。看著泥土上那堆久久挾持我的兇犯，狠狠地朝它唾了一口，心裏覺得無比輕快。上樓。媽媽見了我可憐蟲的樣子神色慌忙失措。找毛巾幫我抹乾淨了嘴角，然後端茶讓我漱口。這時她的心總歸要寬鬆些了，就像痲疹出了水痘就吉利了，她安慰說，胃只要掏空了再拉兩次水，病很快就會痊癒的。不過我看得出她心裏邊最終還是放不下。

午後太陽光把花瓣裏的粉末攪拌得粘稠而香，一切生物思睡貪眠，我將薄薄的靈魂放逐於睡流之河上，似一枚輕浮的殼；簾子上的溫度漸漸消退了。紅暈的霞光爬上了對面的牆壁。我的鼻孔像一只被燒得穿了心的壺嘴。等我醒過來我發現嘴唇乾燥的好像掛著一層粉，四肢酸軟，高熱。身體被時間靜靜地敲滴著，看得見它在萎縮，逐漸枯瘦下去。

午間媽媽就勸過我要去馬路上的門診給幸醫師瞧瞧。可是我哪裡知道病菌會和我開這樣的玩笑。嘔吐與腹瀉只是清空了食物，卻沒有清空掉那些飛動在血管裏的螢火蟲。這些螢火蟲會繼續鑿掘著我骨與肉。

我帶著空空的一具皮囊進入了診所。這會兒不需要誰攙扶，基於對針管及各種藥粒的天生懼怯，腿上的神經很自然地就彈立起，像一些威武的哨兵。回想之前這個店鋪也是個私人診所，店主是個單身女人，叫曹美珍。她有一雙細嫩而纖長的手。日高三杆才見她把卷簾門拉開。營業時間每天都在縮短，怎麼看都像是冬至那天要來的樣子。終於有一天，幸醫師從這個女人手上接管過店鋪，又租賃下旁側的兩間，當中將隔牆打通，規模也較以往擴充了一倍。

幸醫師讓我在對面椅子上坐下來，我老實巴交地坐下來，面對醫生，我向來是十分緊張。哪知道這一次光顧著緊張，病一下子就沒有了，剛才還是懨懨的一個人，立馬聲音就洪亮了起來，像一口鍾，眉頭上下聳動，還輕鬆地咂了咂嘴。她詢問我的病情，我就使一五一十地向她交代，我想她絲毫也看不出來我是一個需要大量藥劑才能治好的病人。古人說醫者，意也。這句話固然是對。但有時病本身也是由「意」產生的。病的某些性格與孩子的有些相似，你越是在乎它，它就越喜歡在你面前撒嬌。把你折騰的沒辦法應付。假設你不搭理它的話，指甲縫裏挖一絲污垢出來，那些躁動的螢火蟲，就可以驅散掉。

藥箋寫好了，被傳遞到裏面一個紮水紅繩辮子的妙齡女孩子手上，這中間攔著一道塑膠垂簾，這些垂簾把女孩子的身體攔截成一些細條格子，她手上的玻璃器皿磕碰出聲音。光滑、透亮。各種抗生素與針頭被垂簾罩住類，像些貪婪的獸——覬覦著我。我裝作若無其事的樣子，在椅子上閉目養神，還背誦了一首古詩，不覺回到了唐代，想像自己正在和李白飲酒作樂。不久我發現我的手臂上有一片清涼；好像是不計其數的板斧，錘，鑿子被針管運進體內，它們輕輕地敲打、叩擊。凝神靜聽，樣子真像是協奏的一曲美好的音樂。而我作為這段病史的親身經歷者與記錄著到此也該抱枕睡眠去了。

秋藏

江西這地方，季節的輪廓線並不分明，夏天和秋天常常扭絞在一起。慵懶的週末，睡眠是一口古井，這個狀態一直持續到午餐。午餐過後，繼續枕在床上，簾子掩住了半邊窗口。雨篷日久老化了，殘落得剩下幾條鐵制的骨架，伸出一尺多的長度，它被發白的天空托襯著，顯得漆黑而堅硬，像一條條遒勁的枯枝。

清晨想必也有微雨，可是睡眠正濃，雨在距離夢鄉遙遠的地方淅瀝著，絲毫沒有被感官覺察到。出遊雖然很妙，可是力不從心，得趕緊補還幾段由暑天欠下的好覺。一個人的屋子，黑暗中揪出了許多與平常無關聯的自己，那些枝枝蔓蔓根本不是我平日所思，哪怕一閃而過的念頭都不是。我是不是該為那些不乾淨的念頭而懺悔呢，想想看這些思想好像又並不完全是我的，虛無中的存在，難道是未來某些事物的預演？秋天太適合於夢魘繁殖了，短短的一截睡眠，奇譎的夢，一個緊挨著一個，有時三兩個齊齊踅入，前後未必能夠接應，許或，它當真不具有實質性的內容，無非是在花樣上玩弄些手法。天氣入秋，隱藏在體內的濁氣、燥熱也開始借助於夢的形式漸漸溢出。日後做夢的間隔會越來越疏朗，以至於深秋無夢。那時，清流濯濯，睡眠之河，直視無礙。

儘管秋陰不散，醒來時，還是將事先浣洗好的衣裳晾上了衣繩，水分幽幽的蒸發著，細如發絲，稍微滲出，就與周圍的空氣彌合，不像從前，一哄而散。八樓的位置按情理說，就不該遺漏了任何的細微的地方；一只鼓著胸脯的鳥從雲層裏劃過；我仰臥的姿勢，天空的這一幕正好被雙目捕捉到。屋子裏的寂靜是一個能量十足的吸球；風聲像長線條掛在耳郭上，爆竹炸開了，是一些怒放的花，火藥的香散發著。

那根倒楣的竹杠似乎長滿了裂縫，它倒在地上的聲音有些沉悶，這樣的事情不管是發生在自家的陽臺上，還是隔壁鄰居那，總之，明天早晨就能清楚地聽見倒楣的人嚼著怨歌，說什麼該死的風真夠大的呀，衣服好不容易洗出來就被它弄髒了，自己真是個可憐的人，當然了，後面刷子和搓衣板又開始老調重彈了。不過這些都是想像，風未必會和人開這樣的玩笑。現在視窗上我看見雨開始紡紗了，想像自己滿頭都是薄霜立在雨中，秋老虎終於被這一層薄雨給降服了。趕緊把夏裝束之高閣。

雨天吃滕王閣牌的月餅，滋味別樣。平常的甜膩被細白的雨聲稀釋了，味道如沖泡的一壺的糖水。古人愛月眠遲，我偏偏聽雨晚起。透濕的長假，被單身、客居包裹著，一分一秒都得靠人推動，時間太漫長，儘管簷前滴瀝著，卻不適宜讀書。書要在閑縫中讀，味道方才雋永。步行街兩側店鋪招牌被洗的發亮，世味沖淡了，更像是一個逼近於詩意的擺設。

午後這兒簡直成了一條空街，我走入一家老字型大小的珠寶行。任憑店員怎樣兜攬，我始終不支聲，他不知道雨天對著一條項鏈或者別的什麼說價是完全沒有意義的——不論金銀器具，還是水晶、瑪瑙。雨天是一個的朝聖日，凡人見及，都得敬奉。金屬表層陡峭的寒氣如寶像開光。不知怎的，我極喜歡在雨天去叩見那些堅硬，有著鋒利金屬光澤的事物，譬如在大雨中緊緊懷抱著一塊鮮亮的琉璃瓦，就很知足。一直忘不了童年的那個小院。大理石鋪面，瓦缸中還養著錦鯉，福壽螺產卵特別，很像一個厚厚的吻，印在瓦缸上，雨天高處來風，像一個逼仄的珠寶小店。

不知怎的，雨天走過周大生的珠寶行就容易想起過去江右商幫這個龐大的身影來，周大生是老字型大小了。牌子足夠的大，足夠的響，他與江西商幫的聯繫也就在這個「大」字和「響」字上面。江西幫也有一塊很大的牌子，當然比「周大生」這個牌子的還要大，還要響；這一塊牌子就是建在各地的萬壽宮。儘管當時萬壽宮在各地的出現並不是為了給自己打廣告，它只是為了把贛人的人格神——許真君的光輝形象給樹立起來。說實話，江西人從骨子裏是不大願意從商的，無論是棄農經商還是棄學經商，大都是因為家境貧寒，迫不得已才去搗鼓這個活計。他們更崇尚的是節義，更希望靠科舉來改變命運，所以他們即便從商，也還是要死死地抱著「許真君」這麼一個人物不放。

雨又開始下起來，《杜甫詩集》借期太長，得趁早還掉。不然道道手續，會很麻煩，雨天去還書，真有點像電影裏的內線將密碟從皇宮裏送出來。左小心右小心的，這種事確實很鍛煉人。寧波的天一閣最是有名，可據我所知，天一閣在許多小城市也有。記得同光年間的《贛州府志》在南門大街的中段就有一座叫「天一閣」的建築，那是藏書用的麼？想必不是。作用可能與官府裏的公人鳴鑼高唱「天干物燥，小心火燭」的警示語有點接近。素來對「天一閣」這個名字有疑惑。書雖然怕火災，但由水引發的災難也不小。譬如雨天要是瓦漏，圖書必定要遭殃。當年知堂就嘗盡了苦雨的滋味。南書房的藏書大半濡濕成了紙餅，不能再看了，引得他老先生歎息連連。可知「天一生水」，水的量一旦過了頭，也容易生出禍患。

路過撫河，想起三毛，三毛的書但看文字，也不算怎麼吃力，可她的思想卻是秋天的長風，恨自己腦瓜子銹蝕，左右看呀，目光就漸漸凍結了。《稻草人手跡》姑且先借回家。能讀，就擱在枕畔讀完，不能的話，明天就順手還掉。

路上的風被臉觸摸到感覺有點陰濕。但草和泥土的氣味很濃。路旁的構樹林，葉子開始老綠了。抽穗的草望風披靡。還有淡紫色的牽牛花，都呈現出欲要隱潛的姿態。我在滕王閣下對著贛江裏的流水發了一會呆。風聲如滾動的細浪，兜頭蓋臉打來。我這樣的無名小卒整天浮沉著，如不是王勃的那一句「星分翼軫，地接衡廬」的話，很恐怕此刻連落腳的座標點也找不到了。

立冬記

一

按照自身的地理位置，江西像一個歲時的大舞臺。二十四節氣是一個個舞者，逐一在這兒上演它們的好戲。而現在，因為受到人為因素的影響。許多人從小對於「歲時」的概念幾乎是陌生的。譬如「立冬」，它被牢牢地捆綁在節氣歌中，意義無非是教會了兒童認識了兩枚生字。

長大以後，孩子們發現，節氣就像季節裏的一道道門檻。每當邁進去，天空的顏色隨即改變，地上行人的衣著也隨即改變。開始大家都覺得這是一條荒唐的咒語，可是當事情經歷了，親眼目睹了它呼風喚雨的本領，就覺得這是一道橫亙在天地之間的巨大法則。

現在城市裏，陰曆被普遍地收藏了起來，唯有撞見了滿月，人們才恍惚過來——時間又繞到了哪個位置。一如持續了十幾天的和風麗日，突然有這麼一個風雨如晦的日子，心頭就會想，時間在這兒是不是又邁過了一道門檻呢，拿日曆來對證——果真是沒有錯的。

前些天看到師大門前新近搭起的一座墨綠色天橋。心想，冬天是不是由這樣幾根瘦骨嶙峋的架子，慢慢地支起來，逐漸變得有骨有肉？

橫豎看，冬天就像一場慢性感冒，開先只是嗓子眼有些兒發癢，禁不住要來兩枚噴嚏。等喝點熱湯熱水，看似將好未好的樣子，到底還是鼻流清涕，止不住地一陣陣乾咳。這時候冬味才總算濃起來。當身上的衣服已經重了，輕輕的哈氣可以看見一團團潔白的雲朵，我們才忽然發現，冬天就在我們的四圍包裹著。

可是冬天確實和人一樣，它也有所謂的成人禮節，儘管節氣到來，自然界會發出一連串的信號：天空由碧青轉向深黑，大風起兮，雨水如注。但人類為了體現出「我」的意義，在自然之上還不甘心，還要舉辦一個的盛大的儀式，許多事情，似乎只有「人」參與了，才能算數。譬如說，男性由少年變成男子，這個變成男子的根據並不是喉結與鬍鬚生長到怎樣的程度說了算，它大多由成人禮節的舉辦時間來定，你必須把頭發盤起來，再戴上禮帽，讓身體與襆頭、衣衫、革帶、鞋靴扯上關係，再由長輩在姓名以外另給你起一個「字」，這樣一來，你才真的成人了。否則的話，你就無法與異性通婚，因為之前你的成長——並沒有經過世俗這雙眼睛的審核。

現在已經不大有人去給冬天舉行成人禮了，只在僻遠的鄉村偶爾能夠撞見那些古老的風俗，在中國的古代不是這樣，立冬之日但凡天子便要出郊去，舉行迎冬之禮，由他親自賜群臣冬衣、矜恤孤寡，那是個十分隆重的場面。對於普通的細民，能力有限，但也會在家常飲食上做些彌補。譬如立冬這天以倭瓜餃子為食。做餡的倭瓜在夏天就已經備好了，釀窗臺或走廊上，使其風乾。倭瓜經糖化之後，風味別樣。這一天，屋子裏的燈亮了，暮色在門外重起來。風像一些竄動的液體，當它撞見了樹，石頭，山坡就嗚嗚地發出聲響。屋子裏的倭瓜餃子冒著絲絲熱氣。當我們的味蕾接觸它時——冬天就撲通的一蹬腿——勇敢地立了起來。

二

今年立冬朋友過來南昌，我們本打算去青雲譜看看八大，遺憾的是大門鎖著，透過鐵欄杆看到荷花在池子裏安靜地老去。我們垂著頭往回走，孟冬的陽光一遍遍地塗抹著大地，柔軟，均勻，像一個盡心盡責的粉刷匠，太陽的熱量從土裏升起。行人的思想被它烘焙著，久了，雙目感覺到一陣餳澀。天氣就這樣沒完沒了的晴朗著，透明著。郊外的路上，安靜。清爽，沒有風，心中的疑惑開始變重。這難道還是傳統節氣裏的立冬麼？怎麼沒有誰來給冬天舉行成人禮呢？或許，以往橫亙在天地間的咒語早已經失去了它的效應，有關於節氣的那一道門檻也已經被卸除了。面對晴好的天氣，想起這些，我的內心非但沒有愉悅，反而變得有些惴惴不安。

半小時之後回到市區，車窗外，畫面一片凌亂，像黑白片子裏的街。天空的高度降落下來，地上的車輛與建築物的輪廓被暗下來的空氣溶蝕著。天河開裂，雨水從裂縫中湧出。大地搖晃，光禿的樹冠齜牙舞爪，江河裏的水咆哮著，怒吼著，水在一只顫抖的碗裏。這樣一來，我內心囤積的那一些焦慮就徹底得到瞭解決。可是上天突然變臉這件事，並不能被大家理解。路人的鞋襪濕了，晾衣繩上的衣服也濕了。他們戳著天的額頭，埋怨天，恨天：你呀你呀，怎麼之前連徵兆都不提供一點呢？天默默無言，雙目含淚。這時候，我是很想替天申辯幾句的：是你們自己對天太陌生了，整天想著建立起屬於自己的秩序，互相爭鬥不休，在天道面前怎麼可能不迷失自我呢，對存在於自然裏亙古不變的法則怎麼可能不失去記憶呢？時令這東西，它並不像法律一樣，統治者頒佈了，轄內的民眾老老實實地遵守，事情就這麼完了，它沒有這麼簡單的，它對應的是一種無形的東西，與「人」真的沒有太大的關聯。地殼拉動，時間折疊、堆積，雲層推移，河流改變方向都為鑄造它的模樣產生過一定的影響。

以前總以為與「天」最接近的地方是鄉村，可是現在每年下鄉，這個觀念卻被眼前的一幕幕給顛覆了。現在的鄉村，看上去就像一個憋手蹩腳的跛子，一邊是相對簡單的傳統鄉村生活沒有徹底退出舞臺，另一面是人們內心的欲望不斷脹大，想安靜地聽一會蟲子叫和泉水聲太難了，對著花香和泥土的芬香發呆也太難了。

許多人從陰曆中逃出來，匯入城市人口中，賺了錢，就把鄉下的那幾間泥房推倒，以往的籬笆、菜園子、竹林都被扔在一旁；方盒子一樣水泥磚牆房霸佔了農田。我的一房親戚在農村，以前他們都說清明穀雨插秧種地，現在嘴上都是些時髦的玩意。假設我們把時間比作一個圓的話，這個圓以前至少有一半是屬於月亮和大地的。現在我們嫌月亮和大地麻煩，於是索性把它們從這張圓盤上給抹去了。但時間的個性很大一部分卻是通過月亮和泥土來體現的。月亮和泥土都有意識的讓時間給慢下來，安靜下來，我們從前正是得益於這一份安靜，才有機會——品味時間流動過程中的種種況味：「春風」時候，暖風拂面，驚蟄，雷聲殷殷，清明，楊柳依依，白露、秋風也都不枉乎其名。現在的人——早晨起來搖頭晃腦——不是看天色，更不是感悟天道，而是脖子發酸，出於緩解頸椎的疲勞。對著之前的那張天空，我們眼神裏透著鄙夷與陌生。上一輩人還能夠依靠雲的形狀來說明天氣，現在的人就很難了。甚至刮什麼風也說不清楚，古人說，七月流火，那七月是什麼時候，我們說不清楚，七月流的是什麼火，我們也說不清楚。我們這些人活活的被季節甩棄了，被山川河流甩棄了。既然如此，我們也索性不和山河、季節玩，索性把它們也拋在腦後去了。從此以後，井水就不犯河水，我們的態度僵硬著。眼睛裏漠視著天，漠視著天道。

然而在古代，生活中確實普遍存在著天的，「天」偶爾在田頭壟角出現一下，與我們身體相互偎依。當我們心中有了委屈，便私下裏和它傾訴一番，有喜悅了，也迫不及地告訴它，它覺得我們很誠懇，值得信任，漸漸地，彼此就混熟了，結為了朋友或兄弟。可現在的大家的關係卻相對生疏了，這個生疏主要是人類太剛愎自用所造成的，我們好像已經在上天面前看到了自己某些優越，於是很忘恩負義地背棄朋友，可是就像韓愈說的，天者誠難測，神者誠難明。我們果真可以推測天道，窮究天理麼？天理就像水裏的月亮，始終是沒辦法弄明白的，天道也同樣是難以揣測的。之前我們所以能夠看天色、看雲朵掐算陰晴雨雪，那是因為之前我們信仰天，崇拜天，尊敬天，於是天就把它自己的思想，性格，習慣塑造成我們能夠理解的模樣。讓我們不需要動太多的腦子，花太多的心思就看到它內在的想法。

三

《莊子》裏齧缺問王倪：

你覺得萬物之間有沒有共通的標準？王倪沒有正面的回答他，而是說。人吃肉類。麋鹿食草芥。蜈蚣吃小蛇。貓頭鷹和烏鴉卻喜歡吃老鼠。人，麋鹿，蜈蚣，貓頭鷹和烏鴉，這其中究竟誰知道真正的美味呢？

王嗇和西施在世間被公認為最美的女人。但是魚看見了，就潛入水底。鳥看見了，就高飛天上。麋鹿見了，就急速逃離。人，魚鳥，麋鹿，那麼到底是誰更懂得天下的美色呢？

這樣的問題——回答起來自然會很尷尬。因為世間妍媸的標準，是非的判斷，本來就極其複雜，沒有誰能夠真正得區分它們，可是因為有「天」這樣東西高高懸在上方，所以它們無論有多錯綜複雜，都能夠被井井有條地安排好。現在問題的關鍵——並不是所有的人都能夠清醒意識到這點。有些人虛妄的認為天道與現在的我們已經沒有了絲毫關係，我們身為萬物之靈，完全有能力脫開天的手自由行走。可是，天的影子總是巨大的，高聳的。山谷，河流，人心沒有哪一件不在它的籠罩的範圍內。

試想，假設我們對於天的這一份虔心完全喪失，天還會把自己的模樣朝著人們所希望的方向上塑造壓，恐怕就很難說了。這樣一來，我們就像蒙面行走在夜色中，四面有虎豹，有厲鬼，充滿了危機，這一些危機對於蒙面的人來說是根本沒有辦法意識到的，因為意識不到，所以只會使其更加的氣傲心高。清醒的人看見他們的愚昧的行為又沒法幫他們把蒙面的布給扯下來，心裏也因此感到焦慮。所幸的是，今年立冬，上天仍然以狂風、雨水證實著它還在按照以往的套路出牌。我放下了手中的事情，陪朋友到郊野迎接冬天。下午又約了化文書舍的主人明一兄喝茶，他煮了一壺香暖的茶湯，我們幾個人聊到太陽落山才散去。立冬這一日我只想以這樣的方式表明內心還是存有上天的，內心對上天仍然充滿著敬畏，但是浩渺的天穹卻是由千千萬萬的人的內心組成的。它闊大，無邊，相互重疊，相互依靠。說白了，我們對天的尊敬其實也就是對我們內心的尊敬，只有對自己的心注入感情，事物才有可能朝著我們夢想的方向靠近。

釣夢

在江西的鄉下聽到過一個關於釣夢的故事，現在，我盡力的把它敘述出來。

有些人釣夢只在於釣這個動作，釣得結果並不是他們要考慮的。坐在江畔的許多垂釣者也是這樣。目的並不是為了釣魚，只是為了讓魚兒咬鉤。魚線被拉動——他們的手觸摸到魚傳來的力量，彷彿有一個東西在牽引他們，不管那是不是魚，內心的歡喜總是有點抑制不住……

這樣的垂釣者，不僅要心氣平和，同時還要有足夠多的時間打發，否則，手腳就很難從容，幸好在江西，人們生活的節奏都不是很快，這個娛樂要玩起來並不是很難。

故事的起因簡單之極：道士很好心地為某戶人家占卜，結果卻很不幸地與厲鬼結怨。

那天午後空氣中的香味很稠，道士睡成了一個大俗人的模樣。庭院中單獨留下童子，手中閑閑地揮蒲扇。童子可不是嫌坐著無聊才時不時去廳門口睄一眼；因為師傅臨寢前有過叮囑——神台上有一碗水，你可要看好了。蟲豸、小貓小狗、還有房梁上的新燕都不許它們碰到。

風香馥馥的，在半空中浮著。空氣有些發餳。睡蟲在眉心抓癢，他在椅子上挺了個欠伸。盼了許久、門口終於來了人，管不得善惡了，來者都是有緣。

好大的一口湖！怎麼不見一戶船家？敢問童子遠近可有生火煮飯的人家麼？

生火煮飯的人家沒有，就我跟師傅二人守著這山中清日。

哎呀，你家師傅是不是高高瘦瘦，鼻樑上長了一團紅痣的那個老道長？

是的是的，原來你們是舊相識呀，不過現在來的不是時候，師傅午睡正濃，不便打攪。

童子昂面。這人長得好生蹊蹺哦？眼如一只茶甌。雙眉與鬢髮連在一起。額前升起兩塊瘢痕，像紫雲般飄浮。

之前被治過的那個厲鬼如今居然報怨來了。道士睡前用了法術，厲鬼當然也就猜著了八九分。

小童子，你看這樣行不行？你家神台上盛著一碗清水，師傅是不是對你說了，徒弟呀，你要看好了，小貓小狗，梁上的新燕，飛在空中的蟲豸都動它不得。童子心裏有些奇怪了。先是搖頭，然後點頭。

那你知不知道道。你師傅叫你看好那碗水，是何主意？童子略作沉思，先是搖頭。然後點頭。

你家師傅是擔心你打盹了，沒把庭院看好，所以叫你去盯住那只碗，小貓小狗碰到它，水濺出來，洇濕了神台，你要是偷懶了，自然就會露出尾巴，現在我給你一個主意，不僅可以安安心心地困一覺，水也不會溢出來，那你可要聽好嘍：

先將碗裏的水給倒了，等覺醒了，再滿上。這是不是兩全之計。

童子覺得他說的很有理，但還是有點顧慮。只倒去了半碗。

這會兒，厲鬼眼中的湖水淺下去；好一座精緻潔淨的庭院，房檐顯露，半扇窗浮在水中央。剛才路人的話，這個童子越想越覺得有理，索性把水給倒乾淨了。碗裏的水一旦潑了，就意味著道士适才煞費苦心編織的障目法現在已然搗碎。

一條朱漆的門檻一丈長，臺階上落花無人掃，蟈蟈披兩片綠翅膀趴在上邊大睡。好一個厲鬼，兩眼放光，眉飛色舞。

哎呀呀，當年可被你這冤家害苦了，你將灑家壓在千鈞重的法印下，香泉不准我喝，好花不讓我看，每天就只許我探出一節胳膊聽你這老道士念咒、學你煉丹。這會子我趁虛而入，可別怪我手段太毒了。厲鬼清風一縷，打門前飄入內室，童子趕在後邊大聲嚷嚷：我家師傅可在午睡，等驚擾了他，怕是你我都要挨棍杖！小童子慌神兒在門檻上絆了個跟鬥。爬起來，神愣住了。劈啪一聲穿天響從內室裏衝撞出來，大事不妙。師傅，我來晚嘍！

師傅坐在素帳中：你這孽畜，盡說這等不吉利話，把門上懸著的那只葫蘆取下來。妖孽化在裏邊成了半壺清水，快快拿去，澆灌庭中的丹桂。

你師父盛大碗水到神台上，只想你們多聊會天。那樣的話我就有足夠的時間來釣夢了，釣夢下回師傅也教你哈。童子努著嘴，沒聽明白，拖著步子灌花木去也。

我那天早晨出門晚了也因為釣夢，黎明的天光從窗子中洶湧灌入，許多與夜色相伴的事物像埋藏在地下的珍寶，撞見天光，潤澤的表層就變得黯淡了。

天明好夢居多，為避免光線對夢造成擠損，我一般會把眼睛蒙在被褥裏。夢有了這樣的土壤，於是就會很旺盛的長起來。許多夢聚在一起，就像是一群魚。作為垂釣者，有鋒銳的釣鉤甩下去而沒有甜肥的釣餌，魚是不會湊過來的。

讀紐約宗子兄的《書時光》，說到悟空之前的師傅須彌提祖師，吳承恩信筆寫來的這個師傅，成分上明顯糅雜了三教。宗子道破天機：這師傅非別人，正是悟空自己呀。按照這個意思，如果說夢是個足夠大的舞臺，那麼上邊出現的角色都是自己的思想捏造出來。等到戲收場，你就會發現夢無非是從同一人身上飄落下的不同羽片，岸上的垂釣者是自己，魚一樣的夢也是自己。說白了，做夢就是一場自己與自己玩的遊戲。夢就像是去赴晚宴。酒桌上狠吃狠喝不會遭到任何禁令，可是這些美食要打包帶走就不行了！

每日清晨醒後，我就僵坐在床前發呆，企圖將破碎的夢縫好，為此我提出了多份彌補的方案，為了找尋到夢的入口，曾絞盡腦汁。事實上呢，當你醒來的時候夢就已經變成了碎屑，斷了的珠子是沒法再穿起的了。夢有時就像深水的魚，魚一旦上岸，鰓破裂了，鮮色的血隨之洇出。

小寒

火車從南面一路呼嘯而過，劃破我的夢境。在夢中，我清晰的聽到有許多的輪子拍打鐵軌，這樣的拍打聲漸漸變稀疏，最後，隱約有一聲長笛，火車像一隻受傷的野鹿哀嚎一聲，最終倒在了月臺裏。

下午將近有三個小時，我都在昏天瞎地的大睡。我想把漂在視網膜上的那些浮渣打撈起來；醒來的時候，一個人站在鏡子面前左照右照，最終發現眼睛很清亮，沒找到半絲頹唐，心裏十分喜悅。因為我媽大老遠來看我——一定不能讓她看到我臉上有什麼萎靡不振的地方。

我的住所與鐵軌之間只隔著一條狹窄的馬路，這些鐵軌每天晚上都會生長到我的夢境裏，久而久之，它們已經成了我夢的一部分。沒有它們，我反而會覺得有些失落。從住處去火車站，大約要十五分鐘的路程，我媽從月臺到驗票口也需要這個時間；幸好我估算得精准，沒有讓她久等。

雖然是節假，出行的人並不是很多。因為天氣預報早就說過了，這個城市近兩天會有一場大雪，都說現在的人越來越沒有了想像力，其實不是想像力的缺失，而是做事情越來越謹小慎微了，從頭到尾都是一副小家子氣，試想一下，這個時代誰會穿一身笨重跑到大老遠去踏雪尋梅？比較起來，古人雖然也有小氣的一面，但性格中感性元素所占的面積還十分廣闊的。譬如王羲之的兒子王子猷雪夜讀左思的《招隱詩》，突然間想起朋友戴逵，於是就乘一隻小船跑到大老遠的剡縣去，但到了戴逵家門前又轉身返回，朋友問他怎麼回事。他回答的卻很輕鬆：吾本乘興而行，興盡而返，何必要見戴耶呢？

我眼光對準人群掃蕩了幾下，沒兩個來回，我媽那件絳紅色的棉襖就把我的目光給抓住了，像蟬翼被樹膠粘住了一般。現在我又已經三個月沒有回家。假設有人讓我描述一下家的模樣，無需多費口舌，只要我媽站在哪，那兒就會呈現出一個家的框架——青菜從籃子裏倒入油鍋，哧的一聲，卷起一團煙，滾燙的水蒸汽把鍋蓋浮起來；食用過的碗碟附著一層油膩，我媽拿抹布一點點揩拭。我在教室裏聽講了一個上午，背著十來冊書回來，人還在樓梯口就開始大聲叫喚，聲音沿著樓道升上去從客廳推入廚房，我媽在裏邊立馬透出一聲回應。

可以說，上大學之前，幾乎每天都在重複這個過程。我媽就像從外邊雇傭來的保姆，小心翼翼地打點著我的飲食，她把高尚的種子一顆一粒的埋入到我的思想裏，以至於從根本上決定了我現在對事物所作出的種種精准的判斷。不過我很後悔我長到這麼大，因為這個結果是以母親容顏的蒼老，凋謝，還有就是我們母子相處時間的大面積流失為代價的。雖然這回與上次比較，在面容上——我並未發現她蒼老了多少，但時間在這兒翻動了一頁，無形中使人感覺到她歲數增加了一大截。

隨後，她又隨我到公寓去，風中開始有了一些雪子，日曆上顯示時間已經到了小寒。俗話說，小寒大寒，冷成冰團。我覺得現在的人禦寒越來越缺乏創意，他們把身體放在一個裝有暖氣的箱子裏，認為這樣基本上就萬事大吉了。以前的人對待寒冷的態度不是這樣的，他們手段總是別出心裁，充滿詩意。老人家愛拿一個竹篾編織的火籠裝滿炭取暖，木炭炙灼的時候紅彤彤的，有一股很耐聞的香味，行走的時候就拎在手上。樣子瀟灑而自在。小孩子們對付寒冷的方法就更是五花八門了，天氣越冷院子裏的空氣就越熱鬧。跳繩、踢毽子、滾鐵環，擠油渣渣（靠著牆壁相互擠）、鬥雞（盤起一腳，一腳獨立，相互對鬥）。這些的遊戲像是我們手上的武器，讓寒冷不敢靠近。

眼下是一個有半張籃球場大的院子，不但植滿了花樹，許多個方位還安設了供人坐棲的石椅。樓梯口的電子防盜門也為樓上的家庭添加了一份從容。我媽很擔心她的孩子生活在一個嘈雜不講秩序的社區，當她看到這些並且我還單獨擁有一間臥室，這會總算松了口氣。覺得今年七月以來的擔心完全是沒有必要的。

現在她又開始來盡母親的義務了：幫我收拾房間，地板用拖把打理得一塵不染。我很內疚，同時也有些開心。至少她看我有些進步，生活再不像從前那樣散漫。這一次她為我帶來了乾果，柳丁，還有鹵排骨。她還是這樣認為：食物凡經她過手，我食用起來就會乾淨些，營養些。可以說這些年我骨骼一寸一寸地增長，與我媽這點滴的呵護是密不可分的。

大雪落了一天一夜，戶外的光線被積雪映照著，都帶著刀鋒似的發白。

轉眼又已經是下午，候車廳牆上的大螢幕上的車次剛剛翻洗，大廳有些空蕩，就像胃裏食物剛剛吸收過，這邊補充還沒有來得及。前邊有一個趟次的火車已停止剪票。為保證旅客安全，鐵欄杆門被乘務員大鎖給鎖住了，幾個遲到的年輕人最終被這座城市給挽留下了。這些事件強烈的觸動到了我，我突然發覺媽媽這些年來在我身上所花費的心思，就像藝術家在藝術品上所花費的心思一樣。她一絲一毫的將我向著美的和善的模樣上面塑造。凡是關係到我成長細節——在她手上無一件不是精工細作。我低頭看了一下腕表，指針打在了下午三點一刻，要不了多久，這具機器就會把蓄積在胃裏的食物碾碎，然後拖運、分散到各個地方。

四百公里的路程，時間上還得穿過一頓晚餐，拉開我媽的旅行袋，發覺乾糧並不多了。我千萬叮囑她火車上務必補充些食物與飲料；到了家一定要給我電話。設想一下，一個中年女人待在長途車上，等待她的是四百公里的長夜——這個過程將會是怎樣的熬人。其實母愛的概念在我的腦子裏很早就有了雛形，譬如我媽的手指切菜的時候不慎被菜刀劃破，我身子不自然的就會驚悚一下，像觸電似的。而如果一間屋子有我媽在的話，這間屋子很自然就會放出光芒，無形中像生起了一個大大的火盆。可以說感恩的心我從小就有，我堅信倘若我媽不老去的話，童年就絕不會離開。從這一點我發現不管女性在各個社會時期怎樣的受歧視，也不管歷史上的克拉拉、蔡特金、杜拉斯和米蘭•昆德拉這些巾幗英雄怎樣的跑到街頭上去搖旗　吶喊，總之，世界自從有人的那一天起——就從來沒有從陰性的土壤中分離出來。

男人們可以在外面叱吒風雲，揮金如土。可以左擁右抱，三妻四妾。但最終主宰這個社會的說到底還是女人。女人就像一堆柔軟的泥土，它可以把自己塑造成無數種形象。她既可以讓自己成為一個婢女，供人指使。也可以成為一個被人包養的小妾，被迫賣弄風情。但同時她也能力把自己塑造成為一個母親。受人愛戴，被人尊敬。她雖然沒能力讓全部人都愛戴她，但至少她的兒子——要給她下跪，夏天太酷熱，要給她扇扇子。喂湯藥的時候還要主動親償一口。

事情顯露的——永遠都是一個假像，真實的一面始終被隱藏了起來。那些看似被人佔領的事物——其實才是這個世界真正的佔領者。男性在創造一具新生命的過程中雖然處於主動。但他畢竟是一個外來入侵者，那一株株樹成長的土壤始終是由母親來提供的。男人在外面飛揚跋扈，征服世界，但是他卻忽略了去好好的影響他的未來。女性被閒置在家，生兒哺乳，洗衣做飯，但是卻無形的讓一株小樹朝著自己的模樣生長。久而久之，世界就成了女性的世界。儘管這個女性世界完全是隱蔽的，但它卻是一個十分真實的存在。

雪屋

「家徒四壁」很直截地告訴我，窮苦人的謙誠態度其實是帶著某種修辭格的。就像兩根直線條無法拼接出一個封閉的圖形，光靠四堵牆是無論如何也組合不出一個住人的家！你可以不需要椽子、檩條、瓦，但好歹要有一塊堅硬的蓋板，屋子的形態特徵很像一隻倒立的木桶，只顧桶箍的紮實而忽略桶底，仍然無法保證它的完好性。除此以外，假設說窗子的點綴近乎奢侈，你可以省掉，但門關係到出入，則必不可少。

我將身體卷成個小棉球，蜷臥在床上，差點哭出聲音。將近一個時辰腦海裏都晃動著不同形狀的繡花鞋、以及女子尖細的小腳。我發誓，今後再也不聽鬼故事！此時眼光貼得那盞垂下來的吊燈很緊。窗玻璃稍有些響動；眼光開始顫抖、它伸出小手想把吊燈搖醒。要知道，在這間空曠的屋子中，燈盞是確保我免受傷害的唯一守護神，鬼魅之類的都懼怕與之靠近。

換一種方式來看；讓眼睛眯成一道縫，就能清楚地看見在燈盞周身披掛有許多把帶鋒芒的利劍。心靜下來還沒一會，屋子裏的燈光又開始醉暈了，薄薄的霧氣使利劍銹蝕。恐懼重蹈內心。無奈之下，我將蠶絲被埋住了臉，溽熱的孟夏天我製造著小小的黑暗，然後強迫自己像蒸饅頭似的蒸裹於這黑暗中，以換取內心的安靜。據說，人如長此以往這樣燜著，體質沒有不變虛弱的。最終我媽不得不在事實面前妥協，覺得現在就給孩子分床，似乎為時太早了。

一個人幼年所遭受的傷痛、恐懼，長大之後，居然還能夠得以罄述，這是我萬萬不曾料想到的。

在整樁敘述過程中，假使沒有人指出，我也知道紛亂的幻象早該把你弄得思維迷糊了。蠶絲被才是通向屋裏屋外的一條隱蔽通道。那時節我用被褥蒙住臉，企圖用此方式抵禦晃動在空中的一雙雙假想出來的繡花鞋。可現在我所需要的是屋子這樣的軀殼——很堅硬的撐開的軀殼。倘使家徒四壁，我不僅無法從容地把每一樁夢給蒸熟，將每篇文字寫得柔軟，甚至簡單的生活都無法維繫。

翻開本年十二月十五日的日記：

晨，十樓看雪，雪花如白色螢火蟲振翅，天地一片白茫茫，當夜，踏雪歸來，門前積雪，鞋為之埋陷。

當我配合天氣扮演完了我所擔當的那個角色才算明白過來，古代許多文人風雅之餘的無奈了：它們書寫日記，更多的是用以自我慰藉，生活中苦澀的部分被寄存在了內心，而點滴的歡愉在紙上絕不遺漏。

那天我思緒僵滯得像一隻冬眠的蛹，進門搖了一搖笨拙的身體，雪花抖落一地。粘在衣裳上的雪花片要比涔涔的露水更加構成某種潛在的威脅。它像一粒粒隱形的炸彈，隨時可能在肩頭炸開。為避免寒氣再來侵襲室內甜暖的空氣，門窗我檢查過多遍，確定它們都闔緊了，才像一隻哈巴狗似的，鑽到被窩裏去。屋外的勁風依舊餓狼般的嗥嘯不停，嗚咽聲有如曲曲洞簫。林風眠的《美人》配有一個木制的畫框，懸掛在對面的牆上。燈光打在那個女人鼓起的胸脯與明澈的眸子裏，似乎添了一勾平常所不能察覺到的嫵媚。

這個夜晚，我深深地感動於這個用於包裹我的堅硬軀殼，它對我的關照無微不至；它應該是那種有勇氣擔責任，同時又極懂得風情的男人；我雖然也是一個男人，面對他，我卻時常感到羞愧。他在外邊與風雪抗爭，臉部受到了深度的磨損，放下樸刀，冷酷的面容就像冰雪一般勻淨地化開了，水的質地頓時明顯起來。

那會兒我用身體緊緊地貼著被單，發覺這一所面積不過方丈的屋子正像是一顆迷人的花骨朵，它抱緊我，差不多用愛戀情人的方式吻我，我也吻它。由黑暗、窒息所換來的安全感讓我重溫起了多年前的那個孟夏……

屈指來算；從七月初，有五個多月我都棲息在這間位居八樓高度的巢穴中，在我搬來之前，它也確實是一群雀仔的巢穴。刷著紅色漆的木地板，堆積著浮塵。小瓣的羽毛遍地，鳥糞反復沖洗才算乾淨了。我像一隻蠻橫的鳩鳥把它們的家給強奪……火車站就在開窗可以望及的地方。這導致睡中許多奔跑著的夢不得不給行駛的火車讓道。可以說，現在即使退回到十八歲之前——我居住在家的那段時光，也未必抵得上這五個月來，生活得這樣有規律性：我每天搭載夜車回家，早晨在新公園路口擠車，週末又在固定位置上坐下來。甚至抬眼看到的都是一成不變的畫面；仲夏、入秋、冬至，時序在預先準備好的畫面上塗抹不同的色彩，以區分不同的季節。而我，從屋外到屋內，讀書從雨天到晴天。生命似乎從來沒有經歷過如此完美的接力。甚至於我每天活動的戶外空間都漸漸地劃歸到屋子內部。情感觸鬚從八樓的高度葳垂到樓下的半邊街。叫賣米糕，老面饅頭的市聲全被打撈了上來。開始我還會把門窗當做開關旋鈕，隨時調節外邊的聲響。可現在我感覺已與它們打成一片，根本就沒有必要將屋裏、屋外的界限劃分得那般清楚。

我有一個朋友最近半年一直在頻繁的搬家，他沒有固定的工作，內心也沒有那麼多稀奇古怪的思想。他急切地想把囊袋撐滿。我看見朋友在屋子外流浪，十分狼狽，每次都想招呼他進來，喝點小酒，聊聊閑天。可以說，七月之初，我的思想裏也做過一場尖銳的鬥爭，雜誌社與建築企業，是把我帶向屋子內與屋子外的兩條截然不同的路途。我知道地產行業的煙火味是很重的，進去之後，幾年下來，我可能酒量大有長進，應酬明顯要比現在強許多，可是我內在的淺薄掩飾不了，精神也許將接近貧瘠。但另一面也無可否認，文字確實是很賤價的。可是，明知如此，為何我還要去製造它，說實話，我壓根就沒想過拿它去賣錢。文字療饑，已經心滿意足。

與年有關

一

小時候一心想著過年。新年到，穿新衣，戴新帽，許多的念想都可以借助年堂而皇之的實現，年就像一個萬能的藉口。

年少的欲望雖然挺多，現在回頭去看，多數是沒有必要，每個欲望都很小，小得讓人發笑。九十年代中期，當時我特別渴望得到一條米黃色的牛仔，覺得那種顏色有點梵高《向日葵》的氣色，古老而溫馨，念念不忘，後來年使我的願望得到了滿足。

現在對於過年已經沒有太多的興奮感，它唯一的好處是讓我擁有了一次親近故鄉的機會。平常很少有機會還鄉，年把我從幾十公里遠的地方帶回來，可是，當看見親人，這些面孔一律被時間洗涮得發白，面前佇立的故鄉完全是陌生的；於是我就問自己，年給我還鄉的機會，但是果真還鄉我又獲得了什麼呢？既然「年」什麼都未曾給過我，那麼年的意義又到底在哪裡呢？

年說白了，就是人們內心的一種奇特的情緒。事實上是沒有「年」的，客觀上說，它也並不存在。逢年過節，遊雲繼續按照以往的方向、速度運行，風也堅持自己的主張，是人們內心的情緒膨脹、外化，才有了轟轟的禮炮，豐盛的宴席，錦衣華服。說白了，年就是在不停地重複一個最原始的衝動，儘管當初衝動得有些莫名其妙。可我們也確實是脫不開「年」，年在連續的時間中畫條界線，於是就有了去年和今年之說。這個舉措曾經使我們再生，過去的煩惱與不順利都被年的門檻給狠狠攔截下來，昨年運氣不管有多麼晦氣，現在都已經過去了，這個「過去」即是以年來界定的。年就是我們內心的一道地平線，地平線並不是具體的一個存在；只要你站的位置不同，它就會變化，但正是因為有了它，我們才有了日出，有了黎明，變得勇敢起來。

昨天下午帶一個朋友去明一兄那兒喝茶。明一兄問：我這個「一」你怎麼看。我說。一呢，即一片混沌，萬般可能都存在的那一刹那。現在想來，「一」也便是年。年就是一道橫線。時間越過它，太陽越過它，月亮也越過它，於是乎，一切又成了新的開始。

二

閏年總是會有些特別的地方，在某個特定的月份，時間走著走著，後退一步，轉身，繼續前進。小時候，特別希望這樣的機會落在一些有著糖果的月份。前天坐在公交上，頭腳太困，靠在後座上呼呼睡了一覺，幾站路剛好被一個夢打發掉了。醒來就發覺有許多的人，花團錦簇。我被這個熱鬧的氣氛的吸附過去。身體緩慢上升，「年」在視線中變得越來越小，越小越清晰，原來年是來自於集體的某種記憶。遺憾的是現在這種記憶在大腦中日漸模糊。一年中，年具體位置在哪呢，恐怕沒有人能夠說清楚。大多數人是通過聽聞，一傳十，十傳百。慢慢的，大家心裏的年才清晰起來，炮仗在這一天形成呼應。年就像一次規模浩大的起義，事先大家暗暗地把一切都約定好。刀藏起來，怒氣藏起來，胸腔裏的聲音也藏起來。這一天，這一刻，山河被巨大的吶喊聲震撼，撕裂。山鬼四處奔竄；於是「過年」的目的——實現了。接下來，它又隱伏起來了，等待下一年的壯闊。

這個道理在今天得到進一步的驗證，我在三康廟新開張的大潤發超市面口等人。風從四面圍過來。這個時候的風就像夏天頭頂盤旋的蚊子，你站在哪，它就嗡嗡的永遠不舍得離去。於是我開始繞三康廟四處走動。這樣一來，風就難以揣摩我的行蹤。街道上人很多，大包小包的從店裏出來，然後急急忙忙的消失在不同的路口。一切的人都像在密謀一場驚動天地的宏偉大業。儘管路上各種響聲彙集，十分嘈雜。但沒有一句話是清晰的。假設你不屬於這個群體。你一定會摸不著頭腦。就像我們居高臨下，看見螞蟻把隊伍排成長列。從一個洞口進入到另一個洞口。它們到底想幹什麼，你根本無法猜中。

年真正被點燃是從年夜飯開始的，夜空中的一道火光迅速擦亮了大地，於是響聲連成片成片的摞上去。大地被掀動了。之前所有的企圖現在被暴露出來。

午後，雨又開始淋漓。印象中，過年很少有雨。那時儘管冷，天空儘管陰霾，但絲毫不妨礙人們忙碌。我本打算去生佛壇前買幾本舊書看，可是因為被冷雨困住，只好在樓上敲擊核桃，雨天核桃殼被碾碎，聲音和雨水落在石階上的有些相像。錯覺也因此發生。覺得屋子裏的雨，完全是由這些核桃殼而引發的。

雨水把地磚給弄濕了，正要走出林蔭道的那一刻，我看到地磚上有一片白亮的光。像天空的一部分，世界因此而明亮了不少，天空離我們太遠了，照亮不了大地，當它借助於水窪從地上升起來，你會覺得世界有這一小塊光就足夠了。我覺得雨天唯一的好處，就是能夠使大地發出光芒。這些光儘管細碎，但卻有別於雨天的晦暗。它透明，潔淨，使人的臉上沁出光彩。許多機會我們失去了，不是因為沒有能力抓住，而是思維上的一點不能變通。概念是一個什麼玩意——我們可以把它想像成為一間屋子；你的世界就在這一間高廣一定的屋子裏展開著。這個屋子說白了——也就是存在於我們腦子裏的經驗，它的存在一方面保證了你不可能被迷失，另一方面卻也限定了你的思維。譬如光怎麼可能來自於地上呢？因為這個想像中的不可能使我們完全忽略了現實中的這一部分光線。於是，視覺中繼續著雨天的晦暗。而雨天其實是不晦暗的，因為天上被雲層罩住的那一些光——在地上恰好得到了補償。

這麼一說，破概念是很有必要的。因為各種概念的存在，世界對人敞開的，永遠只是一部分。但我們也有將概念破得很好的時候。譬如現實裏的年，年破的是時間的概念，一開始，時間是連續的，渾濁的，前後分不清彼此。後來有個人背著一捆禾走過來，臉上滿是喜悅，於是這個時間段就被年佔有了。這一段時間的意義被加深，時間在這——被剪子剪開一道縫。人也從流動不息的時間之河中跳出來盡情享樂。吃著酒，大嚼著肉，歲月靜好的，人閑得簡直像天上的神仙。

三

早晨起來和文瑞電話，電話沒通。繼續把電話打給楚容，楚容似乎被我的電話吵醒，聲音裏裏著一絲迷糊。文瑞說，大年初一要往東走，往高處走，假設那地方有廟，拜拜菩薩，中午再吃一個齋飯，這一年不管如何，至少有了一個好的開端。

馬祖禪寺在城東，建在山上。今天看來不僅是一座廟，也在給我們提供著心理上的某種暗示。可以這麼說，有了這一座廟，朋友的這個說法看上去煞有介事。當然疑問也是有的：是先有這個說法，還是在每座城市的東面山上都對應該有一座廟呢？這一切現在看上去都已經不大重要了。既然廟有了、山有了，方位也是對的，何必考慮這麼多！

天冷。走浮橋去水東，江水作魚肚白，浮橋空闊結有寒霜。一個老婆婆從一個竹篾的簍子裏倒鯉魚到江裏，楚容看到對面有個老人家路過，趕忙過去攙扶。馬祖和尚說平常心是道。可見「道」並沒有我所想像的那麼高深莫測，簡單的事物中就包含了一切，把道慢慢地複雜是人們內心在不斷的複雜。平常大家做好事總喜歡來點排場，有意識的把它做成一場表演，擔心沒有人看見。做好事遠沒有這麼繁瑣。好事說白了，就是隨手滿足別人一個心願。我們力量給予別人的只是一點點，可是這一點力量恰好補充了別人的不足。

馬祖和尚長相奇異是出了名的。走路像牛，看人眼睛像虎，舌頭巨大，可以把整個鼻子給蓋住。他原本是很想在這裏棲身下來。但是山鬼的出現使他瞬間改變了主意。於是搬住到了附近的龔公山。但是他曾經藉以棲身的那方窄小的岩洞讓他與這個山頭綁在了一起。並且一綁就是好一兩千年。越來越多的人與事物被綁上去了。使這個山頭無形之中成為了一個文化景觀無比密集的所在。

現在這個廟看上去有點簡陋，幾根漆黑的柱子周圍釘上木板。上面鋪了檁條，蓋上瓦，來一陣大風就可能搬家到幾裏地外。民國初年這個寺廟也是現在這個樣子。簡單、破舊。大概在民國二十四年（一九三五）馬祖岩寺出現了一個叫持芳的僧人，他被任命去主持贛州城壽量寺的修繕工作。後來大廟修好了，多出了一筆余錢。持芳便索性把它花在了馬祖禪寺上面。有了這一比錢，原來破舊的廟一下子就簇新起來。可是寺廟修好沒有多久，持芳和尚就圓寂了。老和尚一走，他的弟子戒詈就成了這個庭院唯一的主人。風變得越來越冷，庭院顯得越來越空。燕子每年來了去，去了來。戒詈和尚把這個廟越守越老，他把自己也守得越來越老。等戒詈和尚坐化之後，臺階上的草就茂盛起來，綠得十分淒迷。這時山下有個叫昌富的和尚，他把自己貢獻出。交付給這所寺廟。每天替它清掃落葉。拂拭房梁上的蛛網。這樣的時光安靜了沒有多久，山下的風就開始齜牙咧嘴，大聲呼嘯。破除四舊的聲音傳到廟裏。昌富和尚似乎意識到了一些。趕緊把頭發蓄起來加入生產隊。廟果真不久就被這個強烈的聲音給推倒了。等這場動盪徹底平息下去。一些香客隨意的搭起幾間屋舍，經過這一場風波，大家對歷史似乎都看得很透徹了。

這會寺廟裏人很多，虔誠的信客不少，我從右邊的一扇門進入大殿，左邊的一扇偏門繞出，看到一個眉梢飛到鬢角的女人在許願。心不由地晃動了一下。我從她前方繞過去，又看了她一眼，皮膚白皙。這面孔是前後蠕動的人頭中唯一清晰的一張，周圍的面孔繼續模糊著，他們像是一個人的許多化身。大殿門前是一塊空地擺放著幾個大香爐，香煙從那兒散發出來，同時也造就許多的灰燼。廟裏開飯時間推遲，於是繞到後山，那兒有一個財神廟。記住了門牆上的半句對聯：記佛祖箴言若忘義貪財作揖燒香白費力，看後有點忍俊不禁。

很多人去燒香樣子讓人覺得可笑，他們內心不缺少信仰，並且相信冥冥中存在著一種叫因果報應的東西，對鬼神充滿著敬畏；這比較起滿臉兇惡的人來說確實較為可愛，但是存在於他們身上的那些功利的東西又讓人很受不了。一分錢投下去，這些人總盼著十分錢的收益。我想這樣的心思怎麼能夠親近佛呢？在我看來，燒香並非一份香火錢就能有一份回報，個人的獲得與燒多少香其實並沒有多大的關聯。我們去磕頭，無非是在心理上給自己提供一個美好的暗示。擁有這個暗示是很重要的，它把勇氣提供給了我們，讓一切的不可能儘量變成了可能。

單身史記

竇

之前有關於我的戀愛，基本上是一廂情願。說白了，戀愛史即暗戀史，同時也就是單身史。這些歷史事件不約而同地選擇在了江右發生，以至於後來我得出了一個近乎荒唐的結論：《詩經》裏但凡沒有結果的愛情，不論詩人有沒有說明。它們發生地不用多說，都落在江右。這些愛情就像一個個小小的戰役，把江右這片土地變得硝煙滾滾。而我，就是這其中的一卒。

第一場暗戀，是在七歲的時候，我看到九宮格裏的漢字筆劃稀疏，像一個很大的鐵籠子裏豢養著一只瘦削的鳥；當時我們也只能製造出一些瘦骨嶙峋的鳥。筆劃再繁瑣些的，就沒能力搭建。可是同桌居然在練字簿上，借用了許多筆劃，將「竇」字堆疊得勻淨又飽滿。我偷眼看她用鉛筆尖把竇字給挑出，像用一杆繡花針將一朵花給挑出來。

她姓竇，在沒看見她寫字之前，我從未設想過這個字有這麼難寫。當時我目光是穿過了一條歪斜的三八線才將這個秘密給捕捉到的。眼前的這條三八線是有些灰暗了。它既不是我，也非姓竇的小女生畫上去的。因為同桌之間足夠的陌生，任何規則的遊戲當時都還沒法玩。胳膊肘子前邊的那一小塊桌面，各自封閉，獨自為個人的庭院。作為「鄰居」，我們像從兩個不相關的城市搬過來，設不設那堵院牆，關係都不大。因為男女大妨的概念當時還並未建立起。馬尾辮，蝴蝶結，花裙子這些物件都尚不至於刺激到我稚嫩的眼球。而真正刺激到我眼球的，是一把綠色的轉筆刀，它配有一個透明的塑膠盒子。它似一滴濃度很高的鹽水，咬住我的眼膜不放。是這個鑽筆刀點染我生命中有關於兩性的第一朵硝煙，而一個人的單身史，差不多也源自這一起事件。

寫禿了的鉛筆尖像一只喪失了獵物能力的鳥，需要把喙磨尖。鑽筆刀的任務就是負責把禿落的器官重新打磨得鋒銳如芒。被鑽筆刀作用過的鳥，體內似乎被注射入了食欲激素，胃被撐開。鉛筆攪動的過程——扇形的鉛筆皮順勢從刀片一側長起，牽連不斷，如一張漂亮的裙擺。擁有了這個指頭大小的塑膠盒子，不但意味著你擁有了許多杆娉婷的鉛筆，也意味著你擁有了許多條弧線優美的裙子。

我是在出校門左側的另一家雜貨店發現這個轉筆刀的。這個小店像從樹身上旁逸出的一顆寄生。無論它怎樣變換姿態，它都改變不了外來者的身份，缺乏市場競爭力不是因為它的貨件物不美、價不廉。關鍵性的，還在於旁邊的一家店面紮根在這裏——已將近十年了。我現在努力把記憶的膠捲給倒一倒，七歲出頭的我穿一件米色的棉布襯衫。背包裏裝著《語文》、《算數》、還有薄薄的一冊《自然科學》。那個如一只綠色的蟬的轉筆刀趴在玻璃櫃子裏，很安靜的趴著。我花了五角錢將它贖了出來。它吱呀一聲，彷彿在給我道謝。我先是把它安置在胸前的荷包裏，然後就選擇了課桌底下的一小方抽屜使它安身。我將一只拙呆子般的鉛筆送入它那個幽暗的孔道，手腕輕輕轉動，白亮的刀片將送過來的筆尖外表皮一片片剝去。聲音綿密，如蠶的繭。當這個拙呆子再出來時，我沒想過它口齒居然變得這麼伶俐了，刀口光潔如施了釉。同桌把這個都看在了眼裏。看著了，她也依舊不吭聲。過了有好些時，才開口詢問我鑽筆刀的事，並要求也給她買，順便的將一元的票子給遞了過來。我毫不含糊的收下了。收下了，也就意味著我答應了她。這個事件是我目前所能回憶起的——初次與女孩子交道的經歷。我承認，我從小就對異性身懷靦腆，靦腆的性格使我的初戀姍姍來遲。這樣一來，因為漫長的單身生活，使我的暗戀經歷也順其自然地變得異常豐富。

單身說白了是一種知覺，有蟲子在臉上爬的滋味，或者被蜜蜂螫了一口，這個感覺它是不會無端長出來的，需要外物給它一點刺激，可那時候我真不知道自己單身，我若知道自己單身的話，就絕不會那麼蠢了。接下來我要講敘的便是那樁蠢事。課間我從學校門縫偷偷溜出，我錢遞過去，櫃子裏那只綠色的蠶便順理成章的滑到了我的荷包裏。我小跑到教室。在位置上坐下來，很氣定神閑，當什麼事也沒發生。等心跳找回原來的節奏，才將小轉筆刀遞到她跟前。照理這個事情應該增進友誼才對，然而我卻沒能控制好火候，結果把一鍋粥給白白熬糊了。

沒兩天我發現我的這只轉筆刀在使用時很容易將鉛筆尖弄碎。同樣的外觀盒子，同桌的那把，卻還能夠將每只鉛筆處理得周全體貼，小小的嫉妒在空氣中揮散著，歪斜的念頭在一縷光塵中閃現。無論如何，我也得在同桌的那只轉筆刀裏挑出點刺，挑出了刺，我就有理由建議她與我的對換了。結果我尋思許久，指著她的那只，說刀片上有一條黃褐色的鏽斑，有鏽斑的轉筆刀螺絲不久就要鬆動，不能再用了。並且表示，我有能力將這個鏽斑給抹掉。我的詭計似乎很湊效，不久即將這綠色的美物騙到了手。同時偷偷地觸碰到她的手指。滑滑的，這個感覺貼著我，滲透到我的血液裏，多年以後，我才恍惚過來，她的美麗足以傾國傾城。緊接著我開始喜歡上她，有段時間，我在人人網上苦苦找尋她的下落，可事情一無所獲，令我悵惘終日。在愛情中，我想美好也能成為一種力量，無論是暗戀抑或單相思，其中的美，其中的好，足以抵制一切名利的誘惑。解凍一切冷漠的面孔，人性中的種種不潔在這個美好下面都要銷聲匿跡的。我想現在人們腦子裏之所以會湧現出如此多骯髒的邪念，與那個美好暗戀對象在內心深處的消失有很大的關聯。

這一樁事，在這我破費了不少的筆墨，尤其是綠色的鑽筆刀幾乎成了這片記憶的焦點。它的意義是真實的記錄了我初次與女孩子交道的種種。也真切的告訴了我，也為現在的我考證個人的單身史的起始時間提供了依據；至少上溯到一九九六年的秋天，我在性的方面，還無絲毫的萌動跡象。

銳與佳

對於往事的回憶總是由某個細節開始。這個細節或者是某個人物，或者是某個在微不足道的物體，陳舊的事物都是由它們開啟的，以它們為中心然後向四圍輻射，從前的那張網路——通過這種方式被織起來。

每次升學都意味一個事件結束。許多東西無形的被隔開，沖散。進入以往那些事物的入口，時常奇跡般的出現在某個女孩身上，陳年的氣味順著她身上隱蔽的管道流過來，我暗暗地吸吮，美好的事物侵蝕著嗅覺器官。

銳和佳是我初中到高中分別暗戀的對象，她們的容貌並不算太美，或許是過於迷戀，才讓她們的面孔左右著我的審美觀。

現在我把話題轉向兩人以外的某個物件；這個物件牽涉到了一個陌生地：昆明先生坡二號。地圖顯示它處在昆明市區的翠湖北路，靠近當年的西南聯大。

我在十三歲的夏天，開抽屜時無意間把它翻出來，一個薄薄的硬紙片，是一張民國老相片。上面書寫著一行小字，翻面，顯示出一個黑白庭院，花盆裏栽著棕竹，高大的桂花樹觸碰到屋簷。後邊的門扇上有鏤空的花。儘管是黑白的色調，可是原先的色彩還是被我還原了。因為我曾今就在一個類似的庭院生活過。相片幅面很窄，兩寸見方，那會兒我覺得銳的身上具備這個庭院的氣質，屬於千金小姐的一類。下巴微尖，眼瞼很深，眉毛像兩片柳葉影子。她老爸當時開一個越野，每次威風凜凜的把她接走。小學我們同桌，老師委派她來我家告過一次狀，說我作業欠交，欺負女生，大掃除還很會偷懶。升學之後，我們就隔了一個教室，白天上學都能碰見，這期間我們家有過一次小小的搬遷，從左營背搬到塘窩裏。因為這個契機，使我每天上下學都要從她家樓下往返四次。開始，心中的恨還在持續，後來情緒就開始向相反的方向轉變了。我常常傻傻地站在樓底下看她家的陽臺，上面就晾曬著她的衣裳，輕盈的，為風吹動著。開始我並不知道那個陽臺是她們家的，是那些熟悉衣服暴露了這個秘密。這個秘密可以說讓我每天幾乎活在一種濃郁的興奮中，我很自豪的封自己為偷窺者，就像我小時候拿一塊竹片在空中隨意揮動把自己想像成一個武者一樣，一個偷窺者在偷窺的過程中其實並不想也未必能夠偷窺到什麼，它只是想從偷窺這個行為中尋求一點刺激，我現在也說不清楚喜歡上她是不是源於這個道理，可是後來每次和她在路上遇見，我總是會臉紅良久。別的女孩子總是笑話我，說我有心沒膽量，凡是沒膽量的部分，我就將它推到夢中去實現。後來夢中的場景居然與照片上的重疊起來，於是我把她想像成那個院子的女主人，我和她在裏面結為夫妻，整天纏綿悱惻。那樣的畫面，現在想想——很有一種張愛玲筆底的氣味。

佳打動我是源於她的體香喚醒了我的嗅覺器官。對於風油精、白花油我先天性的敏感，在她身上，時常有這個撩人的香味。現在我每次聽小提琴協奏曲《梁祝》這個香味就會在鼻子裏變濃。不過等到她完全令我心動的時候，我們相隔得卻有點遠了。印象裏，她的衣裳是的綿密那種，暗香浮動。那天我湊過去狠狠地吸了一口，然後撒腿就跑開了，在安靜角隅玩味起來，由風油精、白花油所浸泡的舊事物便開始在眼前浮現。讓人歡喜的同時也讓人觳觫。為了感激；暗戀於是成了我回報的一種方式。

佳的身影是我坐了四百公里的火車，然後在N城的某一棟宿舍樓裏住了將近一個月才逐漸淡忘掉的。大學我學的是工科，班上開先只有一個女學生，後來校方意識到這個搭配太素了，不合理，於是又添上兩個。新添的女生表面抱怨心裏卻歡喜十分，由我們建立起來的生態圈子始終和諧，並沒有發生任何的不愉快。事情唯一蹊蹺的地方是三朵紅花始終無人問津，無人問津並不是她們的容貌不美，而是單身的風氣在那會兒十分盛行。後來我學會偷偷地背叛這個群體——我暗戀上了廣播站的一個女孩。當然這件事情而今是沒有意義了，它和暗戀宋朝的李師師一般。僅僅證實了我當時在精神上百無聊賴，而精力卻像春水般的充沛著。

單身不僅僅是為了獲取這些單身的感受。尋找這些被單身折磨的滋味。當然也並不是為了像《詩經》裏的那些男女一樣，有意的讓自己單身起來——去尋找創作上的某些靈感。假設就拿單身的利弊來論，它一點也不比結伴生活差到哪。比如說，它給人以極大的空間，讓你了無羈絆的去享受生活。栽花、養鳥。可是，正如哲人說的，只有野獸與神才喜歡孤獨。孤獨甚至是所有人的致命傷口。女媧在造人的時候，就是並不想讓我們單身的，它給我們口，耳，鼻，舌，還有心臟。在身體的這些部位，誕生了言語，音樂；產生溫度還有渴望，招來聽眾的同時也讓自己學會與外部世界交流，簡而言之，這些器官的設置，就是希望我們彼此能有更多的聯繫，一同交流思想，分享智慧，同時化解憂傷與孤獨。

所以說，單身這樣的事，也只好在個別人身上演繹一下。一味地宣導，是不理智的，甚或是真的荒謬。多數人是需要建造他們的家庭，過一種有異性陪伴的健康生活，不過從另一層面來說，單身卻有著美好的一面，一個始終有暗戀物件的單身漢，他的生活無疑是有味道的，《詩經》裏：采采卷耳，不盈頃筐，嗟我懷人，寘彼周行。想像一下，一個人成天在自家窗子下念叨：南有喬木，不可休思。漢有遊女，不可求思。思念與暗戀的滋味，總是讓人想起後院的桑葚來，酸酸的，帶一點甜，經得起回味。現在我們社會缺少這樣隱蔽的美好感情，大環境讓我們感覺到被另一種單身感所籠罩著。它的陰影恐怖而巨大，彼此懷著隱蔽的兇惡與嫉恨在路上，在這樣一個單身的時代，一個普遍缺乏暗戀物件的時代，無疑是誕生不了《詩經》，沒有風，沒有樹，沒有雲朵甚至沒有流水與富有詩意的眼淚。

第二輯　地理

這裏的人好客是出了名的。橫豎看，它都是個家。東、西、南三面豎起高山。像一堵堵院牆。北面的大地坦蕩著，江湖交織，似乎有意的豁開一道口子，像一扇門或一扇窗，新鮮的風湧進來。攪動著屋子裏的沉靜。贛江像一條運輸養料的血管，它把各個村落裏的秘密帶往下游，先民文化的遺址，像一些貝粒似的串在上面。這是一張簡明扼要的地理圖。但每一個生活在這的人，內心深處都有自己熟悉的地理。它們也許相互重疊，但含義卻從不雷同。在我的地理圖上，現在書寫的，是年少時候的某個公園，曾經讀書過的舊學堂，那個隱蔽的庭院，某個公交月臺……它們的面孔親切而寧靜，讓我看到自己內心的起伏。

贛州行書

贛州可以說齊備了所有構成家的要素，理想的家應該是四周有院牆，牆上有青苔、有銘文、能夠形成一個小小的院落。此外最好門外有河流，可以浣衣、垂釣；路上處處可以看到古井，古樹蒼天，藤葛委地。許多古城當初為使自己看上去更像個家，四面築起城牆不算，又在四圍掘了護城河。贛州比較起來，家的形象鮮明。它四周有一大圈天然形成的河流，呈合抱之勢的宋城牆隨地勢起伏。二〇〇七年以前，我在這個城市裏行走，歌唱，放縱自己的情緒，從來不用擔心走路迷失，一旦靠近城市的邊緣地，它就舉起城牆，河流這塊牌子勸我轉身。在贛州，出行兩只腳是最好的交通工具，鞋底與土地進行著最親密的交流，讓你瞬間切准大地的頻率。

有幾次與朋友約好，去贛州的古城牆上發呆——當你能夠安靜坐下來發呆，你整個人就完全變了，變成了另外一個你。原來你的脾氣是暴躁的，現在就相對隨順了。原來是很汲汲名利的，現在就漸漸淡泊了。發呆就是讓你從一個環境中跳出來看事物，看到事物中之前沒有發現的美與醜。譬如當你發呆的時候，你就看到贛州城中——那舊的瓦屋，舊的石像，舊的曲藤——你不會再認為它的模樣僅僅是舊，舊的裏面同時有蘊含，有內容，很美，那些陳舊的事物一下子讓人心神安靜下來，坐地冥想。

之前約楚容見面，每次爽約，負疚很重，這一次終於找到機會償還。她恰好有一個東莞的朋友也要來贛州看看，那朋友平時生活在一個九平米的空間裏面，精神迷惘、情緒有些孤憤，加上身體羸弱，正好借此來消解臟腑裏的痞塊。畢業之後，我在南昌獨居了半年，也像一隻可憐兮兮的沙鷗——在江面上盤桓。一些朋友偶來過來說話喝酒，心情暫時可以好起來，可是沒多長時間，情緒又跌落下去。楚容是我那時結識的朋友，通過網路，她時常找我聊天，讓我對生活面前多了些勇氣。那會，我畢業不久，實習了一段時間，覺的工作不大滿意，於是就很果斷的把工作辭了。這樣一來，腳下就多了許多的路：既可以回贛州，也可以北上去朋友那，當然還可以繼續留在南昌，每條道路都伸長手臂拉扯我。各種方向的力量將我的胳膊拉得陣陣酸痛。楚容一邊為我理清思路，一邊又找些趣事來充實我，因為她的幫助，我的心病慢慢的就痊癒了。

朋友明天過來，下午天空陰著，正好可以外出行走一下，攪動一下外面的秋味。這個女人內心是安靜的，她曾很用心地、試圖從自己身上找到一些與這座城市的聯繫。她時常會舉出一些例子來證實她小時候居住的那個地方與贛州是如何如相像。光說這點，自己覺得還不夠，又時常強調要把孩子接過來。這樣一來，他們一家——才算徹底把根紮在了贛州的土壤裏。

師院前邊的紅旗大道，兩側瘋長起來的街樹形成兩道綠色的屏障。在贛州，許多百年的老樹當街而立，企圖成為這座古城名正言順的地標。南門廣場一直是個寸土寸金的地段，然而佔據大片空地的卻是兩個缺乏商業性的花園。九十年代初期我還小，身高只有現在的三分之一，長得卻比現在要胖。園子四圍高築的花牆讓我每次經過都會升起向內窺伺的欲望。那時候這個花園十分隱蔽，門口有售票的阿姨把手。裏面有水池以及平常不容易看到的花、樹。另外它還為遊客提供各種娛樂。小時候相機不普及，每次我媽都要花幾塊錢給我照個相，當時園子裏有個石頭塑造的藏族姑娘，通身塗有紅色油漆，很美。照相時候我老喜歡攬著她的腿。紫藤蘿花攀附在一些大樹上，製造出許多暗影。一層一層，人走進去一下子就它徹底埋沒了，這種環境很十分適合熱戀中的人接吻。

後來公園開放了，四面的圍牆也推到了。行人的視線可以隨意的穿過它，它的秘密完全被抖露。之前它很隱蔽，你覺得它很大，大到讓你走著走著就會迷失，現在眾目睽睽之下它變得無處可藏，你覺得它無形中小了，小得可以握在拳心。這一次城市改造，我沒法近距離的和它接觸，廣場被一些鈷藍色的鐵皮圈住，公園被切割成了一些小的碎片。推土機與吊車的轟鳴聲在耳邊喧鬧著，讓嗓子有些發澀。塵土稍微有些不安分，灑水車就像個大胖子似的搖晃過來，冷冷灰塵的情緒。場面一凌亂，小城的看上去就越顯得熱鬧。我看見許多私家轎車慢慢行駛過去，像一些昆蟲在小心翼翼地蠕動。這個地方你叫它「南門廣場」沒錯，但是你一稱它為「南門廣場」，一下子就暴露你的身份，說明你是個外地人，本地人都有個暗號，管他叫南門口。小時候有個順口溜，說肥，挑大肥，挑到南門口，遇到一條蛇，嚇得肥牯子打倒回。南門口之前確實有城門，而且比你想像的要多。足足有三座，頭城門進去需要爬坡，二城門就建在坡頂，可以俯瞰全城，全城人也可以看到上面的動靜。抗戰年代，二城門上疊起了高大的木杆，掛有警號燈，分黃、紅、白三色，分別是預備、緊急、解除的意思，這樣的話，城裏的人隨時就可以知道鬼子飛機的動向，避免遭受空襲。後來在城樓上又安裝手搖報警器，一搖，全城都能聽到。地圖上可以看到三個城門的朝向都不一樣，一個正南，一個偏西，一個偏東，彎彎的像一根月牙。

從厚德路過去沒多久，我的影子便落在文廟跟前的石欄上，太陽在雲層裏。我穿著一個白襯衫，影子很薄，沒多久，它又開始移動了，它把一塊石頭遮蓋一下，偶爾又掩藏掉一棵小草。像一個醉酒的人，哼著那個「昨夜晚吃酒醉和衣而臥」的段子來到南市街。南市街在宋代以前還是一片荒地，後來就有遊兵和移民搬住過來。東邊豎兩根柱子，西方架兩根房梁，形成了街市。有了雞鳴犬吠，街談巷議，大清早還奔跑著賣梔子花的小姑娘，影子繼續往前行，現在這個街上有個私人博物館，叫「東升居」，主要收藏各種瓷盤。

我在地上製造的這片蟬翼從六合鋪進去，一直飄到壽量寺的大雄寶殿。說起來，這個大殿似乎是專門為我而造的。它的建造純粹是為了滿足我的某種癖好。在我的私人檔案上，記錄我很長一段時間是個復古狂。那時我在贛州八中讀書，在班上，我完全是個另類分子。穿唐裝，解數學題用毛筆。管自己叫鄙人或者灑家。高考前一天，老師特意在班上給我打預防針，要我做題千萬不能用繁體。那時候我有一件很大的袍子，牛仔面料，明黃色，上手很柔軟。我把自己扮演成一個小和尚，在寶殿裏唱個人版的《大悲咒》，每次都要花幾塊錢，要幾條紅燭，一把香，對著殿裏的大小菩薩們拜一拜。這次，寶殿裏正好有人在唱經，聲音在風中打旋，我先是趴在殿門上聽，後來被這個聲音感染，急忙與楚容電話。那光景讓我真恨不得將眼前事物一把抓過來，狠狠地扔給楚容，直到她也和我一樣受到感染，才算滿意。因為我看見人家在故鄉動感情，不管是哭還是笑，頭皮就會陣陣酥麻，覺得故鄉魅力無限。

和朋友見面，是陰天，我們從西津門上城牆，江上有霧。西津門外曾經是一片古戰場。鹹豐四年，為了防止太平軍攻城，清軍又在城門一側建造了一座炮城，除炮城之外，之前這還有一道甕城。一九三二年三月的一場激戰把它變成一片殘磚瓦礫。那一年「左」傾臨時中央強令中央蘇區紅軍集中三個軍團冒險攻打贛州。一九三二年二月二十三日，紅一師按照攻贛州總指揮彭德懷的命令，組織衝鋒隊，挖地道用棺材炮炸開了西津門月城右角城牆。紅軍戰士們手提衝鋒槍沖進月城，同國民黨守軍激戰一個多小時。被守軍打退回來。三月四日，紅軍又利用坑道對西津門進行爆破，因坑道積水，幾次引爆，均未成功。此時，駐吉安的國民黨軍兩個師組成援贛軍趕到贛州水西，從北門外架浮橋進入城內。三月七日凌晨四時，城內國民黨軍兩個團，乘夜色從預先挖好的西南門坑道出擊，突襲西門紅一師師部，導致指揮系統亂成一片。紅一師師政委黃克誠遇險，師長侯中英被俘。紅軍傷亡慘重。第二年在廢墟之上又豎起了一座新的城門。開城門的場面十分隆重。我的小太公當時也在場。所有人的目光都彙聚到他一個人身上。他並不是以鄉紳大老爺的身份出現的，他只是一個殺豬佬，不過手上握得卻是全城第一把刀子。城門修好，需要拿牲畜的血來祭。我小太公當時就是這個儀式的主角。不過這一刀和以往的任何一刀都不一樣，他要讓豬血噴射出來，最好是能夠在空中形成一團血霧，讓所有的物體表現都蒙著這個吉祥的紅色。事情最終證實我的小太公不僅僅是一個殺豬佬，同時也是一個出色的表演家，他兜著五百大洋很神氣地揚長而去。

現在我對於這座城市的記憶，很大一部分都來自於這片城牆。０４年的春天，我學會了獨自來這裏看望青山綠水，憑悼古跡。那時我儘管是一株年輕的樹，但年輪的圈數似乎比任何一株古樹的都要繁密。周圍的環境讓我過早執迷於時間積壓的那些美，有些人極容易沉入書中的情節無可自拔，我卻極容易由現實而帶出那些陳舊的故事。《三言二拍》裏蘇小妹，喬太守，黃秀才，杜子春。常常被喚醒，給一雙眼睛、一條鼻子、兩彎眉毛、兩只耳，就隨意的安插於這個古巷那個街。

楚容草木情深，一路上對著陌生的、熟悉的花、樹大呼小叫。水浮蓮在池塘裏開著紫色的花，木棉花砸在泥地裏，叫人不忍心去看。還有一種花萼如纖纖玉指、開水紅花的樹始終叫不出名字。楚容長我一輪也屬蛇，感情細膩，容易落淚。在壽量寺的佛堂前坐著位很清瘦的老婆婆，身側是一個木質的佈施方盒。一些經文小冊子隨意地堆在另一具木頭桌子上。楚容跑過去和老婆婆搭話；說外公就在前天夜裏去世了，萬有的緣法居然在夢中顯靈，自己外邊不能回去，既來了大廟，多少都要捐一點。三百塊，命中八字，自己的、外公的，都寫在化緣簿上。我在四月末坐過的那條石凳上坐下。遠遠的打量著楚容與老婆婆細細的談話。心裏面像盛著一口酸酸的湖。

中午路過灶兒巷，牌坊上有幾行很清秀的楷書，書者李振亞，年屆期頤。城裏凡是有點名氣的飯莊、酒店、茶樓都希望他賜幾個墨寶。他家兒子李安華的字也寫得青鬱鬱的。老先生辛亥年生。早年當過兵，辦過報，負責籌辦贛州第一家電影院。是城裏為數不多的幾個百歲老人。一直在攀高鋪住，他平時最愛吃的是贛州燒餅。我的一個朋友去看他，每次拎幾個燒餅去就能換一幅大字回來。表哥與他兒子是舊相好，那時候，他們聚在一起，私下裏談論書法。這些事強烈的影響了我，那時候我也發狠地練字，起誓成一位元大書法家，目的是為了讓他們的私下裏的談論完全喪失意義。

傍晚和楚容在甓園山下的古樟樹下說話，當時滿城的奇花異卉聚在這個園子。從康熙二十八年起，道署裏的官僚在這裏一邊辦理公務，一邊築臺、植樹、栽花、構橋、掘池、辟室。兩百多年的時間疊加起來，無形中就讓這個園子變得十分茂盛了。這些植物的氣根十足發達，一直往外延伸，與園子外植物的氣根互相纏繞。植物們彼此影響，氣質上日益接近。卡爾維諾說，一點一點拼湊出完整的城市。當你把一座城市拆開，使它成為碎片。然後進行移動，重新組合，它就有了新的面孔。拆分城市與組合這些城市碎片的力量有人說是來自於時間，其實時間是看不見的，甚至世界上至始至終有沒有產生過時間。事物變舊，人變老，花朵被雨水打落。事物的形狀明明是在被其他的東西改變之後，我們才把時間虛擬出來。而真正改變城市應該是人，再具體一些的話。改變城市的應該是人的某種觀念。過去我們從城市的一些細節上看到這個城市居民內心最隱蔽的秘密。可惜現在的的許多城市，細節完全喪失了，讓一個個有著偷窺欲的人也大失所望。

青雲譜的隱者

「隱」是相對於顯而存在的。那些以隱者自居的人，儘管「隱」的方式五花八門。但無論真隱、假隱，好歹都要有點隱的資本。這些人之前要麼是朝野上的大官，要麼身體裏流淌著貴族的血液，假設這兩者都不具備，那麼就要有點濟世之才。惟其如此，他才能夠堂而皇之地把自己的送上「隱」途。譬如元末的王蒙，董其昌，做官累了，就索性把自己隱起來，隱得過於無聊了，就去官場上折騰一下。再比如歷來被人鄙薄的盧藏用，之所以敢跑到終南山去隱士，也是因為在此之前已經考上進士，只不過朝廷遲遲沒有給他封官而已。

朱耷身上雖然有著皇室的血統，家庭也算殷實，但這時畢竟到了甲申年。黃沙從北方席捲過來。沒有多久，山河的顏色說變就變了。朱耷作為明王朝的後裔，完全喪失了隱的條件；隱的前提是必須要有一點使自己顯的資本。也就是說，這條路既然能夠走過來，也可以輕而易舉地走回去。就像小孩子扯破嗓子啼哭，他之所以有膽量哭，是因為他知道還有人疼他。這個「被人疼」是他作為放聲大哭的資本。但是朱耷這一切都沒有，一切都沒有並不能怪他，應該歸罪到家族中那些昏庸、腐朽的這個君，那個王的頭上。是他們把「明王朝」這只大蟲推上了斷頭臺，把山河弄得支離破碎了。

這個大家族之前還可倚靠一下，但是現在轟然一聲，就被李志成推到在泥地裏，他遠房的一個親戚，也就是崇禎皇帝，在甲申年也縊死在了煤山。現在那一株歪脖子槐樹作為鐵證還在。這樣一來，他不僅一點指望都沒有了，甚至還極有可能受到牽累。因為他姓朱，並且還是明太祖朱元璋的兒子甯獻王的後裔。別人在逃竄的人群中可以輕手輕腳蒙混過去，他要蒙混過去就很難。他的身上烙印有太深的朱家的痕跡，首先他身體裏流著朱家的血，這血會散發出一股很重的腥味；與這個家族勢力敵對的另一群人就像只兇殘的貓，面對這些貓發達的嗅覺器官，他是很難逃脫過去的。但那個晚上，朱耷和他的家人，還是偷偷摸摸地逃出去了，成為了漏網之魚。不過朱耷到底是從南昌城的哪一條街巷逃竄出去的，現在我們都沒法知道。包括奉新縣裏那個收留過他的耕香寺的具體位置現在到底在哪，也沒法知道了。因為這一切所涉及的，都只是世俗裏的朱耷。

那時候，雖然他已經邁進了耕香寺的門檻，把頭皮削得瓦青瓦青，可這條門檻他邁進去——也是出於多種原因；至少，在他的背上還壓著重重的一個世俗包袱。寺院開門放他進去，也頂多是讓他歇歇腳，暫且喘一口大氣。

總而言之，十九歲的朱耷披發入山，根本就不具備身當隱者的資歷，說白了，他只是一個逃荒避難的小貴族而已。一個被一場血腥的殺伐裹挾進去的無辜者。但歷史需要它裏挾進去，因為此前的紙上的水墨要麼太狂，要麼太板，要麼呢，就已經老了，朽了，那些人的畫，畫著畫著——就有些乏味了。那一缸墨磨好，需要他用毛筆去蘸一蘸，攪動一下紙上有些沉悶的空氣。

歷史每次在書寫的過程中，總喜歡淡化掉一些東西，目的是為了讓鏡頭聚焦在另一些事物上面，好讓我們的記憶給抓住。歷史在這並沒有讓我們去抓住朱由桵這麼一個人，也沒有抓住耕香寺，以及後來的洪崖寺，而是讓我們抓住了朱耷和青雲譜。

青雲譜在南昌近郊的出現，現在看來。可以說與朱元璋、陳友諒在南昌附近的那場廝殺形成著時空上的呼應。

至正二十三年，那一場刀兵之爭，無論對於誰來講，都將是至關重要的。決定王與寇的關鍵，有時候就是一根毫髮，朱元璋幸運的從這根毫髮上站起來成為了「吳王」，而陳友諒卻連寇都沒有做成，結果直接中箭而死。可是朱事後並沒有把過多的感謝給予他的左右臂膀，而是把功勞都歸在了一個叫周顛的道人那。這個道人當時在南昌的東華門行祈，並且口唱「告太平」歌，言朱元璋不久將定都南京，天下歸心，一片太平。不管這是不是一道讖語，至少朱元璋是相信了：他相信自己就是憑藉周道人的這一句話才坐上的龍椅；而南昌作為他與周顛相遇的城市，必然值得自己去千恩萬謝。

如果說那一次江西賜給朱家的是一片江山的話，那麼這一回給予的就是一只神筆，是這只神筆讓朱耷這個遺民徹底的隱藏起來。這杆筆就像傳說中的一種隱身草，握在手上，身體便能隱沒不見。但是甲申年籠罩在天地間的響聲簡直振聾發聵。火光、刀光、哀嚎聲、鐵蹄聲讓朱耷的思維一時間完全愣住，時間不允許他想太多，慌亂中他並沒有把這一杆筆給抓住，而是倉促的把自己送入了禪院。他試圖以改頭換面的方式把自己隱藏起來。他把發削了，抓住了一件大大的僧袍。他把自己裝扮成一個又聾又啞的呆子，在那裏打掃庭院。他沒有急忙的去受戒，因為他就像一株從世俗裏移植過來的樹，根上還帶著世俗裏的泥土，吸收著世俗裏的養分。世俗裏的疼一陣陣的傳來，他半夜被噩夢驚醒，原來是一聲焦雷把屋簷上的瓦片給掀去了幾片；首先是父親朱謀覲暴亡，不久妻子亡故。這兩具生命的墜落像在他心上紮了一枚枚釘子，他嘴巴裏含滿了恐懼，一方面他需要把自己打扮的更像是一個出家人，另一面又不能忘記這亡國的痛。每天早晨他叮囑自己多遍——千萬不能暴露出事情的真相。晚上又在把生離死別的畫面一遍一遍的再現出來。後來他發現，這些僧袍的作用僅僅是把自己的身份暫時遮掩了一下，可是這樣一味的遮掩，長此以往，心裏就像頂出了一杆槍似的難受。於是他設法找到一種既能夠隱、又能夠顯的方式。他想到了當初的那一杆筆，那杆筆能夠把悲憤的情緒痛痛快快的抒發出來。並且也能夠給人造成一種錯誤的直覺——一個整天在紙上塗畫畫的人與外面打打殺殺的世界怎麼可能存在關聯？但朱耷硬是把這些關聯很巧妙的隱藏在了紙上。他給自己刻了一枚古怪的印章。看起來象一只鶴。仔細分辨才能看出是「三月十九」的字樣——甲申年的三月十九，朱家的天地徹底沉淪了。他在每幅畫的空白處都蓋上這個長條形的印章。

他有時也畫一塊石頭，卻並不把它畫成一個瘦骨嶙峋模樣，那種石頭腰身太婀娜，太美。美得簡直讓人忘記了黍離之痛，他要把骨子裏的傲氣和積憤畫出來。所以他就不能把石頭畫成嬌聲嬌氣的小女子。它要把石頭畫的渾渾圓圓的。骨骼都像鐵一般的硬。為了讓它看上去有點桀驁不馴的氣色，於是就索性畫成上大下小，頭重腳輕。像一個喝了酒的醉漢。醉漢是完全不把眼裏的世界當一回事的。看到一片水窪，他跳進去；看到的一堵牆，他也撞上去。儘管衣服濕透了，頭上隆起一個大包。他也並不覺得冷，不覺的疼。因為那些都是清醒的人的意識，與醉了的他根本無關。有時候他的筆輕輕一轉，一條方形的魚便遊了過來。那些魚有的似乎長了脖子。能屈能伸，還有的似乎長了翅，能撲能飛。特別是一些轉動的白眼珠子，他們從人的眼眶搬過來。在一條魚和一只老鷹那兒出現。如此一來，一些遺民的情緒很容易的便予以隱藏。沒有誰會去追究一條魚是否有復辟的想法。此時的朱耷從內到外把整個自己隱藏在了筆底，他像一滴墨融入到另一滴墨裏，之前之後的他根本沒有誰能夠分辨得出來。

現在既然抓住了這一杆隱身草，那麼就意味著再沒有必要成天待在寺廟裏掃地、打坐、念經。儘管他當初很無辜的被時代套上了一段又苦、又辣、又酸、又澀的遭遇。但生命曾經也賜給過他一條舌頭，一雙眼睛與一顆性，現在他有了這一根隱身草的庇護。那麼就得好好地到世俗裏去讓舌頭嘗一嘗酒味。大飽大飽眼福，然後釋放掉一點多餘的荷爾蒙激素。他在南昌繩金塔附近的巷子裏一邊飲酒，一邊把一枚憤世的眼珠子藏入魚的眼眶。有時候他也在茶室酒肆的附近擺一個木頭桌子，很隨意的耍上兩筆。很快的一些過路人就圍攏過來，他們看到這一杆筆在紙上飛，很好奇，然後就有一塊石頭像蘑菇雲似的立在那。偶爾有一只鷹也從紙上竄出來，樣子縮頸，鼓腹，弓背，露出一足。可是沒有誰敢往那只鷹的眼睛裏看——因為但凡誰看它，它就睥睨誰。旁觀的人皺著眉頭覺得這個畫家十分古怪。但誰沒有想到，朱耷在這個木頭桌子上，一次一次地抒發著自己的亡國恨。於是他憑藉這一只神筆，既做了隱士，又成了畫家，另外還當起了勇敢的復仇者，並且還滿足自己作為人的種種欲望。

當他第二回摒絕塵世，生命晃眼間已經轉到了第三個本命年。這時候他頭上的戒疤與周圍青色頭皮已經模糊成了一片，筆和他也成為了一個整體。有時候筆被藏於袖管，有時就索性被作為發簪子。這回他絕塵而去。並不是為了保全性命。好像自從有了這一杆筆，朱由桜這個人就徹底消失了。原來的朱由桜已經完全被朱耷覆蓋了。但世間並沒有誰要去抓捕朱耷，他躲不躲山林，完全隨他自己的便。不過他最終還是搬出了城市，把棲居地選擇在了城郊十五公里的天寧觀。如果說第一次出塵是為了避免那把大刀，避免朱家的命根子被砍斷，那麼這一次就完全是因為世俗裏的喧鬧妨礙了他神筆發揮。但不管怎樣，這時的朱耷已經成為了一個堂而皇之的隱者。讓他成為隱者的資本便是他神筆下面的那一幅幅禽鳥圖與一幅幅墨荷。因為這一些畫，可以直接拿到市場上去賣，僅僅賣畫的錢，就可以解決生活日用。確切的說，他之所以能夠隱起來，最根本的，就是再也不必愁每日的開銷用度了。就像魯迅講的，但凡隱總是與享福有些關聯的，至少不必十分掙扎的謀生，頗有些悠閒的餘裕。現在這一杆筆使他不再需要四處逃生，甚至還可以在屋前屋後種上幾棵菊，養幾只八哥兒，然後在搖椅上很香地睡上一個午覺。

這個時候的天寧觀，也不完全是一所道觀了，它還充當起朱耷的畫室。但考慮到這個道觀的根氣實在太深了。不但晉朝的許遜治水在這裏開闢過道場，周靈王的兒子還在這裏煉過丹；它與周圍的環境相互滲透，這麼些年來一直保持著千絲萬縷的聯繫。地底下有它的一個巨大的道場，這個場向東西南北不知道延伸有幾千裏遠。所以，無論怎樣，之前既然已經是一個道院，那麼現在就得保持住他道院的身份。

可是朱耷覺得天寧觀這個名字那是再也不能用了。因為，天甯觀是當年宋仁宗敕賜的，從某個角度上說，它帶著皇帝某種政治上的期盼，而天下一直是汙糟糟的，從來就沒有真正的太平過。可是不叫天寧觀那又叫什麼好呢？意念從他的眉宇間一閃而過，他想起了呂純陽駕青雲來降的神話，索性就把他命名為青雲圃。青雲譜的出現使朱耷一下子變成了一個道長。當然也還有人稱他為「畫畫的」。但不管別人怎麼稱呼，朱由桵這個名字都像一枚刺青一樣——刺在他的背上。猛然間使他瘋病人似的抽痛一陣；這種痛讓他一時間咬牙切齒，手腳抽搐。一抽搐他就想把一杆筆給抓過來，然後在紙上悠悠忽忽地塗抹一陣。紙在他的手上旋轉著，道觀周圍的水田，池塘，阡陌，農舍，禽鳥。荷，菊，石頭全部被捲入它的水墨中。紙上看起來有強大的氣流經過。但是等他的筆停下來，一塊石頭，一只蘆雁，還是那麼的安靜從容。一點也不讓人覺得激烈。

這時候儘管畫幅裏的每一個形象都可以在附近找到，但是找到了，一看，又覺得很不像。譬如自然中怎麼存在瞪眼看人的水鳥，魚又怎麼是鼓腹瞠目的。醜孔雀畫得也太怪誕了，這一些其實也無怪乎他。當年朱耷搬到這裏只是想種一點點花，養幾只鳥，好好畫點畫。只是把自己當一個閒人似的養起來。他以為但凡有了這一杆筆，不但能夠把朱由桵這個人隱藏掉，還能夠和古往今來的隱士一樣優哉遊哉，聊以卒歲。但事實告訴他不是。甲申年越走越遠，但鏡頭卻慢慢地拉向清晰。清晰得讓他簡直想跳出來錘著胸膛說自己就是朱由桵。但事實上不管他把朱由桵這個名字叫得有多麼的響亮已經沒有人在意他了。因為這個時候，時間已經讓外面的世界發生了一點微妙的變化，它讓兩種相互對峙的勢力漸漸的趨於和解。即便是堅持抗清這麼多年的黃宗羲也覺得自己這代人的仇恨沒必要延續到下一輩人那裏去，他把兒子託付給清廷，希望他能夠為清廷做一點事。因為「文化與思想領袖」的這一舉措。一種新的風氣在遺民中很快的就蔓延開了。現在外部的世界也讓花甲之年的朱耷選擇了還俗。他沒有必要讓自己隱了。而今的朱由桵也已經不再是朝廷追捕的物件了，這麼多年他讓無數禽鳥替他翻白眼珠子也已經翻夠了，他也想讓它們青眼看看人，讓一條變形誇張的魚回到它正常的狀態去。

××書舍

一

現在書吧這種聚會場所在大城市中慢慢地流行起來。那兒藏書，售書，舉行讀書沙龍，氣氛十分活躍。當然你也可以把它看做是一個小型的咖啡館，或者茶館。書舍的稱謂較為書面，不過在某種意義上，它對當下流行的這個聚會場所的詮釋要比書吧更加準確。書舍一方面既可以解釋為書館，同時又可解釋為書房。書館在古代是教授童子的讀書之所，具有公開性質，同時又暗藏著啟蒙之意，而書房就純粹是私人的活動空間了。

許多書吧的開設，並不是出於盈利的目的，打理它們的主人，往往是在某一些行業發跡之後把時間與錢物拿出來償夙願。書舍門敞開，它就充當書館的角色，買書賣書，喝茶，辦講座——都是為了讓更多的人參與進來。門一旦闔上，它就立馬成了私人的讀書室。喧囂退去，變成了一個相對封閉，適合於獨立思考的個人空間。在古代，書舍裏的光線就相對的要幽暗一些。許多著名的藏書樓制度嚴格，在家族中，那些規範往往成為遺囑而流傳下來。後人對此必須嚴格遵守，假設有人無故開門入閣，就要遭受嚴懲。重的將不予參加祭祖大典，這於個人來說無疑是一項巨大的恥辱。不過關鍵性的因素還在於書卷在古代確實稀缺，稀缺的東西總是容易被尊為神物。

江右曆朝都具足了藏書的氛圍，有名的藏書家在紙上羅列出來就可以排成長隊。他們把僅有的那一點家業靜靜地安置某個古剎，或者某一條僻靜的街巷。但是無論藏放多麼小心還是未能逃過那一場場劫難，蠹魚、水汽、黴菌對於書的侵蝕是很緩慢的。它們給書本造成的災難其實並不算大。但某些人的意志卻可以讓書忐忑起來，這些意志生出火光，長起一條條貪婪的舌頭，整箱整箱的書瞬間就被它們吞噬掉了。其實這些強大的意志也並不是和那些紙堆過意不去，是紙上的鉛字讓他們頗為反感。

在古代，書本十分稀缺。藏書就變成了一種特別有意義的事。一個藏書家不僅僅是在守書，也是在守家業，更是在守護自己的某些思想。大家在無常面前，總有些不甘心；一件瓷瓶和一枚銅幣比較起來。同樣輾轉世間，經年之後雖然彼此絲毫無損；但從瓷瓶帶出的興奮卻要比銅幣的多得多，原因是瓷瓶易碎，能夠保存下來頗不容易，這個事來得更刺激。書也是這樣，稍稍不慎，就有可能給它帶來毀滅性的災難。加上古代——書籍好比一個巨大隱喻，尊敬書，其實也就是對於活動於冥冥中那一部分神秘力量的敬畏。相對起古人這樣的藏書，現在的書吧漸漸流行，一方面把書的枷鎖給去掉了，另一面也把書的地位從神的地位上給降了下來。讓我們可以毫不費力的與它親近。

二

現在說起國內幾個鼎鼎有名的書吧，我們立馬想到的，恐怕還只是那一塊匾額，那扇門樓，那個書吧主人的面孔。其實這一切都不是最主要的。一個真正意義上的書吧是不必拿出四面卷軸盈滿的陣勢來，也未必與琅嬛福地有關，每日有名公巨卿出入，書聲琅琅。一個書吧就是一枚符號，一個城市文化的濃縮。它的背後或許是一群可愛而有蘊藉的愛書人，或許是一具頗為別致的文化觀念。它的樣子很像一張白紙，白紙與鏡子的用途在某些時候是極其相類似；它們都能夠照出人的面貌。不過這裏邊稍稍有些不同，鏡子是絲毫不給人以餘地。當你把面孔放進去，瞬息就凝固了，容不得我們再去修改。而白紙不是這樣，你可以在上邊書寫塗畫，情緒在上面點點流出。

當年的江右幫可說在全國的學界也造成了不小的影響。可是後來氣韻就衰竭了。當然這個衰竭不是徹底消失，沒有哪一件事物會徹底消亡的。要說消亡也只是之前讓它形狀呈現的環境不在了，它也就跟著隱沒起來。假設哪天這個環境重新出現，它又將變出之前的樣子。之所以有這個感受，是因為那天我在化文書舍捧著一冊書發呆，突然發覺到的一個奇怪的現象：你說順著放置的一本書，掉一個個，怎麼一些相同的字元就會在陣行中悄悄地凸出來，變亮。這樣的一些字元在整個版面中使用的頻率之高是我之前萬萬不曾料想到的。可接下來，我把書掉轉回去，這些奇怪的身影隨即隱沒，如有魚上鉤，浮標下沉。這個現象不得不讓人懷疑，在文字的叢林中，也暗藏著類似於草木皆兵的典故。在書舍，有些詞同樣是不經意的大量冒出，形成它們自己的勢力。譬如：接通、頻率、行家、清明。不過用不了多久，它們還是會選擇沉隱的方式。

化文書舍地處湖濱南路一百五十號。原先是個酒吧，後來倒閉了，明一兄把它接手過來，改造成一個書吧兼茶室。就在打通二樓牆體的時候，發現牆上兩個漆書的大字：茶緣。大家這才發現早在酒吧之前這也是一個茶室。現在整個房子面東，三層樓。正對青山湖。樓前有一片香樟樹的影子——風來影動，嫵媚可愛。

之所以要寫它是因為一個從未謀面的朋友的一句話，電話中她的一個觀點與我的全然相悖。未等我萌生出與她爭辯的念頭，就已看見她的話透著一層青銅的亮光，於是我基本判斷她與化文書舍的氣場是相互接通的，像地下井水之間的往來。記得當時我正在用五代徐鉉的話，很老夫子地為她解釋「中」的意思。中，上下通也，像草木的萌芽，通徹地上。我說真正能上下通徹的，應該是思想的動。而她的表述恰恰相反：果真通天入地的，只有在思想睡眠之時。

三

與「化文」交道，屈指來算，時間不長——頂多四個月。我慶倖現在終於找著了一個閱讀它的視角。儘管那些辭彙繼續在空中大量奔跑，可是原來突兀的詞，現在棱角已經完全被時間的鈍器磨光了，當然這並不是分別心的緣故，分別心是不會消滅的。關鍵在於看待事物的角度怎樣的變化。

週末去書舍吃一回茶，現在幾乎成為了生活的一個慣例。在塵俗中混跡太久，總是嫌自己思想裏囤積著穢濁太多，需要茶水這樣東西幫忙蕩洗掉一些。那天，我基本上是把參加茶會的計畫給抹掉了。原因是飲食不慎，無端給身體徒造了許多的不適應。到底是出於好奇，半開玩笑的，想借此驗證一下茶水的效力。於是拖著病體勉強去了，透過前門的玻璃窗，屋子裏的光像一個飽滿的圓球，我身子頓時凜了一下。繞道走後門進去，文瑞，明一在。滿屋子人已經就座。還是那一股像黑木炭般的靜從心房的左邊直穿而過。不過與茶與燈光都無關。靜所關乎的，是人群之中、人心之間相互感應的程度。手捏茶甌，味蕾在茶水中舞蹈，這無非是靜的一種表達方式罷了，就像語言之於思想的關係。

中場，到三樓的洗手間方便。看見一條竹篾的簾櫳從天花板靜靜地垂到地上，便器裏的水流始終輕柔的溢出。使便器瑩潔不汙。防滑地毯上始終不見一點水紋的印子。心裏邊的安靜就開始一點點變茂盛。思想真正被接通是回到大廳的茶座，聽明一給我們講述行走在草原上的種種。有一群牛分散在草地的四處，意態安閒地吃草。因為他的一個念頭關乎牛，不久就有百十頭牛朝他的方向圍攏過來，眼睛裏透著交流的渴望，另外的一則更像《五燈會元》裏關乎蒲團柳絮、竹針麻線的故事：明一早餐饅頭多吃了一只，他的師傅同慶說起天邊的芝麻粒大的一點事兒，他心中立馬就知覺了，為此而慚愧不已。

煮茶的聲音在繼續把「靜」的氛圍拓寬。主人明一說話三停兩頓。因為前些天這個書吧曾組織過一次「草原行走」的活動。所以他們的話題就和草原密不可分：草原的輪廓呈現出的就是那樣一種簡單的溫柔，單純的、博大的，像是一塊放大鏡，內心微細的一點感情，在上邊就奔湧得像一條大河。這個話讓我聯想到小時候祖輩的勸告：早晨起來務必要起一點善念，清早的菩薩是最靈不過的了。現在回想所謂的菩薩，所指的，應該都是自己的內心。清晨一元複始，更新萬象。蕪雜的念想還沒有萌生出來，喧囂也沒有升起來。這個時候因為事物是疏朗的，天空也很清明，因為清明的緣故，所以萬物都散發出神明的氣質。

然後又有人走前來給你斟茶倒水，你也全然當做沒看見，繼續閉目，定神，正襟危坐，像一個很認真做功課的道士。茶甌加上一只白瓷做的茶託，如一把刃附帶一條寶鞘——它們靜待在茶案上。主持者在座中溫吞水地介紹此款茶的產地，性味。手裏提著一只大壺把茶水分散地注入另外幾只玻璃容器，然後拋眼色給燒水工。旋即就有一後生上前接過壺，轉入到後邊的廚房去打水。下面七八桌人將袖子稍微捏起。刃，隨之流出劍鞘。茶友們的嗅覺與味蕾開始綻放了。鼻觀湊上去，先嗅一嗅茶香。舌頭是一把靈活的刀子——在茶水中攪動著。到後，茶水終於開始發力了，那些刀子最終被降服。而這個過程中，一張更為巨大的靜——正在降落。

我之前是不玩這些玄而玄的問題。那時候我甚至不喜歡這些玄的辭彙。你說接通是什麼意思，頓悟又是什麼意思。那時候我沒心情去想這些。當你去想這些詞是很蠢的。接通和頓悟是當你有了某種感覺，突然想到有它這麼一個詞與你狀態有點接近——你才去說的。譬如寫出《易經》的那個人，他冥想有了感覺於是就說：往來不窮呀，就叫通嘛，這就是通。接通的，所謂的天地原來都是自己，它加速著自己的迴圈，疏浚淤積，打通關節，使思想往來無窮。因為那天的氣氛，我整個人的精神好是充沛，這無端又讓我想起當年林和靖是怎麼給梅花來寫詩的：疏影橫斜水清淺，暗香浮動月黃昏。和當時的情形有些像。思想唯三兩束而已，斜斜地橫著。空氣是澄明的。在這個環境中。善惡都被看得一清二楚了，這個空間裏無形的就多出了一份督促的力量。我們時常抱怨人們在某些方面不夠自覺。其一是這個人沒有羞恥感。其二呢，是環境還不夠透明。

後來，我又反復的咀嚼朋友的話，覺得她說的很對。當思想睡眠了，很輕巧的就接通了天地。莊子宣導無為，所以能夠逍遙起來。當思想簡單、安靜了，身體才能夠自在。

我現在每週去書舍聚會一次，有意把個人身上的那些灰塵拍打掉一些，包括拍打掉那些華麗而繁縟的圖案。我覺得化文並非在玩倒裝的遊戲，而今的「文」，確實已到了非化去不可的地步。自古至今，「文」一直是一枚巨大的隱喻，如藏在紙上的一把鋒利的刻刀。天地被他刻畫分成無數方的小格；《尚書・舜典》裏早就說了，經緯天地，曰文。文在開始也是好的，只是到後來。由「文」而衍生的各種門類的標準、細則太多，反而把人給捆綁束縛了。而今的文負重太深，化去了為好，一棵樹，由樹幹轉向枝末，正是末世的徵兆，纖細了東西，豈有不滅亡的理呢——凡此種種，都是因為不懂得疏曠的美，種下的孽根！

看馬蒂斯（HenriMatisse）的線描人體，最大的收穫：簡單才能夠豐富嘛，畫面上能夠讓人活過來的線條，就那麼寥寥數筆。生活中許多事物張開巨大的羽翼，許多人被它龐大的陰影罩住。稍微明智的人，看出了其中重複與堆砌的部分，於是該剔除的剔除，該合併的合併。事物複呈現出清朗的面目。那個下午天氣清爽。青山湖畔楊柳成行，許多人蹲在陰涼地裏垂釣；岸邊的化文書舍中語言像一些堅硬的金屬在互相碰撞，我安靜的坐在靠北的籐椅上，明一的整個身體背窗，正在給茶壺裏續水。開始我也是認真地聽取每個人的發言，語言凡在幽默與睿智之處就獻出掌聲與微笑。後來聽著聽著，思維便幽幽下沉，變得一片混沌。語言的輪廓線徹底被沖淡。顯示出來的無非是一些高高低低的曲線。很像馬蒂斯繪畫時候所用到的那些線條。我看了一眼明一，因為背光的緣故，他臉部一片暗色。我想起這些線條的起伏正好與物理學中說到的「頻率」極其相似。後來我發現只要抓住了這些頻率，那些言語者的魂——輕而易舉地也就被我抓住了。我甚至可以閉上眼睛，來猜想他們的面部表情與思想上的變化。根據這個。我發覺這個世界上的人遠沒有之前我想像的那麼多。許多人說話的頻率是相似的。完全可以像紙一樣的重疊起來，壓縮成為一類。如此一來，世界必定將不再那麼喧囂。一切都都將會是清明的，自在的，回歸到舜堯的時代。

四

沒料到事情有那麼巧。那天在書舍唱歌。居然又與「頻率」這個詞當面撞見。合唱的歌曲當中，有許多我之前根本就沒有過接觸。與歌詞不但一無所知，曲子也到底是亨不像的。

那天我混在人堆裏，歌聲響起，嗓子眼很自然的就一把傘似的張開了。一曲《茶道之歌》，照舊不會唱。可這些人身體裏暗藏的頻率，於今已然是被我吃得很准了。我發覺歌聲像山丘一樣高高的矗立在那，我將嗓子裏的聲音盡力地朝上面碼。盡可能的去夠著它的高度。我想只要把聲音藏在裏面，而不為人知，我的願望就基本上實現了——如此一來，我必將加大這團聲音的分量，很隱蔽地加大它。並非像刺刀似的直刺進去的，破壞了它內部的結構。

又一天，與明一坐在三樓喝茶，窗簾並沒有拉上。聽著樓梯響，接著上來了幾個面龐很亮麗的人。原來也是明一的朋友，來自於商界。他們看到樓上有燈，窗子上還印著一大片明一的影子。所以就想著上來蹭茶喝。我覺得商賈這個群體是很有必要坐下來喝點茶的，因為世界的喧囂多是由他們引發的。現在大家一談及文化，就覺得繁縟與奢侈了。我覺得文化真不該是件生搬硬套的東西，首先你得好好地去理解它，是否擁有，擁有多少是另一碼事。一個不懂得從古玩中尋找趣味的人，看見一件商代銅鼎也依然會與一堆錢幣畫上等號。我想只有把文化嵌入生活，使自己成為它的一部分，文化才有可能衍變成民眾的信仰，使這個民族享有內在的支撐。盧梭認為寓言會把純樸的小孩子教得複雜，錢老的意見卻與此相左。他說寓言恰恰是把純樸的孩子教得愈發簡單了，簡單了，就愈不能適應這個社會。若按錢老的話說，我想寓言最應該去為那些一派正經的大人準備，因為人間的悲喜劇多數是由他們來導演的，某種程度上說，世界之所以渾濁複雜，與他們有逃脫不了的干係。假設書舍的茶水真能夠把人心淘洗得簡單。那些手上捉著城市脈搏的人，是必須來這兒喝喝茶的，順便享點清福，聽聽明一兄準備的茶話。江西人之前是很會做生意的。不僅如此，學問也做得很好，這個你看看江右商幫的成績與宋代那幾位大儒就可見一斑。現在這個書舍在江西出現，類似於一張白紙，大家把墨蹟堆上去。許多的可能就誕生了。漸漸地，一個地域的文化大觀就映照了出來。而埋沒了許久的江西讀書種子也將從土裏生長，使我們看到好的氣象在慢慢復蘇。因為江西人向來是好隱的，人才與學問總是隔代發作。

遺傳

崇禎十七年，他十九歲。那時候他還不叫八大山人，也不叫朱耷，叫朱由桵。這個名字還不至於給人造成誤解——把他說成是八位潛跡山林的隱士。在此之前，因為沾著祖輩的光，他也好精舍，好美婢，好孌童，好鮮衣，好美食，好古董花鳥。加上家裏人都喜歡畫畫，他時常看到父親用一片色彩，幾根墨線條把一個心中的事物勾勒出來。

那些筆像一些在紙上蠕動的昆蟲，他發現這個昆蟲自己會把墨水吐出，濃淡枯榮都很到位。凡是它們路經的地方，很快就隆起了一座小山；或者生長起了一株姿態造型美好的樹。十一歲的時候，他也把這個昆蟲弄到手，讓他們在紙上吐出一片片青山綠水。有時候他嫌這樣玩太沒有意思，就懸腕學寫著米家的小楷。儘管那時候他的血統裏還有著朱家的血液，但和正統的血液比起來已經隔了很遠了。他們就像長在一棵大樹上的兩條樹枝，看起來都連著根，但平常很少有來往。正因為是同根生，一旦風雨來襲，他們就很可能一同被拔起。

甲申年的那場廝殺，在這個本已經體質羸弱萬分的大蟲背上又狠狠了刺了一劍，這一劍刺中要害，於是眼睛裏的山河瞬間就模糊起來。他作為這個大蟲身上的一份子自然也未能倖免。於是只好披發入山，國家破了，這個破還並非僅僅被捅出了一個大大的窟窿，而是徹底的破碎了。他含著恐懼半夜逃出城市，潛居山野。為了不讓別人認出，有意讓別人覺得自己耳朵聾了，喉嚨啞了。它看到許多人把發剃了，它也去削髮。不過不是剃成「金錢鼠尾」的模樣，而是剃成一片光禿禿的，點上戒疤。

它從一條門檻上邁進去。裏面的光線與外部的有很大的不同。於是世界與世界就這樣隔開了。以前一片山現在已經不在一片山了，而是一片雲朵。以前的一只八哥現在也不再是一只八哥，而是了一只翻著白眼珠子禿鶩。他的父親朱謀覲因為這一場變故不久也死了，外面的天地都在沉淪著。雲層翻滾著，他心臟的律動也變了。他不認識從前的那個朱由桵了。他只認識個山，雪個。天地間有花鳥魚蟲但是他看到始終是一個自己，或隱在山中，或獨立在雪裏。他有時像瘋道人一樣，把袍子撕破。然後就用一杆筆在紙上發洩情緒。它自己也不知道自己要畫什麼。他感覺這只筆就像一只昆蟲，閑下來就像四肢套著繩索，十分難受。唯有讓它在紙上蠕動起來。

現在八大山人的這種情緒的穿越時空寄宿在我的體內。讓我眼裏的世界一下子完全的變了。首先是一個早已經失去聯絡的朋友給我托夢，夢中他的出場讓我出乎意料：在青雲譜的某個小鎮。鎮上紅花綠樹，屋舍沿湖建築，空氣濕潤混雜幽香，街道閴淨整潔。一輛甲殼蟲形狀的紅頂轎車在一個拐彎地帶倏然飛出來，朋友搖開車窗探出半截腦袋和我叨了兩句家常。

未等故事來得及進一步發展，處在睡夢外的某個位置就有炮仗聲像棒槌拍打過來；接著，嗩吶聲一聲長，一聲短，像一些伸著長脖子的女人在視窗窺伺。開始我聽覺很弱，辨不出飄過來的嗩吶是哀樂還是喜樂；後來「劈裏啪啦」的炮仗幫了我的忙，它徹底把糾纏我的那些東西炸碎了。確切地說，就是把我的耳朵加長，像手一樣朝著嗩吶方向抓過去，我聽清楚了，這一片嗩吶像一條無法甩直的腰，嚶嚶哼哼地藏著眼淚。當我意識到了這一點我才擔心害怕起來。後來我企圖用念誦《心經》的方式使內心安靜。

天終於亮了。

這個早晨整張天都是陰著，我背了一個黑色挎包，一走出院子就開始叮囑自己：與外面的環境要盡可能的表現的親和一些。不要每次都橫眉冷對，只有瘋狗才會對遇到的事物表現出疑惑至於發狂。首先不能老盯著別人看，假設實在克制不了自己，就得想，你長得不也是那副模樣。馬路上行駛的車千萬不能再望著它出神，這樣會很危險。它能夠在路上疾馳是因為有發動機、有軸、有橡膠輪胎。

今天路上的冷風有些枯瘦，與八大山人筆下的禿鷲的白眼珠子有點像。

這些風真可憐，它們的舌頭乾渴的樣子很讓人憐憫，簡直快要裂開口子，我洗漱時候臉上的水珠子沒來得及抹去，它們就在我臉上不停的舔著。半邊街的店鋪有一個階簷，略高出馬路一個臺階的樣子。二者連接處有一個凹槽，許多吹散的微塵便集聚在這裏。裁成巴掌大的紙錢滿地都是。這些實物一邊將我適才的夢勾畫得更為清晰、具體，一邊又把夢中的思維帶到眼下，使我錯覺黎明的事件遠沒有結束。

下一串臺階，趕早班、早課的行人擁擠在路上。現在天繼續陰著，我感覺到腳下有些柔軟的東西。富足彈性，只要稍微用力，步行的速度就會加快，因為冷風的關係，我一直把下巴縮放在衣領裏。這時候腳尖著地，輕輕一蹬，地磚上的花條紋就迅速後退。身體略有點顛簸，街道，行人、車輛也開始在「鏡頭」裏便出現晃動。我古怪的念頭又冒出來了，周圍的那些樓房是否都是用紙糊的，風來了，它就隨著擺動，人也是一些紙人。會走、會跑，互相的打著手勢。可是不能聽見他們說話。我的思緒瞬間變得紛亂起來。到底是事物的不真實性令我對周圍環境倍覺陌生，還是我蕪雜的念想太多了，導致視野中充滿著幻象。這個問題一時間沒能來得及解決，它得等我坐上了七路公交再說。

曾經有本時尚雜誌開設一檔欄目有過專門的討論：在不影響美觀的同時——五官中拿掉一件，你會割捨掉誰？大多數人選擇了耳朵。今天我就對一雙突如其來的耳朵頗為疑惑。車座前排的女人姿容娟秀，著桃紅色的羽絨服，美髮束起，兩只俊俏的耳朵孤零零地安插在腦後。我一直在勸告自己，別老指著人家的這個部位看，俊俏的東西看久了也會變醜。漸漸地，我感覺她耳朵像兩只小酒杯從大腦裏伸出來，樣子十分突兀；尤其是那些卷起的皺褶很是可怕。我實在無法繼續看下去，不得不倉皇逃遁……

中午的情形，讓我越來越感覺到恍惚。天繼續陰著。素來和我相好的一個朋友是一個芝麻粒一樣的小官，但是比我的上司要稍大一點。他約了我去午餐，如果單獨約我一個人還好，偏巧又邀了我的上司，並且還要求他買單。我瑟縮著身子，電梯從一樓升到五樓，再從五樓升到頂樓。後來因為沾了朋友的光，上司居然為我抬椅子、斟茶。我努力地把「官」想像成為一個戴了頂大帽子的尋常百姓，可是平常那個頤指氣使的影子卻始終在腦海裏抹不去——平時類似的事件不勝枚舉，它們折騰我，讓我感覺在一葉扁舟上忐忑不寧。但有時我又會從這種忐忑的狀態中跳出來看問題，這時候我就變成了葛神仙或者莊子了。

野學堂

社會學家將江西人性格中的不足歸納為幾點：首先是盆地似的心態，確切的說，是既封閉、又保守，性格看上去有些孤立，老愛玩搞窩裏鬥的遊戲，再次是邊緣化的思想，總愛把自己置身在主流圈子以外，作為局外人的他們，既不願意做漁翁，也不願意做袖手旁觀的看客，始終靜靜地站在一側，只是不大喜歡參與任何的遊戲罷了，他們不喜歡捲入到時代的這些漩渦中，無論是做時代的蛟龍還是做犧牲品，他們都不情願，眼神裏始終透著冷冷的光芒，自戀狂似的陶醉在自己的世界裏，不管落後與貧窮，都能夠挖掘出屬於自己快樂與幸福來。

可惜的是，這幾方面的性格特徵在江西佬身上——如今卻越來越看不到了。假設他們的這種品質可以再堅持一會，我想也就不難對抗外面的喧囂，江西肯定也不是現在這個樣子。譬如在我接觸的學校裏面，現在有許多都可以拿出好幾百年的歷史來炫耀。特別是一些小城，每次去，特別愛幹的一件事——就是手捧地圖——按圖索驥地去找尋那些有意思的人文座標，這樣的座標十分密集，尋找起來十分容易，這是個很好玩的遊戲，當地圖上一所老房子在你的面前驀然出現，你會覺得它是從塵封的時間中抖落下來的。

雖然過去的府邸現在可能只留下一扇傾圮的泥牆、一座廢棄的亭子、一口殘破的井蓋。有時根本沒法設想，就這麼一所灰撲撲的學堂——前身竟然是一座大名鼎鼎的書院。當然書院的規模要比現在小許多，它只是幾間瓦屋，現在，那些瓦屋大抵拆的拆，改的改，面目已經全非了。但是學校又不甘心把它們徹底抹掉，他們希望保留下一點過去的痕跡——作為文化上的一點自信保留下來。

江西人自戀情緒倘若不改變的話，我想就不至於像現在這麼被動。問題出就出在江西人貌似自信，其實卻不夠自信上面，遇見大點的場面——手腳便不自主顫動起來。使人不禁要問，當年巍峨聳立的四大書院，朱熹，王陽明，陸九淵這些泰斗級別的人物，現在還活不活在江西人的記憶裏？帶著這個疑問，我把鏡頭轉向了江西某學校圖書館的內走廊，我曾經在這念過幾年書，因為辦理畢業手續，讓我再次與它接觸。

太陽光正以偏離垂直線二十八點六八度的方向注視一處學府。我眼光像一只酥軟的手，從它的頸窩、沿著脊背滑下來，然後落在一片臘豬肝上。可是我並沒有沉湎於這個；餘光意識到旁側還有其他的臘製品晃動。事實上它們也並沒有動；「晃」如一個來回的，急促的波浪，能夠將物體懸掛在空中的狀態直白地勾畫出。我目前的位置就處於圖書館的內走廊。走廊外挖開了一個很深的天井。很多的臘製品系一條紅繩子，從對面館藏室的窗櫺上垂下來。面對如此抽象的畫面。束脩一詞給我幫忙不小：當年孔子規定，學生必須獻十條臘肉，以作為拜師禮。可是這頂多使我心頭疙瘩抹平了些，至於臘貨的主人，以及他們是如何想到這個既方便於光照，又通風保險的處所，我就不得而知了。

從前館藏室的脂粉氣很濃，細聞有盤絲洞的氣味；館長是個鴨蛋臉、操江浙口音的女人。群花之下唯一的一片綠葉，是那個面相青澀的大男孩。當時他與其中一個稍微年輕點兒的女子，構成金童玉女。沒想到時間不足半年，之前那張厚實的蛛網就被劃破得不成了模樣。說劃破未免有些兒不妥，依我來看，如今主要還是外面氣壓稀薄，內力無限膨脹，被脹裂了。自從這個學校建了新校區，這兒就被冷落得一塌糊塗；僅留下三五百號的自考生——像養著一群野孩子。我去的時候，白玉蘭巴掌一樣寬闊的葉子，遮住了二樓走廊。輔導員們偷偷地在辦公室裏烤火，男女打情罵俏。隔壁醫務室的綠油漆鐵門敞開著，藥水味陰森得令人齒寒。從前擁有一張臃腫臉的老醫師，現在變得下落不明。我眼光伸入室內，略作攪動，沒有白褂子的大夫，一個患病人也沒有，只看見擺放在醫務室大櫥櫃上的那些藥品，現在正一個勁地朝我滿堆著笑容。不見了醫生病人，只藥品單獨在擱在櫥子上，這使我覺得它很不懷好意，暗藏有謀殺的意思。可接下來，我所去的地方還並非館藏室，所以我既來到這個隱蔽的內走廊，其來到的原因，完全可以排除是受到藥水的追殺。

當去之時，我也沒忘記給辦公室裏的輔導員們道別，不過揚手很含糊——朝向每一個人。眼光卻只拋給一個叫丹的女孩子。她是舊員當中唯一不曾南遷的。我認得她。

走了。再見哈！我退著步出門。

藥水味真是難纏，除了令我手腳發涼；它還令我的胃很不安分，肚子饑餓得如一只瘦癟的皮球。我提著兩本雜誌，鑽進了院二食堂。「鑽」是一點都沒有錯；小食堂門洞很窄，門扇卻以塑膠布的垂簾替代。凡人出入，就得掀動簾子。此時頭被削尖了似的，朝披開的縫隙裏鑽。假設正有一只飯蒼蠅蹲在門口。它必定見證了我鑽進去，又鑽出來整椿過程。飯蒼蠅問我，進去時明明看見你雜誌提在手上是兩本的，出來怎麼就少了。我回答他。裏邊太冷清。和一個胖乎乎的廚子短聊了數句。看他不迂氣。就送了他。我在一年前就毫不含糊地這樣說過：藏書千卷而不讀，如後宮粉黛三千之馳愛，乃人間第一造孽事。社裏的雜誌每期都要向一些大老爺寄發，可他們是連拆封也沒有，就扔到廢紙簍裏去了。這樣想，倒不如寄送給那些真正愛書之人。當文字遇上知己，它就會一粒一粒地放光，像嵌在紙上的珠貝兒。

繞了這樣一個大圈，我才站在了現在所處的位置——鐵欄窗旁。我撿到一截炭筆，勾出眼見的畫面：走廊狹長，一面是窗，米色的卷簾委地。似大張的手帕。風不來時，兀自擺動。陽光就從簾子拉開的空隙裏流瀉而下。鐵欄窗的影子落在牆根，被陽光折出一個直角，模樣清清瘦瘦。開始我腦子裏的那條指標沒有多想就劃向了宋人「酒醒簾幕低垂」的詩行。特別是野雀仔，把熱鬧播散到天井中，更是給我加大了與周圍的事物接洽的難度。這些麻煩，結果都在我回首的那麼一瞬，被地上的兩只破枕頭給消化掉了；平常花枕頭下床，橫躺路旁，總是件很可怕的事；幸好我知道這兒有個畫室，枕頭是繪畫的道具。唯獨遺憾之前我不是建築系的學生，這個畫室不常來，不過我卻在它樓底下——自習室靠窗的那張座椅上翻了好幾年的書。我曾清楚地看到窗子外的構樹，是如何將一片片新葉從枝頭吐出，看見葉片一點點加寬，色調緩緩下沉。然後秋風像一具壓榨機，將水分，青春，靈氣榨乾。到冬天，書本擺放在案桌上，字跡變得格外清亮。這個過程就如一只輪子，滾過多遍，而我就在這個過程中逐漸地成熟起來。樓板的隔音效果極差。可畫室卻時常被建築系的學生當作舞場。我坐在底樓看書，要是對上那樣的一個夜晚，全身的感覺器官就會把眼睛睜得圓圓的，敏感於微塵從天花板上震落，旋下來，距離相對於身體，縮短地每一個小尺寸。

我得承認我現在的動作近乎粗魯了；畫室的門就在我腳底被踢開，原來，它一直是虛掩的。門順著軸子在地上轉出了一個扇形，可是我還沒有立馬進去，興趣暫時放在了那把鑄鐵鎖上。鎖的鐵環指頭粗細，左側正反對稱有兩道明顯的軋痕，刀口寬而淺，很新，從時間上判斷，距離發案應不出一月。鎖環被扭結的五號鐵絲套住，鐵絲的另一端穿入門板。可最終它還是被軋斷了。想像裏的盜匪就這樣——橫衝直撞的進入畫室。然後把櫃子撬開。畫架打翻。撕毀了粘貼在牆上的作品。之後唾一口，擺尾搖頭的去了。如果不錯的話，這應該是紅小兵的做派了。

可現在這個罪孽卻是由畫室原先的主人，他來造的。焦躁的心態與野蠻的行為昭示著他之前的修煉全然白費。他不知道趕時間是很愚蠢的麼？新校區的教學樓還沒有竣工，他們就急切的把教學該有的設備朝裏邊運送。目的是避免這一年的招生計畫被打亂，因為一旦打亂，損失即會是無可估量。接下來我移步畫室。炭筆被重新拾起。看樣子這間畫室的縱寬足有數丈。朝南的整面牆是落地窗，有簾子束了一個活結，筆直下垂，鬆弛的，懶散的，是瞌睡的男人垂在床前的一只拳頭，風搖他不醒。此外大方桌一具擺在正中，矮凳數十把擠靠牆角。畫板多塊疊放在一起，如一本書。聚光燈的眼睛瞎了，背有點兒駝。畫布，杯盤碗碟，墨水，顏料，眼睛一亮，全都給冒了出來。唯獨使我歡喜的，是鋪撒在地上的那一排菱狀形陽光。窗櫺的投影在地上格出一小方水池，金色的太陽光把水池注滿。只要窗外的構樹枝條輕微劃動，水池裏就會蕩起許多的縠紋。

說真的，我現在根本沒有心思去講述這些，眼下這個環境我不適應。文字也開始變得浮躁。我習慣了逢食堂開飯的時候，看見打飯的隊伍排成小火車，我站過去，一邊擊碗，一邊感受著火車的開動。另外，好幾個人住在一起，短短的晾衣繩總不夠用。漿洗好了的衣裳，屯在塑膠盆裏至少得幾天，那時候，大家輪流的佔用著晾衣繩，輪流享用金色的太陽光。擁擠著，彼此不分。可是學校為了評估沒有法子。征地、重建、擴招。樹小、牆新、畫不古。許多戀愛的男女生開始抱怨了：學校真不給力！連一個隱蔽點兒的樹林子都沒有。斜坡上的草皮還沒有完全紮根，大雨過後就滑落了不少。大學如一座漫無邊際的城池，陌生與孤獨，使孩子的目光迷失。

很多人都沒法說清江右到底是個什麼玩意。但對於江西這個名稱他們是不會不清楚的。儘管有時候這兩者之間是混淆的，但差別也是很明顯的，江右至少是素色的，江西卻與紅色革命有關，讓人想起老實巴交的老表。學堂也是這樣，它作為學校舊稱，氣質上卻與學校相差極大。江右學堂這個稱謂你完全可以把想像成一個儒雅的君子，想像成為一枚曾今閃爍，發出過光芒的文化符號。不過現在你的舌頭咬到這個辭彙的時候，心裏難免要泛酸了。

比較大學的陌生與孤獨，學堂裏確實有著一股融融的春意。這其中的緣故，首先是因為它小。比較起萬人之眾的「大學」來說。它只是一個小班罷了，其次學堂有一種令人刮目相看的閑。這裏的閑並不是管教鬆弛，它同樣有戒尺，有搓衣板一類的體罰工具。因為這些體罰的工具直指知識本身，作用無非是在學生之中樹立了那麼一點點必要的威嚴，使存在學生身上的陋習，及時的得到改正。所以你覺得那確實是一個讀書的地方。

想起一句舊詩：兒童冬學鬧比鄰，據岸愚儒卻子珍——愚儒，頑童都是次要的，這裏所展開的一切都屬於遊戲，沒有人會去打攪他們，干涉他們的種種，去規定這個遊戲到底該怎麼玩才好。因為這一層，在這個環境裏，不論喜怒哀樂，學生從來都沒有被書本框進去，在知識面前，他們從小就是以主人的身份出現的。而這一點，恰好是當下教育所不及的地方。

花園塘一號

時間就像一個高明的魔術師，它把一些東西從袖子裏甩出來，又甩回去。當年土皇帝盧光稠的御花園就修在贛州的這個角隅。可惜，御花園裏的好花、好酒，脂粉與石榴裙沒過多久——就隨著那個政權的覆滅而零落成泥了。恰當這個遊戲結束之後，時間的魔術師並不甘休，它認為事情到此一步，遠不夠味。於是又在花園塘捏出一條世俗氣味很重的巷子。可是與這個巷子有關的遊戲，玩著玩著，竟然也成了白開水一樣的東西，於是他又在空中比劃了一下，擺弄出了幾個俄式風格的建築來。一個地名的含義，就這樣，在魔術師的手上一層一層的加深著。

現在你完全可以把這個蘇式別墅的出現理解為來自於一陣風的力量。事實上它被吹過來，卻不只於一陣風，許多陣風的共同作用才讓這個庭院落地生根。

一九三四年的芬娜打兩條辮子，在辮子上，又用花布打了兩個大結。這個時候的芬娜小姐還並不認識這個叫蔣方良的女人，她甚或不曾料想，接下來會與這個黃皮膚、黑眼珠的中國男人相愛。即便相愛，也沒敢想過要轟轟烈烈地把這樁愛情從高緯度搬到低緯度來，不過在一切中，最要命的是這個已經被自己愛成心肝骨肉的男人，居然是中華民國蔣中正家裏的大少爺。

蔣方良原名芬娜，是兩個鐵路工人的孤女，當時與姊姊住一起，生活得十分艱苦。她和尼古拉的相識是在烏拉山區的重型機器廠，尼古拉也就是小蔣。他之所以要起這樣一個俄文名，是希望自己能夠與蘇聯的這個環境相融入。但事實上早在一九二五年，它就已經與那個環境隱蔽得達成默契，那一年，他赴黃埔軍校探望父親老蔣，沒想到會和那個來自於蘇俄的新思想迎面撞見。那些蘇聯學生的血液似乎都還沒有從十月革命的狂潮中冷下來，站在很遠的小蔣就感覺到了他們身上的那一股騰騰熱氣，小蔣深深地受到感染，沒過多久，年輕的他就被那個紅色版塊給吸引過去了。

然而要說尼古拉與芬娜的相識，卻來自於一片黑，那個夜晚天很黑，黑得只能看到自己的雙眼，芬娜在距離宿舍不遠的地方被一個大漢攔住了，隨時可能受傷。因為有一種叫緣分的東西存在，尼古拉在一片漆黑中看到了這個可憐的弱女子。同時也看見了那個倡狂的醉漢。身材短小的尼古拉自己都不敢相信，是什麼的力量與勇氣讓它一個箭步就把芬娜給救出來了。這時候，花園塘一號僅僅是一片荒地。各種雜草互相競爭。根本沒有想過以後自己會有一個姓蔣的主人。

時間的魔術師儘管有這麼多奇特的本領，然而它最終沒有料想到：這一對曾經在蘇聯得打水深火熱的男女，現在居然攜兒帶女到贛州的花園塘築巢來了。尼古拉與芬娜兩並沒有把他們的別墅建造成前廊後廈的中國式建築，他們很痛快淋漓的把蘇俄元素一件件地搬出來——堆疊在那些牆、瓦、窗子和門上，有意把那些牆壁做成紅赭色的魚鱗板，然後又把波紋瓦鋪上去，形成一個個漂亮的斜屋頂。房子建好之後，園子看上去還是有些兒空空落落，他們又砌了一些花壇。讓各種顏色的花——從花壇裏的綻放開來。為了再給園子增加一點陰涼，於是又種了兩株玉蘭樹。結果玉蘭樹很自然的就成為了時間的刻度，那兩片陰涼逐日地放大著，把園子的空地都給占滿了，最後園子就一天一天的老了，但小蔣並不知道這個園子是怎麼老的。一九四五年二月日軍進攻贛州，在日軍進城的前一刻，他被迫乘坐「美齡號」飛機離開，然後這個花園就像是一個夢——漸漸地與現實拉開了距離。

確切的說，當初這個花園就像是小蔣肚子裏的一枚雞蛋，他並不知道會在什麼時候什麼地方生下來。但是一定會生的，這一點毫無疑問。

一九三九年對小蔣來說無疑是一道坎。若按照虛歲來算，他已經到了立起來的年齡。但事實上他卻並未找到立起來的機會。他在省保安處副處的位置上待得有些閒不住，這個副處其實也就和閒人差不多，讓他整天在街上瞎逛，偶爾替窮人打抱不平，沒人知道他是一個官。便連自己也覺的自身就是個吃公糧的老百姓。但他的上級拐公熊式輝是個聰明人，他辛辛苦苦的把小蔣從蔣委員長手上挖過來，絕不會拿著這張王牌不用的。它要把他狠狠的甩出去，讓那個向來與自己抗衡的廣東軍閥心有畏懼。

一九三九年六月二十一日，小蔣把頭發篦得油亮，贛州城西米汁巷比以前要熱鬧些，按照熊式輝的意思，小蔣正式接管了贛南專員公署。之前的那個劉專員「已乘黃鶴去」，一顆專員公署官印的留下來了，僅僅把這顆官印接過來還並不能說明什麼，能說明問題的是小蔣的那一方鄭重莊嚴的就職宣誓：他提出了建設新贛南的口號，他想切切實實地造福贛南人民。可是，這個時候的蔣經國，還並不知道贛州城裏有花園塘這麼一個地方，更沒有想過要把肚子裏的這枚雞蛋下到花園塘去。真正把這枚雞蛋催生出來是源於日軍飛機對溪口的一次轟炸；這一場轟炸的規模說起來其實很小，小到完全可以說成是一次意外，日軍根本就沒有想過要去轟炸這個地方。六架飛機像野遊的鷹一樣飛過來。他們把炸彈擲向了蔣家的豐鎬房，小蔣的生母毛福梅生來就不是一塊享福的料，塌下來的房梁不偏不倚砸中了她老人家。這樣一來，不但使蔣母失去了坐享清福的機會，也讓小蔣失去了盡孝的機會。

在此之前，小蔣曾多次想過把母親接到贛州來住。但這個老人和溪口的感情太深了。深得已經沒有辦法與這片土地剝開。最後還是小蔣下得狠招；他讓妻子方良和兩個孩子噗咚一聲跪在老母親的跟前。這樣一來，老人家就徹底愣住了，但時間的魔術師並沒有在「楞住」這個表情大做文章，自然也沒有把「愣住」這個表情設置為一個大大的句號。它還想把遊戲再玩得精彩一點，於是又添出另一場風波，它把豐鎬房的親戚叫過來，噗咚一聲的都跪在老人家的跟前，這個噗通的下跪聲當然不是勸老人家搬去贛州的兒子那裏，恰恰相反，他們下跪的目的是要讓蔣母看到有那麼多的釘子死死的釘在地上，倘若她一走的話，這些釘子就會死死地鉗住她，讓她感覺到錐心的痛，同時也讓她感覺到釘子在痛，以及那片被釘子紮住的土地也在嗷嗷叫痛。這些痛被這麼巨大的下跪聲放大著，使老人的眼淚嘩啦嘩啦地淌下來，要說痛，當年她出嫁的時候也痛過一次，那時候她還年輕，還能忍受，現在就有點受不住了。現在她實在是沒有法子，因為她畢竟是個小腳的女人，一個裹腳的女人如果為了爭取自己的幸福而破壞了祖宗的規矩，當然會讓自己的幸福變成痛苦。不過小蔣並沒有灰心，他仍然在不停的尋找機會。但這一次轟炸已經讓他不可能再有機會了。於是他迫不及待的要在贛州建一個庭院。復仇的恨與亡母的痛——交織在一起讓他恨不得立馬就讓一個庭院瘋狂地長起來。對於這個庭院，附近既要有河流又要有空地。當然前提是不能離米汁巷的專員公署太遠，太遠了自己辦公就不方便。當這些前提被彙聚在一塊，花園塘這個位置想逃脫也難了。那時候廣福禪寺西邊的正好荒地很可以利用一下。可是他自己並不知道這地方當初就是土皇帝盧光稠家的後花園。盧光稠也算是贛南歷史上聲名顯赫的一個行政長官，唐僖宗光啟元年（八八五年），這個男人轉身擁兵起義，很快就佔據了整個虔州，並自任刺史，那些身上流著正統血液的皇族當然只認他是一個寇，絞盡腦汁的要剿滅他。可是當地的百姓確實任他是個好皇帝，對他感恩戴德，不過差點這個人物就在小蔣的眼皮底下給忽略掉了，可是時間的魔術師並不希望他將這個人物給忽略掉，因為小蔣與這個土皇帝長得太像了；讓我們覺得他根本就不是老蔣的兒子，而應該姓盧，應該是盧光稠的子嗣。於是乎魔術師有意的把他弄到了花園塘來，並且讓他在這裏築了一個愛巢，白天讓他在外面禁煙、禁賭、禁娼，懲罰貪官污吏，解決民間疾苦，晚上，就讓他給兒子孝文做孺子牛，讓他陪夫人識字，行酒令，哄家人開心，製造並享受著天倫之樂……

因為魔術師的這些安排，讓我每次看見花園塘一號的幾個蘇式建築，就覺得在這個世上，有些東西，還沒等它們出現，在時間的彼端，早就已經有了安排，就像花還沒有開出來，在種子裏就已經書寫著花的形狀。而之前那些看似毫無關聯的東西，現在也因為這個園子的出現——被聯繫在了一起。彷彿時空中的任何兩樣相距遙遠的人或物——都有可能在未來的某天——被某個東西串聯起來，締結出美麗的緣分。

七路夜行車

雨夜的七路班車慢行過來，長了棱角的車軲轆很像夜航船裏伸出的雙甲。我每夜在八一橋頭的這個露天月臺裏等車，場景相似，一幕幕終於軋成薄薄的紙。

對於這個月臺，有些奇異的感覺一直未能消除，它的面磚上像敷著一層蠟黃色的油垢？這都是距離三五步遠的那家湯包店引起的；剛剛出籠的湯包白白胖胖，被工人們托在手心啃食，以此打發掉等車的無聊時光。湯包裏邊噙著油。咬破一個小口，滾燙的油汁便嘩啦嘩啦地流滿下巴。深夜的湯包店已經歇業。臊子的膩香和工人身上的餿味還在勉力地維繫這個月臺的符號。公交一甲一甲地劃過來。高挑的紅衣女郎斜斜地撐開傘，身體貼著公交穿過馬路，前邊的巷子，極具耐心站在那裏等。它這樣充足的耐心，到底等來過多少女郎？需要多少女郎投懷送抱，才足使其成為名副其實的煙花巷呢？這些無聊的思緒在雨夜的候車時分居然佔據了我內心的全部。

我夜讀的習慣從未間斷。雪夜裏捧著《杜詩》在工地的臨時醫療棚裏打盹。儘管事情過去不久，但我相信這必將成為記憶裏的精粹乃至華章。現在我將視點稍微轉動，回溯到本年七月之初，那時節也沒有誰向我洩密；接下來我將遇上一位先生，至少未來的一些時日，飲食起居的形狀會由她來捏置。確實，對於我之入侵，雜誌社根本不存絲毫免疫。於是我像一只大蟲似的每天躺在了裏邊，十分簡易的晚餐，兩菜一湯便足能滿足口腹之欲。如無意外情況，我一般會在社裏夜讀，只要鐘頭不超過十點就還能夠坐上回家的末班車。夏天所謂的暗夜，僅為虛設、是墨筆在繁華的主體上東一筆西一筆的胡亂塗抹。公交的身體兩側一般都裝有指示進站、啟動的信號燈，水亮之綠，柔媚的橘紅。只要望著它，我就會沉沉地發呆，太專注於美是要付出代價的，我曾為之付出的代價就是錯過了最末的一趟班車，懲罰當然就是步行四五裏。入秋以後，夜色開始把破爛的水桶修好，供夜色滿滿地注入。我走在秋水深淵的地方多有逃離的念想，幸好月臺的對面開了一家「怡元食品」，每次花一塊錢買一包香脆的薯條，用食物溫暖一下冷清的胃，由饑餓帶來的恐懼暫且便遠離了幾尺。有時因為候車太久，連自己也沒有了信心，這會兒有個亮眼的紅標識像從天上掄下來一般且寸寸地逼近，它身後的那個大箱裝載著能量，那時候我就會想，公車真像是一個會移動的家。

夜車上我常靠窗胡思，每天搭載夜車回家，這一程路就像一段傷心的戀情；為失去無緣由的美好而傷心，為什麼我與她的緣分就是那麼一小段。她來自蒼茫的夜色，消失於蒼茫的夜色中，儘管途中我們用眼神對話，可是對於延伸的兩個方向我始終只能保持住張望，《聊齋》裏描述如此這般的情狀數見不鮮：才貌雙全的書生與傾城的狐女邂逅。接下來的人間恩愛，柴米油鹽，全然忘卻自己的血脈傳承，可是，分離也都在不意之中。醒來時真恨當時的夢做得太過華美。當然，這些畸形感念的產生，必須是以〝有座〞為前提的，人如果在車廂裏被吊環懸掛著，左晃右擺。唯一的祈盼就是公車能夠快點，快點將我載到目標站。因為我真想呼吸一口長勢凶凶的夜風，而非車廂裏來自人臟腑裏的濁氣。

公車進站，導致這片區域的所有秘密完全抖露：勝利路北口上車的乘客手中稀裏嘩啦的塑膠紙，拎著的全是些時裝飾品。因此可以斷定，周圍必有大商場無疑。最大的誘惑當然是來自於瓦子角，上車一個挨一個的全是個子高挑、面容嬌好的時髦女孩。女孩子成群地出現，使人不難想像出周圍夜總會的猖獗。大家把外面的世界都帶到了公車裏，闞那些綿長的氣息就足夠把車拖累地只能挪步前移。同時我也相信公車環境是一個絕佳的交際場，可是少有愛情從這裏萌芽，雖然相視一笑彼此都有好感，但缺少的唯獨是那麼一點勇氣。人必須相信自己的判斷，真誠與邪惡人人具備。決定好人、歹人，評斷全在一念之間。考驗的，無非是在真誠與邪惡的表達上，對誰會更具勇氣。

那一天正值雨夜，一個身穿白色襯衫的男子就在我的前排就坐，有時他會回過頭來看我一眼。當時我就覺得他的面相絕似我在工地投奔的那位福建老闆。從身段，腰板，大致地估摸了一番，我越來越變得緊張兮兮的，我想再仔細些，可是暗弱的燈光使我無奈。雨在玻璃窗上劃著，車廂薄薄的暗色中懸垂著岑寂。倏然，細微的歌聲響起、逐漸旋大，如我不是看見他嘴唇的開合形狀與曲辭相吻，我還真不敢妄下結論。他未必鍾情歌唱，但雨夜的抒情成分卻盡被他感知。他這種大膽熱情、與鼓脹的勇氣無疑種下許多美麗的緣。這些緣也使一些游離於身體以外的東西如潮水般的湧入自己的身體以內。

站臺・舞臺

我現在居住這座城市幾乎每天清早都要上演一場規模浩大的遷徙。出於對房價、居家環境等等因素的考慮，人們會把家安放在距離工作地十幾公里外的城郊。加上近年來新城規劃，位於舊城區的廠房一律東遷，更加把這個城市清晨時段的騷熱加大了好幾百倍。借助各種交通工具，工薪一族像螻蟻載於舟筏，每天上下班都似乎在橫渡滾滾紅塵。在這一過程中，清朗的眼神、簇新的衣領被帶到一些樓裏面，等到日暮時分，大大小小的車輛又齊齊出動，把那些渾濁的眼神，皺巴巴的衣領成噸、成噸地拖運回來。我每天裹挾在這個浪潮裏，根本沒心思去想像它的糟糕，直等到某天夜裏乘坐在夜車上，被玻璃窗隔著的路面顯出一層冷。整個路看上去像是一個巨大的操場。這個景象與平常遭遇的那些場面形成了很大的反差。這個反差讓我對這座城市的交通秩序產生了某種程度的焦慮，也為城市人口不斷擴張而抓了一大把汗。

N城與贛江比鄰而居，它作為江西的省會，一年前把我接收下來，安頓在八樓的高度。開先我們還不是很熟，從某地通往某地，路線幾乎是唯一的，這就給我造成了某種地理上的障礙。譬如每日早班的路線，在地圖冊上，可供選擇的，就絕不止於十種，可是許多路線，僅僅在地圖上有意義，現實中它很難走通，即使能夠走通，你也會因為習慣而選擇放棄，所以，到目前為止，只要誰問到我每天早晨選擇哪條路去單位，我腦子立馬裏閃現出的，依然是那個由三根線條拼接成的折線形。這個折線形目前就像我的命根子，它若是斷掉了，我每天的渡江行動——就將面臨失去舟楫的尷尬。

唯獨週末我不必擔心這些，原因很簡單，前面沒有打卡器等著我。

那個週末南風美酒般的醺人，我和朋友在新公園路口等車，周圍的環境很嘈雜。兩個人私下說話很難聽清楚，於是只好默不作聲的站在原地，安靜的像一株樹。

忽而有一個穿長筒黑絲襪的女人，背對著我，留下一條瘦瘦的影子，這條影子鋪在水泥地上，朋友凝視著它，出了一會神。恍惚中，有好幾趟車就在這個段落中，從月臺前悄悄路過，每次，車都無不是輕輕地將網兜甩開，浸入深水，草率提起——網收住了——月臺裏很快就乾淨了一些，不過要不了多久，空蕩的地方又有東西飄過來，把空缺的位置補上。雲在我耳畔低聲細語：「黑絲襪，平常一看見這玩意就反胃，不過穿在這個女人身上，卻很好。」目下我們都有閑。所以才有品評人的閒心情，改換平常，角色對掉一下，我們有可能也成了別人品評的對象。

其實對於一個並不擁有自駕車的上班族來說。在趕班的那個時段，他的生命從內裏到外殼都脆弱地像一個剝去了皮的蘋果。色、香、味，但凡外面的空氣有那麼一絲顛簸，很快的，就會受到影響。假如我再將現實中的事物帶到微觀世界裏去，把這個城市的重要交通線路比作構成人體循環系統裏的動脈，那麼，每日清晨，板狀形的血栓塊是頗常見的。公車就像製作香腸所用到的一截腸衣。把車門搖開，乘客蜂擁而入。一根香腸就自動的做好了。趕班族每日清早就是盡其所能的使這個香腸鼓脹一點，密實一些。使這些血栓在血管裏的地位越來越引起人的關注。

儘管大的形勢限止了上班族每天早晨只能充當演員，並且上演的還多是滑稽劇，不過它卻很難保證不出現例外；譬如我這樣的傢伙就時常在趕班的途中——反串成為觀眾，眼睛似乎長在我臉上，它的功能才算沒有浪費。老電影《陣雨之間》，卓別林扮演著流浪漢夏爾洛的形象概括了我對西方老電影的所有印象，而今這個喜劇大師活色生香的從銀屏上跳了下來：有一個頭髮花白的老婦人在新公園路口候車許久，最終那個趟次的班車也沒使她失望，現在讓她唯一有些倒楣的是這個公交，人已經滿得快要溢出來了，年邁而僵笨的手腳使她吃虧；兩片車門像一個推土機的抓把，更像是一個瞌睡人的兩片眼皮，前邊的乘客還算幸運，這個老嫗的半截身子卻很不幸的被夾在了即將合上的眼皮底下……

我立在對面，迅即就有一個粗壯的聲音推過來：

車門要吃人啦。吃人啦。救命啊，救命！

那時候許多人根本就沒心情去欣賞她的演技，唯獨我站在十來米遠的地方覺得這一幕十分好笑。恰當有一天我看到法國作家亨利•柏格森說的一句話：「通常伴隨著笑的，乃是一種不動感情的心理狀態。只有在平靜甯和的心靈上，滑稽才能產生它的震撼作用。」到此，我才為我當時發笑尋找到了一個比較可靠的理論依據。

接下來我還要講述的另外一位滑稽演員：地點同樣是在新公園路口。通常維持此月臺公共秩序的，乃是一個中年以外的女協警，她的任務說繁重也未必，無非是在上下班的車流量高峰時間，指揮各線路公交出入月臺，順便督促那些素質稍欠的乘客，使他們回歸隊伍。

這個女協警中等身材，短髮，染過，卷成空心的小花。可惜在這個髮型上面又壓了一頂大紅色的遮陽帽，上身著一件小棉襖，外罩反光背心，下面是一條放擺短裙。總之是很摩登地出場。最關鍵的道具是踩在她腳底下的那雙高跟鞋；她一會兒被這雙高跟鞋舉到這個方位，一會兒又被舉回來。手中揮一面小旗，口裏含一枚鐵哨。每逢月臺裏出現一大堆凌亂的衣服，她就靠這兩種武器——使它們疊放平整。

曾經有段時間我十分迷戀本城中一位姓陳的女作家的文字，不過從未與她見過面，僅僅在書本上目睹過她的芳容。後來我打探到一些，她家居然就在新公園路口附近，我嘴角立馬掛上一絲微笑，每個早晨她都去省文聯，說不准有許多次，都與我擦肩而過。可是我笨，沒把她認出來，或者說，在當時我根本就無此意識，後來我意識到了，事情還真是順著我的心願發展。那一天，我出門比平常要早，月臺裏人並不是很多，有一個儀態很文雅的女人倏然出現，我側過臉連續看了她三次。每一次看過她，回轉過頭來的間隙，我腦子裏就開始翻出書上的照片來與她比較：臉，白皙，眉毛，修長，並不濃重。鼻樑，直而且挺，身材修長。她翹首以盼，望「洋」興歎。壓根就沒覺察到面前的兩粒眼珠子正水滴滴地望著她。可我畢竟還是有些膽怯，偷偷看人家可以，你要我張口去認她，我說實話——我不敢。可是我可以將手提包裏的相片翻出來，與當前的這個她比一比呀，可這會兒偏不巧。旅遊一號車進站，後面的一個浪潮猛得一拍，輕輕地，就把她給推進了車門。

於是，從此以後，我便開始督促自己早起，心想只要早起，我便還能夠見到她，見到她時，我再一路跟蹤過去，事情就會有一些眉目。後來她還果真給了一次讓我跟蹤她的機會，給我這個機會也等於告訴我，今後你就死了這條心吧，那天佛祖也在勸我死心，故意安排我和她同一條椅子坐下，我從包裏取她寫的書出來，攤於膝蓋，想引起她的注意，又生怕她患有眼疾，於是就特意把書捧到空中，擋在我們面龐跟前，特意讓她伸出去的眼光可以觸碰到面前的封面。我把她看得更是仔細了，甚至於眼睫毛的根數都數仔細了。這個臉蛋，著實是描著照片上那一個活活長起來的。一筆一畫，無絲毫馬虎。她將書名瞅了一下，對此並不感冒。我的心咯噔一下。後來在銀監會門口，公車進站，她匆忙下車，小跑進了這個很洋氣的大樓。事情到此，方才有了端的。而我在下一個月臺，也趕忙換乘了另一趟公交，急忙趕赴單位。

之前我的運氣確實很不錯，許多個早晨在月臺裏閑看風景，都沒聽說社裏查崗。然而今天事情卻有些糟糕了。因為沉湎於兩個場景當中，居然扣發了一百塊。我覺得我做觀眾的時間也確實有些久了，也應該為這個席位埋一埋單。否則那些演員，很可能也會沒興致再把戲給演下去。今天他們繁忙奔波之種種，在我看來即是上好的歌舞劇。在目前在這個城市，我認為並不缺少藝術的空氣，所缺乏的是那些對人情與趣味懷有敏銳洞察力的觀眾。一臺戲是否能夠演得出色，演員本身的素質雖說佔據大半，但服飾、燈光以及場下觀眾的反應也同樣是不可小覷。可是對大多數上班族而論，既要當觀眾，又要做演員，就目前的狀況來看，似乎還並不怎麼現實。

那天我看見一個騎自行車的老頭緊跟轎車，尾氣如一縷雲，老頭有半截身子遁隱其中，仙氣很濃。不久，七路車進站，整個車廂如一塊麵包從前面飄浮而來。一大群唆食的鯉魚將它圍攏，整個麵包就這樣被用力托起。我因為觀看得有些入神，結果就遲到被扣發了一百塊。事後想想這一百塊其實並沒有白花，至少買了一大袋精神糧食。

車廂外

這個季節水落石出，情感波瀾不驚，稍微豔麗一點的色彩都被什麼東西濾掉了。

上面傳兩幀單子到我的手上，接下來我的任務就是把它送往發行局。步行到三岔路口，忽然念起一個朋友就在附近辦公，於是登門小聊了片刻，之後在附近的月臺上車。

極狹仄的馬路，公車像一尾饑荒的鯉魚覓食。沿途的法桐高過屋頂。這樣說難免會引人誤解，以為法桐如何高聳挺拔。其實依據撐開的樹冠就可以判斷他們樹齡並不會很長。車窗外湧現出整片的老式的住宅樓，像一段老的膠片。木窗，紅瓦，雙層樓。臨街滿是售賣香燭、糖果、鮮花的小店。店面很冷清。風把地上的糖紙吹出響聲。面前的這些氣息顯得有些呆沉。對於當初的街道命名者來說——完全是中了他的下懷；因為街的名字叫子固，子固也就是南豐的曾鞏，他老人家為人也確實有點兒沉悶，據說曾老夫子的文字裏居然找不出半個「笑」字。並且在文章中還老喜歡議論，轉來轉去的生怕不知道他肚子裏有一大堆的道理。我之所以對這條路表現出極大地興趣，原因是我面前的這些事物是對我而言很熟悉。他們的出現很容易引起我發呆——陶醉也在這發呆中輪番進行著。

車過了撫河橋，距離發行局至少還有一程路，乘坐公交很快就可以到，可是我突然懷念起昨夜的那層薄雨，望見撫河旁那些站在這個季節以外的樹就開始有些坐不安了。這些年來腳底一直都在與硬塊物質保持最親密的接觸。不消說，這樣做我是極不喜歡的，因為硬塊不僅沒有讓內心變得踏實，反而讓它有了恐懼。地表被鋼鐵，沙石，還有水泥、石灰封裹著。就像皮膚角質層壞死之後，堆起了厚實的老繭。看見裸露的生嫩的土地，對於童年的渴念就會像雨後樹上的菌子一樣發脹變大。現在鞋襪完全被枯草上的露珠洇濕了，風的舌頭很涼。有數十條唇紅的舌尖在踝關節以下的部位沾舔，我被這些粘糊的舌頭哄擁著，暫時從這片土地走出，接著在石板上跺了幾腳，目的是讓粘掛在鞋齒上的濕泥脫落下來。

塵埃沾水攪和一下就變成了泥土。我是很不喜歡塵埃的，以前就每每因為它而受累，書櫥裏的書隔時就要搬出來拂試。它要是嗆進鼻子裏去，更是怪難受的。有時還會過敏，哈欠連天。當情緒很暴躁的時候我簡直就想把它抓過來，在手心碾得粉碎，現在依然是這些顆粒，只不過添加了一些水分而已，我對它們的態度立馬扭轉過來，恨變為了愛，尤其是當水分恰當的時候，我簡直要把它作珍寶來看待。之前的課堂上，教授土力學的先生一直在強調「最優含水量」這個概念，具體說，最優含水量就是能夠能搓成團，絲毫也不沾手的那一類土壤。我喜歡這般的土體，凡手捧著，內心便十分甸實。哪怕就是塞一些進到指甲縫裏，任由一絲一縷的清涼慢慢沁出，也是件極甜美的事情。

沿著撫河一路下去，因為有任務在身，所以感官一直處於一種半開合的狀態。過橋，橋下有一口深潤，枯水季節，水聲溫香光豔，等到汛期的時候想像一下——流水落灘，那個聲響必定是震聾發聵的，岸上鼎沸車馬也要被它淹沒了。發行局隱藏在一棟大樓裏，接單的是一個妙齡的女子，嬌娃在玉樓深處，好似卷中的美姝，一樣的令人低徊。

沿著舊路返回，身體輕快得像一片羽毛。因為下游施工的緣故，工人們便將支流的入水口封堵起來，這樣一來，整條河流看上去就顯得氣脈衰弱。半邊已經乾涸了，像一個獨臂人，水一旦淺下去，河沿就如一口空牙。出水涵管呈現出一個巨大漆黑的深孔。如靜脈的一個橫切面，向外滲瀝著粘稠的漿液。河裏的淤泥因為得不到充足的水分，現在開始龜裂了，河岸上，草木色調還沒有退去。我順手將一片綠色摘下來，揉碎，握在鼻觀前猛的嗅了幾口。因為我懷疑起面前植物的真實性，生怕樹上的這些是塑膠布粘上去的，等確定它並非虛假才徹底松了一口氣，仰頭看了看天。天空是那種極不勻淨的白，百雀羚牌的塗臉膏，很隨意抹在臉上，深淺不一，十分滑稽。

河岸有許多的老人。他們每天都在過著週末。看似所剩的時間並不多了，但這個時候反而距離自己的內心近起來。挨近日暮時分，淒涼也就漸漸的顯現出來，但這畢竟是個收穫的季節。許多人操勞一輩子，不就是為了擁有這段光陰，好好回味一下人生路上嘗過的所有的苦難與甜味。

再過去見老翁閑坐在草地上放風箏。老人意態安詳，手裏握住一個木質的線桄。開始並沒有覺察出來是在做啥。因為風箏小的正如一只空中的飛鳥。當我將雲中的紙帕與草坪上的老翁對應起來，絲線才尤其晃眼。

放風箏是在釣天空的魚，一人獨釣一江秋，境界太狹窄，只有獨釣長空的人才算得上是釣俠。

墩子塘・四路公交

有些詞的讀音時常給人造成誤解。

當公車駛進疊山路後它就會如期報出一個「墩子塘」的月臺名，這會兒我將半截脖子探出車窗，四下張望，在街旁的那些巨幅招牌上反復搜尋，眼光赳赳武夫的模樣，差點沒把它們給揭下來。我這樣做其實是不帶有任何惡意，只是心裏有點放不下——猜想附近一定有一個叫作什麼堂的中草藥鋪。哪怕它店面很窄很小，只要它象徵性的，在跟前晃一下，心裏邊就不至於像現在這樣糾結了。其實與墩子塘對應的，僅僅是一個社區，可是，當我聯想起一些老字型大小的中藥鋪也是以堂來命名的，自然就沒法抵擋住讀音的誤導。不過讓我上當的，至關重要的原因還不在這，它源起於這趟老人車。

毫不忌諱的說，在南昌這個城市，四路公交是最沒有欲望的了。比起滿身披掛看板的大俗物，湊近它，我絲毫不能聞到那個撩人的荷爾蒙氣味。它箱體刷乳白、草綠漆，模樣裝扮似青山流雲。一種習慣被許多人養成，造成一種可能將會是——某地變得異常擁擠。每天早晨四路公交像一條孕期的鯉魚，緩慢地靠近新公園路月臺，練功歸來的老人早早就等候在那裏，隊伍排在了數十米以外，儘管公交公司之前並沒有做出明文規定，只允許它搭載某個年齡線以上的乘客，可結果還是沒有年輕人願意湊近它。因為這些年輕人害怕眼睛擠佔著太多的灰白，棕褐與藏青的東西。害怕撞見眼囊像兩口袋子垂下來的老人，老人是晃在空中的一枚枚鏡子，鏡子的神奇之處在於，它能照出自己最終的模樣，而年輕人多半是心有畏懼的。當然，也不排除年輕的鼻子受不了麝香活絡膏、清涼油的刺激性氣味，嫩生生的耳膜受不了嗓子裏多痰而引發的一陣陣狂咳。還有掛在眼瞼上那白花花的油脂狀粘液，更是確保了四路車就是一趟老人車。

公交從新公園路口到墩子塘，至少要經過三個紅綠燈，六個月臺。一大截路下來，奇怪的是，許多老人還原封不動的坐在位置上。墩子塘，公車停下來了，大肚子的鯉魚現在開始產卵。老人挨個牽著衣角魚貫而出，車子被騰空了大半。

這時我對著湧入車窗的風猛嗅了一陣。隱約有草藥香。可是後來經許多老人證實，周遭像樣的藥店其實並沒有。

那天我出門倉促，月臺等了許多時，七路車壓根就不存在似的，沒法，只好將就些了，換承四路。當時身體被夾在了人群中間，視線沒法伸出窗外，幸好在兒童醫院，我留神聽了聽擴音喇叭裏的提示。

車不再走墩子塘了麼？

上禮拜就不走了，橋下在修路，你不知道？

哦，還真不知道。得下車，趕緊換乘另一趟，不然就要遲到了。

就這樣，老是強迫自己把「墩子塘」想像成一戶大藥棧的壓抑感就再也沒有來糾纏我了。生活許是如此，牽一發而動全身。改道之後，許多老人的日常習慣也得跟著改，日久堆築起的堡壘輕而易舉的竟遭顛覆。從前四路與七路是打「老院子」去「百花洲」的唯一的兩趟公車，比較起來，四路除了要繞一個大圈之外，其他的，諸如什麼老人味，起皺、滿布褐斑的臉——我都滿不在乎。相反，那些貼掛著大口袋的中山裝，帶一個圓殼的老式懷錶，正好極大地滿足了我溫舊的興趣。在這個喧擾的城市中，現在真的很難再找到如此從容，安靜，毫無欲望的空氣了，而且是這樣密集性的存在著。糟糕！另有兩個小畫面沒來得及描畫，作為素材，說不准哪天同樣將派上用場。

一、四路車，出了站，車子空下來，雨天，車廂裏有一絲霧氣，許多空位，我坐下來，被嚇著了，前排的一個老爺爺頭心圍著一團很濃的煙，對著吹上一口，煙就會散。仔細地看，良久，看清楚了，是很棉細的發絲，蓬鬆的，不似霜，不似雪，似煙。

二、窗外居然還有人騎鳳凰牌、帶橫樑的自行車，騎士是個土氣巴紮的男「管家」。判斷的依據是後座上系有一捆蔬菜、一提五花肉。一路上他風度翩翩，嘘著口哨。踏板輪回，壓著口哨的節拍。這會子車頭被拋動，五花肉翻滾下來，騎士仍然陶醉在自己製造的小音樂裏。根本沒在意。後面的幾顆賊眼睛老遠就看見了，不聲張；心想僅僅沾了一絲灰，毛刷蕩一蕩，早晨的肉，鮮嫩得很呢！忽然車窗上開始有老人朝對面揮手帕，接著就有很多條手帕揮出車窗。

喂——肉掉了，老人家聲音洪亮。那管家開始還不知道是在叫他，看見對面手帕飛舞，只傻傻地一個勁的發笑，後來知覺了。打下自行車的腳拐。跑回去，腰杆一折，肉被提起。

原以為事情就這樣結束了。沒想到之前的一切僅僅是一個開端，半路上碰見一樁與主題極不相關的事情，看似閑筆，冒出沒有多久，立馬又潛下去，口中擅自喃喃：好莫名其妙的呀！等到事情幾乎快要忘記了，當初它的良苦用心才肯說出來。好似一條精彩的歇後語：謎面老早就端出來了，在一個出人意料的瞬間，它才肯告訴你謎底，這時候你一拍掌，佩服呀！伏筆打得真夠厲害。《西遊記》「三藏有災沉水宅」這一回目中，老黿將唐僧負過了河，末尾有個小小請求：萬望老師傅到了西天，在佛祖跟前問上一聲，幾時能脫本殼，得一個人身，當時讀者未必會想往深處，不料九九八十一難還是真因了這一句。

那天中午太陽甜甜的，我坐在半邊街的福建混沌店裏吃炒粉，滿桌子的太陽光很香。有兩個面龐很白皙的女孩子一路扭頭望著我。這個時候我真認為自己有點帥，出門眉心就感覺一陣熏熏的。等回過神來，我已經在我朋友開的「今天書社」裏了。我坐在一張老舊的籐椅上，手裏翻著一冊塵封了許多年的舊學籍。硬紙板的封面烙著「六十一至六十四年南昌第五中學八屆八班」的字樣。我確信裏邊的都是些小朋友，現在小朋友們至少有十三年的個人史被真實地填寫在學籍簿裏。這一些孩子都是城市的戶籍，家庭條件普遍都不差。當時引起我注意的，是一個叫遠光的孩子，一九四六年一月十九日的生辰，父親是省人委農村墾殖廳的幹部。家住桂旺廠一棟。當填寫到家庭收支地來源時候，他的交代很坦誠：由父親每月工資六十四圓維持生活。我暫時也說不清楚六十四圓在當時是個什麼概念。總之這個收入說可以日子過得挺殷實的。可是錢多少身份得清白，所以在個人成分一欄他毫不猶豫的就把「城市貧民」填寫了上去——而沒有填寫中產階級與地主。

經過階級教育，思想覺悟有了提高，認識到只要自己下決心做一個革命青年，家庭成分不好並不能阻礙自己的前進，這是一個較大的收穫，但還是要繼續鞏固，不斷提高思想認識，學習比以往抓緊。特別是代數進步顯著，勞動比過去積極。學習還不夠細心。希望鞏固成績，同時要注意時常鍛煉身體。增強體質。

最末的一個學期，遠光的操行評語老師如是寫來。

現在糾結我的——並不是墩子塘存不存在藥鋪的問題。而是以後假如乘坐四路公車，會不會遇上登記在簿的一兩張面孔呢？如果撞上，我是否有能力透過面前的這一張已經衰老的面盤去想像當年掛著上面的青澀，水靈與紅潤的元素？

有時我們說一個人老了，何以見得他已經真的老去呢？是鼻樑沒有以前挺拔了，眼睛沒有以往清亮了，說話不再是一口洪鐘了，行走的時候總氣喘吁吁，趿拉著步子？還是十年離亂後，只有等到稱對方名字才能夠想起舊容來的那種景象？其實呢，這一切的一切，都只是說到了表層，真正的老，是需要通過那個人的內心去確認。只不過，有些人脾性生來軟弱，看見鏡子裏——自己的形象已經很糟糕了，於是就立馬灰了心，索性讓「老」像潮水般地漫過自己。有些人卻咬定青山不放鬆，硬是把自己想像成一個青春的模樣，因為這種堅守與自信，使它永遠沒有辦法老去。

有些人乘坐公交絲毫沒有目的，他並不需要公交把它載到哪，僅僅是坐著好玩罷了。老了，就是從一群人的遊戲規則中退出來，然後給出自己一個新的遊戲規則，並且繼續把這個遊戲好好地玩下去。以前我們總覺得蒼老是緩慢而連續的，順著這種蒼老的路徑，我們就可以看到一個人的童年面孔，但事實上不是，它是一些完全斷裂開來的層面，甚至於——蒼老——僅僅只是的一個意念。

以往公車路過墩子塘，看到老人們喁喁噥噥地閒話。潛意識裏就會去拿他們去和學籍簿裏的那些照片中尋找聯繫。患了強迫症似的，硬要從中找到一組，能夠線條的形式連接。到最近才突然發現，原來這簡直接近於妄想。

註：公交即是公車

省府大道

我曾經試圖通過一些老巷子去瞭解某個城市。當走進去，發覺兩旁高牆側立，獸形的門環把臉耷拉下來，潮濕的空氣使牆垣發酵、滋長出暗苔。我左右拐彎數次，一無所獲，在另一個巷口被它用力吐出，孤零零的，被遣返回鬧市。在省府大道，我的遭遇有些相似。它寬敞，筆直，像一根巨大的煙囪。

省府大道上抵順外門立交橋，西通廣場，首尾相去千米。景德鎮陶瓷店，省冶金設計院，金融大廈，省府大院。藥棧、酒家、咖啡館、學校、鋼琴房、書店……它們像兩排精美的籬笆，將屬於這條路的天空隔成一個長條形狀。《清明上河圖》裏也有一條類似的街，不同的是那條街兩側擁擠的，都是些茶坊、酒肆、腳店、肉鋪、廟宇、公廨。它們相對低矮，貼著地面，士紳、官吏與行腳僧人還有挑夫製造的市聲嗡嗡成一片。所有的一切，距離天空，都十分遙遠。

「街」在西文裏的詮釋，是形同十字路口的街區（street）。它寬闊、亮堂，兩旁開設有精雅的商店，集結著一股閑逸之氣。「路」比較起來，作用就大多體現在通行上面，它承載著欲望、疲倦、興奮與美好的追求。這意思在古文裏也有所體現，譬如文章中用路字通假輅（車也，Carriage）便是一個很好的例子。但事實上很多馬路和街道完全是混淆的；一條路既可以用來通行，車水馬龍，同時也可能引來密集的遊人，透過兩旁店鋪的視窗，可以看到裏面陳列的各種商品。那些時髦鮮豔的掛件、服飾、器物——吸引著人們的眼球，導致那些身體不由自主地被店鋪拉進去。甚至有些奔馳的轎車也會立刻停下來，奔赴遠方的計畫暫且被擱在一邊，主人的興趣全部集中在了琳琅滿目的貨品上。

在省府大道，當時間過了夜晚十點，白天大街上奔跑的車輛消失了，夜色中，某個咖啡店身材看去十分高挑，氣質與平常表現得很不一樣。整面牆視窗裏的燈發出亮光，光線昏濁，飽滿，像一些習慣熬夜的眼睛，佈滿了血絲。

夜晚是不適於充分暴露自己的，加快腳步，趕緊走出那片明亮。前方有三五個小木屋，從兩邊的建築物群中凸出來。看招牌是一些服飾店，意境很美，夜晚走在空街上，這個細節會讓人的腳步不自主的放慢下來；幾個門面漆成青灰色，乾淨，素雅，旁邊有一株榆樹，它白天為這幾個小店撐起一片陰涼，晚間就和附近的路燈形成一些碎碎的光影。最難得的是，在幾個小木屋背後沒有高樓，適合望月。

這些年，建築物在南昌不斷長高，它們把省府大道圍剿成一個狹長形的天井，唯獨在這個缺口上，才讓我們的眼睛與月亮接觸。我每天晚上從那個缺口路過，那一刻，天空的顏色、樹的剪影、咖啡廳窗子裏的燈，這些事物的溫度融入眼睛，讓我覺得天空的這一枚月，就是四百年前天瓦庵的那個月亮。

省府大道是我每天的必經之路，每晚我在社裏看書到深夜，有時因為看得太入迷了——錯過了最末的一趟班車，無奈之下，等待我的，便是十幾裏的夜路。夜晚的省府大道，看上去十分的靜美，它的眼神清澈，使我思想裏飛舞塵埃徹底安靜下來。每當這個時候，白天路上各種喇叭裏的雜訊終於被夜晚埋葬了，天空被水流洗得格外安靜。這樣我便輕易地遊進了自己熟悉的那一部分世界：

丁卯（明天啟七年）四月。紹興府裏的張岱在天瓦庵讀書，有天，和朋友在山裏面看完落日，這時候有朋友向他建議，等月亮出來，再下山吧。他覺得這個主意很好，於是大家就在山中逗留，不久，天上捧出一張玉盤，草木光怪，山體呈白色。他們沒有走多遠，忽然聽見半山傳來了呼叫的聲音，後來才知道，是僕人和山僧摸著夜路找來了。大家很擔心家裏的少爺在半路上遇虎，手上都持著火燎，刀鞘與木棍，以防萬一。這一鬧騰，讓山下的村民以為是盜匪成群結隊的從嶺上經過，都屏住呼吸，假裝熟睡……一枚月亮引發的風波真是不小。這個事件按理說，與省府大道的月亮並沒有什麼聯繫。瘋子也知道，這兩個月亮足足相差了四五百年，怎麼可能聯繫到一起去呢？現在它們所以扯上關係，是因為我對張岱的這篇文字記得太深了。以至於現在不管我遇見什麼樣的月亮，無論是大的、圓的、扁的、長條形的。——來自於天啟七年的這一件事，很自然就會爬到我的眼簾，沒有辦法抹去。

說起來，文字就這麼奇怪，它時常把一些躲藏在歷史暗角裏的故事拉出來，讓面前一個很簡單的事物，意義變得極其豐富。當然弊端也是顯而易見的，它將我們的思想捏出了一個固定的形狀，我承認，「床前明月光」為我們營造了一個美好的意境，可是千百年來，它也同樣壟斷了無數人的想像。在西方人的頭腦中，月亮便是月亮，但我們有所不同，我們習慣了對著月亮思鄉，緬懷故人，對著它默無聲息的流鼻涕，掉眼淚。因為月亮是一個巨大的魔球，思想與精神層面上的魔球，當你看著它的時候，你就會不自然的將情緒朝著某一個方向集聚，靠近。

另一個細節的展開在新公園路口月臺。這兒至少聚集了數十個趟次的班車，月臺背後有條小路，順著這條路直走，可以看到人民公園的後門。月臺旁側的一個L形的花壇，裏面的花草因為是公家的，整天有穿著制服的工人在裏面服侍，所以這些花草生長得十分肥厚。擰一把，鮮綠的汁液就要溢出來似的。竹篾在外圍支了個一尺多高的籬笆，再週邊還有一圈長條形的青石，供人坐憩。槐樹在這裏一手遮天。枝幹扭曲著，向上，向前後四方伸長著。它有時從街店的屋簷筆直穿過去。

我時常喬裝成在那裏等人，坐在石頭上剝指甲，如此便不大容易引起人們的注意。事實上也沒有誰注意我。退一步說，哪怕當時就是有人對我產生了興趣，他們短暫的興趣對我所造成的影響根本就不足為道。因為當時所有打量過我的人，在我的這一生當中很可能只是一面之緣。譬如我那天看到一個女瘋子在街上揮動一件外衣，胸前掛著兩枚下垂的乳房。她自己一直在對著過路的人傻笑，沒有人知道她傻笑的內容。過路的人看著她個行為也不停的發笑，他們的笑得內容是明確的。但這個印象很快就會與記憶裏另外的一個類似的場景覆蓋掉。

當你太在意別人，往往是因為你太在意自己了。當我們把自己的思想擴大化，強加到別人身上的時候，我們就不自然的顯示出害羞，愧疚，難堪等等表情，其實這些表情只在自己這有意義。許多人活著，尤其是像我這樣的蟻民，真沒必要在乎別人怎麼看你，事實上也沒有人會在意你，即便別人在乎你，所謂的在乎，也是你自己強加給你自己的。就像你在街上走，那些或紅潤或枯槁或青澀或暮氣的臉。你一邊走，一邊就在遺忘，即使記住了，你和他，他和你，也很難再見。

另外在新公園路口還可以看到一些拉客的摩的，它們的樣子很像瘦馬。的哥的兩只黑腿跨在上面，這些身材粗大的男人之間彼此很少講話，腳上掛著兩個大拖鞋，各自默不作聲的吸煙。一個上午就在一種冷冰冰的對抗中度過。當然對於這個月臺來說，主角並不是他們，沒有誰敢拍著自己的胸脯說自己是這個月臺的主角。街頭的任何一張面孔都可能被倏然出現的幾十張面孔沖到很遠的地方去，挎竹籃的，持傘的，抱書的，挑擔的，推大板車的，他們擁擠著，偶爾遇見一張熟悉的面孔互相停下來寒暄兩句，然後又被人流沖散。太陽從槐樹葉交錯的縫隙中篩下來，有一個背景走過去，一條亮斑在他身上急速上升。

現在一條街道氣質往往讓你用一兩句話很難說清楚，過去我們可以直接稱呼一條街為米街，柴街，紙巷，張家巷，李家胡同。這種街巷擁有著大量重複的門店。他們的表現形式十分單一。你可以通過第一家店鋪的模樣推想出任何一家來。但目前這個街道卻更像是一首變奏曲。其中某一段路上——並列著各種行業的研究所，勘察院，設計院，高大而冷酷的大理石門樓讓你感覺到裏面的空氣神秘兮兮的。你幾乎看不見有人從裏面走出來。偶爾出入的，也是一些黑的發亮的轎車。這些門樓看樣子像一排巨大的黑洞，這些黑洞因為它太大了，太顯眼了，行人對於它有足夠高的警惕，它沒法將行人給捲進去。馬路的對面同樣是這樣一些高大而結實的大理石門樓。他們相對起來就沒有這麼陰森了。相反，讓人覺得很熱鬧。在那兒所上演的一場場熱鬧劇中，你看到的卻是一種極端的嚴肅。那兒有穿軍綠色服裝的警衛持槍把守，這些綠軍裝像一棵棵常年落地在那兒的樹。偶爾會簇擁過來一些民眾，他們拉扯著很大的標語，主題鮮明。這個標語像古代衙門口的一面很大的皮鼓。這些人儘管很冷靜的圍坐在那，但鳴鼓的聲音卻往往驚動四方，讓屋子裏的人不得不出來處理一下。江西人好訟在歷史上是出了名的，那時候走在街上，時常可以看見村夫野老、走卒、販丁將一支筆插在耳背或腦後的髮髻上，他們這樣做倒並不是要彰顯肚皮裏有多少墨水，他們帶筆是為了方便訴訟，出門若碰到件什麼糾葛麻煩，立馬就能拔筆寫成狀子，遞交官府。這樣一些被士大夫們睥之為「珥筆」、「簪筆」的鬥筲之民很讓官府裏的老爺們頭痛。從這裏面可以知道，江西人極其希望有一個能夠主持公道的聲音。他們一方面是屬於易屈服的那種，通俗的講便是弱勢群體，另一方面又確實不容易屈服，他們渴望有那樣一個高高在上的王——能夠站出來說句公道的話。儘管有時候這個王所說的公道話也是不公道的。但他們的覺得王的位置畢竟在上，相對汙吏來講它的評斷當然是更為準確。所以即使被統治，也覺得有一種在替自己說話的優越感。

同樣是這條路，靠近師大的那個地段含義就遠沒有這麼深奧了，它看上去更像是一條街。街的狀態完全是鬆弛的，敞開的，像一個穿著睡衣，在屋子裏自由走動的女人。使你對她有一種無法抑制住的欲望。每一個商店都要把你的視線給抓過去。腳步也感覺到它強大的牽引力。琴房，書店，洗頭房，食品鋪子，小吃面館，在這個位置上——行人摩肩接踵。根本沒有花草、植物立腳的份。它像一個巨大的操場，從早到晚的一直騷動著，始終無法安靜下來。要說這裏之所以成為一片街區是因為在這裏恰好有一個高等學府。所有的這些熱鬧都是從這個學府裏輸出的。它像一個強大的核，許許多多的事物你說是追隨它也好，寄生在它的身上也好，總之它凝聚著一種獨特的文化。讓這條大道在這個位置凸顯出一種特有的氣質。一條馬路往往是依靠這樣的幾個核而展開的。那些商店隨著這些核的興盛而興盛，衰亡而衰亡。不僅於此，這個現象十分普遍。幾張面孔所關係的，很可能是一個地方所有人的表情。在一家醫院的附近你可以想像的出來，街的兩側花店與水果店、藥房鱗次櫛比的樣子。而要是在火車站門口，地方特產店一定是鋪天蓋地的存在著，當你掉在一個陌生的城市你看到縱橫交通的街道，你必定會覺得這一切就早早就安排好了。有時候當走進某條街的時候發現裏面清一色的皮具店。再走進一條，清一色的書店。當初到底是什麼力量讓他們聚集在這裏，有時候因為年代太久了，那個使他們聚集起來的力量早已經不在了。但這條的街的形象卻已經被嵌入這個城市居民的頭腦裏。譬如買皮鞋就應該去那條街上瞧瞧。

城市就像一所房子，開始幾根孤零零的柱子豎立起來。然後就有木板、泥巴牆、檁條、磚瓦參與進來，不斷地對它進行完善，使它擁有一副屬於自己的面孔。最終，它變成了一個龐然大物，它的表情異常豐富，要記住這副面孔反而十分困難。但是它畢竟是人建造起來的，要改變它的面孔往往只在於某些人的一個閃念，現在我已經很少走省府大道了。因為地鐵施工的緣故，一些幾十年的大樹被砍斷手腳，連根拔起，被移栽到了別處。大道兩旁的綠色被抹去了，街道變得明亮起來，像有一扇天窗被打開。公交改道，某些地段被封死，店面轉讓關門，原先的那副面孔一下子陌生起來；讓人感覺到城市就像一個搭積木的遊戲，自己建造自己拆毀。有時是重現，有時就索性不玩了，轉眼之間，就成了一條條荒街。

大士院

贛江右拐，勝利路、疊山路筆直延伸，這兩條路好像兩塊鋒利的刀片；大士院社區作為這個城市的一部分，夾在這兩塊雪白的刀片之間，是一隻舟，水流湍急，它隨時可能被沖到下游去。可是最近那刀片遠不如以前光亮了，上邊出現了些撕扯狀的痕跡，行人道上的水泥地磚也被撬掉了，工人拿大理石替換了它。下水管因為口徑太細，梅雨季節，江水常常倒灌入居民的衛生間，一系列的配套設施都得改良。

因為這些工程，使行人道上出現了一些高聳的土堆，衝擊電鑽震碎堅硬的水泥塊，那一瞬。我聞見泥土迸裂的香，彷彿封藏多年的酒被開啟。這些酒香溢散到空氣中，導致行人跨步，踮腳或側身前進，車輛也因此繞行，任何秩序打破之後在此都尚未形成新的——場面完全是混沌的，膠著的，像一個人對另一個人剛透發出一絲好感，還咂摸不出這其間到底是友愛抑或情愛。

在這座城中與大士院街道命名類似的，還有佛塔街、火神廟巷、肖公廟巷，這些街巷當初都是無名無姓。因為有一個廟或者一座塔坐落在那，於是就索性把名字借過來。在這座城市，這種現象十分普遍。

現在外邊的環境依然紛亂著，但社區內部的生活卻未曾遭到絲毫的損壞。尤其是天氣悶熱無風，仰頭就瞥見三樓陽臺上，有個穿中褲的胖老人在拍打胳膊上的花蚊子。晚餐有時候N姐會和我們湊成一夥在單位的飯堂裏嚼些油麥菜，豆腐皮，扒兩口米飯；有時候就乾脆回到隔壁的大士院親自去生火煮飯。

大概是六月初的一場演講比賽，讓我感覺到單位裏之前的空氣被完全置換掉了。企業改制之後。社裏湧入了大批的年輕人。「貓」是新來的。她生長著一副貓臉，不但給自己封了綽號，還把社裏另外幾個新來的女孩子起名為狐狸，刺蝟、兔子和鳥。那天傍晚，夕照從大士院方向漫過來，透過窗子，將我左耳的輪廓印在稿子上，看去極似一張拓片。我的座位正對大門、靠窗，可惡的是周圍有一個高過頭頂的鑲板盒子將我圈住了。使我每天都坐在一方小的水槽中，膝關節必須用力向上撐，眼光才可能與周圍的事物接洽。

「記住哦，你先把這束頭髮握住。提起來，然後擰緊，一定要貼近頭皮，直到頭髮形成一個髮髻。另外還得將發尾巴藏好。再從髮髻下面挑起一小股，筷子尖擠進去，穿過髮髻，從下端出來。呵呵——我再把它松了，你自己試試呵，記得一定要擰緊哦——」

貓最原始的獵性現在已經完全退化了，它與別的動物相處，臉上也始終保持著一團和氣。晚餐之前，貓通常會把其他部門的女孩子招引過來，滴滴嘟嘟地聊些閑天，話題涉及女紅、情感、烹飪——生活的方方面面。它們在這個下午的邊緣地揮動剪刀，裁剪的方式決定了這一天的形狀。剛才的那個聲音，音質寬厚，很富磁性，字的尾聲輕輕上揚，十分俏麗。我腦子裏從鳥到狐狸轉了一圈，結果都被排除掉了。心中狐疑，那又會是誰呢？

貓和我說：這個女孩子叫N。你乾脆叫他N姐好了。湘西人。我笑一笑，不作聲。晚餐平常留食堂的吃飯的人很少。除了大樓值夜班的保安，幾個長的瓠瓜般的廚師，剩餘的多是些家在外地的單身漢。他們對吃喝一道沒什麼講究。飯和菜都盛在一個不銹鋼的隔盤裏，一年到頭，飲食都在西葫蘆、空心菜、胡蘿蔔，豬血豆腐、藕片與洋蔥之間來回轉著圈，小時候，學校門前的地攤上有轉糖的。轉盤四周畫著雞鴨鼠兔，花鳥魚蟲，與之有些相像。當你養成了在食堂晚餐的習慣之後，差不多你也就與那些「吃素的」搭上夥了。

貓在我對面吃飯把聲音弄得很響。就性格來說她一點也不像貓。貓的頭髮被盤起，圓臉完全地暴露出，兩腮的肉，看那個輪廓，簡直就是動用了圓規。鳥與狐狸都在，兔子那會還沒來。N斜坐對面，低著頭。她把筷子握得離筷子尖很近，一點一點地挑著盤子裏的飯。恰好我們聊天正歡時她就劈啪地一聲把筷子放下來。舉起右手興致匆匆的請求發言。她真把我給唬住了，剛才看她還是一株枯的樹，怎麼轉眼之間就長出了葉子，滿樹開出了大花？窗外的落日色調紅暈。紅至發暗，貓和狐狸、鳥，擔心貽誤了鐘頭，不能趕到社裏的班車，沒給話題收尾就一溜煙跑掉了。這個契機雖然製造聊天的機會。但那時畢竟陌生。到底沒有勇氣說話。

我們的辦公樓像高舉在天空的水塔。從樓窗上眺望出去，看到的只是這個城市的腦袋。現在它髮型十分怪誕。頭髮被打薄了，剪成一種現在街頭很流行的碎發，絲絲縷縷。又在上邊抹了點髮蠟，凝固之後聳起來很像一只只的利劍。那些怪異的樓，爭高直指，更是添了幾許滑稽的成分。大士院這個片區看起來就有點落伍，還是以前的那種平頭。青色水泥的磚牆盒子從勝利路沿疊山路蔓延到江邊，高處望去像一個巨大的操場。

清晨經過勝利路口，環衛工人將大士院夜晚的分泌物清理出來，橘黃色的垃圾車裏廢棄的口紅殼，使用過的避孕套、雞毛、蒜皮，喝空了的二鍋頭酒瓶。它們充分暴露在人們的視線中。展示了這個社區內部所飽含的荷爾蒙的旺盛程度和強大的消化能力。垃圾車通常會停靠在一家宮廷湯包店的門口。事情習慣了就沒誰去厭惡它。N下了班，通常一個人躲在六樓的租住屋。洗菜，抹桌子，煮飯，燒水。偶爾給自己做頓晚餐，廚房就像一個美學實驗室。她很期待擁有個家，家可以給她溫暖。夕陽無限好，她就乾脆走出大士院街、穿過疊山路、繞道去滕王閣對面的「吃茶去」看汝瓷。或者在徽州四寶堂裏讀畫。儘管生活中有了這些內容，她也還是一只蟲，被粘在了東湖區這張大的蛛網上。

有一次我與N跑到江對面去，去一個老牌子的學校，暑假的校園空空落落。樓前的水泥地上有一片濕的苔痕，點點滴滴。像極了綠色胭脂。我們垂著小腿坐在乒乓球台上呼吸，流汗，說話。花蚊子在面前晃悠了一圈又被我們身上的熱量驅逐到了一邊。她和我說，為了感情，再給自己半年時間，半年之後，事情沒有結果，就索性回長沙去。潦草地把這個婚給結了，老老實實去做一個女人。我聯想起自己這大半年來的經歷：人就喜歡給自己做點精緻的遊戲。這遊戲不止於愛情。有些事，明明知道毫無結果，事情也非自己喜歡的那種。但還是很用心、很用力的在與之周旋，盡心享受著這其間的驚心動魄與藕斷絲連。

比較起來。大士院的住民每天都在和柴米油鹽交道著。菜刀，砧板，煤氣，晾衣繩，拖鞋、肥皂，這些瑣碎搭起日常生活的框架。人們被那張密集的網圈在一個固定住，生活被打理的井井有條；胖子瘦子茶湯喝得太釅了，挺多睡不著覺。飲酒過度頂多大醉一把。明天走路睡覺依然踏實心安。唯一的缺點是長此以往，人的心容易長出厭倦。有欲望的人，說它太不沒意思了，一旦從社區裏跑出去看到外面花花綠綠的事情這心中就按捺不住，非得在生命裏要加點力量、野心、光和熱進去，鼻子眼睛嘴巴耳朵嘴，身體的每個部位都該讓它好好的自由發揮一下。不能老老實實的只顧著拿去過日子。

正如疊山路與勝利路上的衝擊電鑽無法干預到大士院中小貓、小狗的生活。N捨棄六樓的小住屋，乘綠皮火車離開——這件事也同樣改變不了大士院牆頭的植物的成長。空氣裏的一切事情照舊著。個人的感情通常是不容易對外傳染的。太陽光白花花的，街頭一雙雙遊竄的鞋被盛放在一小片烏雲上。人就像一個小小的飛行器，需要這個隨行的黑暗提供動能。太陽溯江而上，它將光芒的投射點推到上游。時間說長就短，天立馬被什麼東西罩住了，晦暗下來。大士院街頭的鞋趿拉著，身體移動不再需要依靠那個濃黑的倒影。N蹬兩個大拖鞋像踩在船上從菜市裏劃出，拿油紙袋裝了一條鯽魚，兩顆黃牙白。還差幾顆蔥、以及燉粥需要的百合。於是又將篙往左一撐，避開一輛腳踏板的西瓜車。撩開斜對面超市的門簾，轉身不見。貓在後面使勁的邁大步子喊名字、直追。生怕今天的晚餐沒了著落。

我們拎著花花綠綠的油紙袋。穿過灰暗、狹隘的樓道，下一串碼頭，路過一個香辣板栗店、豬血粉面館、東湖聶龍泉診所、興旺房屋仲介，然後是一條橫街，上通疊山路西口，向下直抵贛江。俗世像糕餅般的一層一層疊放著。上下重複。剝開了磚牆盒子，暴露出樓房的一個側面。這些家庭說白了就像從一個模子裏複製出來的。彼此之間很難找到什麼的不同點。差異唯獨在於被安放的地理高度：底層的麻將桌圍聚著赤膊、光頭的壯漢，瘦黑的民工。老嫗著著寬大的汗衫在院子中侍弄花草。疊加在他們頭頂是浣衣、做飯、抹桌子、吃飯、搓碗的人。我們在濃黑的樓道中緩慢上升，攀援世俗而上，尋找屬於自己的層次。

鐵門哐當，電燈將屋子注滿，旋開風扇。頓時就有了家的味道。風扇攪動著空氣，皮膚上就有了一些涼風。租住的屋子在六層樓，一房一廳，客廳呈一個狹長的形狀，沒什麼傢俱，僅僅是一幾一案，兩把靠椅，後面連著陽臺。陽臺的一個角落現在權且當做廚房來使用，一進客廳門正對面便可以看到臥室，裏邊有衣裳、書籍、雜物。這時候被分成四個大的編織袋。「家」在這裏就像十根筆劃。具體到一只茶杯、一只碗，每一個器什的損壞都可能讓家變得殘缺。當密碼箱歸攏所有的家當，所謂的家，也就被收藏起來。兩只靈活的滑輪輕輕一轉，家很輕巧的就被送上了路。

我知道至始至終都是在玩一個遊戲。並且一門心思想把它玩成一個真的。我清楚她不會在大士院久待，以後再見面的可能性也很小。她就像一個質地優良，造型美好的樹根適合用來做根雕。那個中午，我幫她把三個寄到長沙的編織袋碼上車廂，送她上了火車，長籲口氣，慶祝功成圓滿，返回的路上，想著這個遊戲眨眼就要結束了，臉上撲棱棱地多出了一層光彩。同時也添了一層灰濛濛的憂傷。這麼說。大士院頂多就是玩這個遊戲所用到的一件道具。這個道具的意義自然會隨著遊戲結束而自行解體。像一片海市蜃樓——倏然出現，眨眼就消失得了無蹤跡，剩下的只是內心版圖上的那些縱橫交錯的巷子，老舊的竹椅，簡易葡萄架子，和扇扇子的老人，之前對大士院我一無所知；我無法想像很多年前這一片是個怎樣的所在，我在最近才知道朱德在八一起義的前夜在這裏度過的。那天晚上他在大士院街九十三號和國軍的三個團長痛痛快快的玩了一把。不僅僅是痛快的搓了一把麻將，還痛快和對方較量了一把智商。為了給八一起義拖延時間，讓敵軍軍官放鬆警惕。朱德把他們哄過來玩樂。暗囑警衛員嚴密監視，並拿走他們的手槍。八月一日凌晨，埋伏在門外的十多個起義軍一擁而入，三個敵團長乖乖的就成了俘虜。此外，我也根本不熟悉大士院內部街道的走向。沒料到轉身之間，它在我的面前完全綻放開了。可是它的消失卻並沒有我所想像的那般迅速。電影中女間諜在盜取情報的過程真愛上高大帥氣的男主角；不料現實中角色倒換，使我深陷其中，這成為了翻版的好戲。一直以來，江西人總喜歡把一些遊戲當成真的來玩，並且相信那就是真的，這似乎已經成為了一種習慣。

第三輯　博物

有人說它簡直是個活神仙，這麼多奇珍異寶從它口中吐出。千年以降，至今還沒有停止這份無私。青銅器上精美的圖騰，書寫著那個時期人的眼神，舞姿與各種奇妙的巫術。這些原始部落充滿野性，內在裏享有強大的精神支撐。窯火裏景德鎮的青花一直在熱烈而抒情地綻放，它像一面鏡子，照出江右人性格裏的另一面。廬山的雲霧茶，味似龍井而更為醇香，一喝就要飄飄欲仙去的樣子。更難得是這裏的男人博識有蘊藉，女人賢慧愛家。凡此種種，弄得外地的人常常無端揣想：在江右大地的內部，是不是隱藏著一架特殊的機器，默默成就著這些曠世的傑作？

景德瓷

一

那時候火在我們心目中的形象好比一枚鏡子，許多事物肉眼無法看清，需要找鏡子幫忙。這個鏡子有點像道士給賈瑞的風月寶鏡，一面照出骷髏，另一面卻照出美人。通過火，我們照出的也始終是兩種面孔。有一種遇火形狀立馬就散了，化為灰燼；另一種是永遠不為火所屈服。當時這樣的兩種事物——組合成我們眼中的世界，使我們是無論遇見一塊石頭還是一株草，都會去設想一下，它們在鏡子裏的面孔可能是哪一種。

當然，我們也把一些碎瓷片投入火中，它們並沒有助長火的氣焰，結果只是瓷片上的花紋被火熏得一團漆黑而已。瓷是不怕火的，當初它就是因為火才成就出來。

那時，我們把瓷片、磚、瓦還有石頭認作一類，它們與鐵相似，堅硬而鋒利，可以砸，可以敲，可以被拋擲到很遠。瓷，一方面在生活中被當成了玩具，另一面又被作為飲食或欣賞的器物。被當做玩具的那一部分，都是些打碎了的碗，罐，碟，瓶。它們之前被陳列在顯眼的地方，受到人們的重視，不過那個存在與孩童並沒有多大的關係。當它不小心被砸落到地，變成了碎片，於是就從大人的視野裏退出來，孩子們蜂擁而至，一人一片，立馬將它們給瓜分掉了。當時我們每個人分得的碎片都不同，有的是一縷雲，有的是一朵花，還有的僅僅是一只眼睛。也有分到一塊碗底的，恭楷書寫著幾枚漢字。讓大人們識，被告知為「景德鎮」。景德鎮是什麼玩意呀？景德鎮就像剪刀上的張小泉，是一塊足夠響亮的牌子，造瓷業的一面旗幟。

在古代，從景德鎮把瓷器運到贛州其實並不容易。它需要走昌江通過贛江。中間有許多是類似於惶恐灘這樣的老虎口，時常有運送瓷器的木帆船被這些險灘吞沒。許多的瓷器因為劇烈的震動碎裂了，被河水裹挾著帶往不同的方向。有的被帶到村落附近的淺灘，有的被埋藏到了泥土的深處，還有的就索性隨波逐流被帶到更遠，儘管這樣，大大小小載有瓷器的船隻還是朝著方向駛來，他們當然不是為了把瓷器運往贛州，贛州太小，容納不了這些華麗的身影。它們主要是通過這個驛站走梅林陸路被送到廣州的各大港口，然後經廣州直接把這些瓷銷往海外。現在我們在一件瓷器身上不僅能夠看到火光，同時也可以嗅到水的腥味，小孩子們在瓷的身上當然也能夠看到火光、嗅到水的腥味。不過他們感官世界裏的水火與目前說到的這個水火有很大的不同，他們是通過火——去考驗一塊瓷片會不會被火屈服。然後通過水——把打水漂的遊戲順利玩起來。這完全是兩種不同的概念。

許多事物回頭去看，都好像是帶著某種必然的性質，可事先並沒有誰能夠預料到這個結果。在英語中現在我們看到中國被稱為China好像是天經地義的事，但事實上完全也有可能不叫China。現在兩種與China命名最主要的說法——都與景德鎮陶瓷有關。一種是Chinaware（陶瓷器）這個詞，另一種是「昌南」的音譯。景德鎮就坐落在昌江以南。當時幾乎所有的瓷器都要從昌江運出來。景德瓷很有可能是不出現的。江西人自己都沒有想過這個呈長龍形延伸的小鎮居然會是以後的瓷都。當年的昌江邊，只有一個叫陶陽十三裏的地方，它和南方的許多燒瓷的村落一樣。並不起眼，後來是因為一些很偶然的因素，讓它燒的瓷格外的好，所以宋真宗才把自己的景德年號賜封給它。

二

歷史上，我們時常聲稱自己發明了什麼，創造了什麼，把這些成就統統的歸功於人。但細想就會發現，這些事其實只是自然借我們的手去完成的。譬如我們摘高處的東西，表面上看起來摘取它用的是我們的手，但假設沒有那個送我們到足夠高的梯子作為鋪墊，高處那個東西也必定也是摘不到的。十世紀的五代時期，景德鎮燒制的瓷器其實並沒有什麼優勢，它既比不了北方邢窯定窯生產的白瓷。也比不過南方越窯生產的青瓷。忽然一個機會，讓燒瓷人發現了一種適合生產白胎的瓷土。於是大家都想換換口味，索性在南方的青瓷窯場裏燒一點北方瓷。但南方的傳統燒法與北方的比起來還是有點不同，這一點不同之處，恰恰好就把青白瓷燒制了出來。而「南青北白」的這個說法一拳就被它給擊碎了。有時最優秀的模仿恰好是模仿的不像，正如錢鐘書說宋人學唐詩往往不能學像，這一點不像之處恰恰也是宋詩的可貴之處是同一道理。現在我們生活已經很難看見有青白瓷了，但那時候大家對於青白瓷的需求還很大。它的氣質很有點像玉，白裏閃出一點青。像簾子後面種著芭蕉，加上那時的人，想像力普遍比現在要豐富，也更具詩意。所以叫青白瓷的人很少。大多數人都叫它影青瓷。李清照就很喜歡把這種瓷器當做玩具，一會兒是佳節又重來，玉枕紗櫥，半夜涼初透。一會兒又是玉鴨薰爐閑瑞腦，朱櫻鬥帳掩流蘇。玉枕、玉鴨都是影青瓷做的。並不是真的玉。雖然書上說這個詞女賭技高超，還時常贏錢，但拿玉做枕頭是絕不可能的。

時間到了十四世紀，大家對於這種玉質的瓷器興趣越來越淡。已經看了有四百餘年，不論多美的東西。都開始有了審美疲勞了，這時候在景德鎮的窯廠裏，又燒出了一種樞府瓷。色白，微青，呈失透狀，頗似鴨蛋殼的色調。但是無論怎麼變，素瓷的時間持續的時間那麼久，有人突然恍惚。是不是該讓一朵花在上邊綻放，再讓兩只蜂蝶在上邊轉悠。但瓷器之前是怎樣燒制現在還是怎樣燒制。這僅僅是工匠們的一點小小的嘗試，因為這時候外邊的世界開始變得花花綠綠了起來，素雅的釉色已經顯得有些不相稱了。

儘管在九世紀，那時候還是唐代，在鞏縣窯裏面已經有青花被燒了出來。但這僅僅是為了滿足中東的市場，可惜這個市場不久就凋敗了。而在國內，大家對於這種白地藍彩一直興趣不大，儘管青花自己著色力強，呈色又穩定，紋飾能夠深深的紮在釉裏，色彩無論是水洗還是關照總是不容易褪，但因為它看上去太陌生了，到底還是無法進入大家欣賞的視野。即便到了元末明初。大家的對於這個品種的瓷器的看法依然表現的那麼執拗。恰好這時候宮廷裏開始有人喜歡上它，宮廷裏的興趣不管好壞，傳染力總是很強的。它像一種繁衍能力很強的病毒，首先是朝臣，其次是妃嬪——都被它傳染了。然後傳染的範圍又向四圍蔓延，當這種高貴的病毒擴散到民間，儘管它還在推進傳染的速度，但它病毒的身份已經發生了一點微妙的改變，有一種人覺的它既然來自於宮廷，無論如何，都將充滿著尊貴，儘管自己一輩子沒能力入宮，但這個宮廷的病毒卻能夠讓人感受到一點宮廷裏的氣氛，所以被感染一下，甚至比在手上戴十幾枚鑽石還要光彩。另一種人就像《聊齋》裏所提到的華陰縣令，因為那時候，上邊都喜歡拿促織來鬥，下面的官員為了討好獻媚，於是就想方設法的把這種病毒弄到手，然後呈獻上去。這樣一來，自然就疏通了自己的官路。但無論哪種，都讓病毒成為了時代的寵兒，有時病毒的繁衍並不需要它自己操心，只要它掌握了其中的機關，自然有去替它辦好這一切，青花瓷也是這樣，它從江西的某個山溝裏出來，沒過多久，就引領了時尚。

我被青花瓷感染並不來自於它本身。那是一個殘缺了的碗底，它連一個完整的病毒都算不上，上面有大明成化年制的落款。確切說來，我對瓷器發生興趣純粹是從這一行字開始的，那時候我對中國歷史上各個朝代的年號有著十分濃厚的興趣。這一塊殘碎的瓷片——正是它上邊的某個細節暗合了我的興趣，讓我真切的感覺著那些朝代的存在，一塊碎瓷片把我腦海中某些模糊的鏡頭一下子拉向了清晰，我甚至想，是不是每一個朝代應該都有一塊這樣的瓷片呢？它們的存在組合成中國的歷史。而我只要把這些碎片湊齊，接近歷史的任何一個時期都將成為一件輕而易舉的事。

那時儘管青花已經把一件瓷器裝扮的極其豐富了；各種植物把枝葉花瓣舒展開來，這些花卉在瓷器上開放的時間已經很久，完全把它當做了泥土。無論是牡丹、菊梅、苜蓿、還是石榴，茶花，海棠他們在瓷器都顯得精神抖擻。有時候作瓷人坐在昌江上發呆也會發揮一下他們的想像力，他們覺得現實裏太枯燥，很希望從一件瓷上面尋找到一點刺激，於是就讓一條龍穿過花叢，龍在現實中被賦予的寓意太深，且又是那麼的操勞。一會騰雲，一會潛淵。莫如讓它在瓷器上徹底放鬆一下。此外，話本傳奇也開始在景德鎮的大街小巷子裏流行，於是瓷人也開始在瓷上搭起舞臺。也學著說書藝人把故事重新演繹一遍。作瓷人覺得通過瓷可以打通內心與外面的世界。現實裏的事物多少是僵硬了一點。而內心的東西就往往缺乏那個表現的形，瓷——恰好可以彌補這兩方面的缺憾。但是無論怎樣費心思，瓷與生活裏的東西還是有一點點隔膜。這裏的隔膜純粹是因為青花瓷的色塊太單一而造成的。籃彩霸佔了整個瓷體，像一只霸佔山林的猛獸。儘管典雅，秀麗。但感覺起來多少有點不真實。它應該在讓一點紅，或者一點綠參與進來，於是景德鎮的窯廠裏很快又燒出一種青花釉裏紅的彩瓷。這一點紅色的意義是巨大的。它把許多的色彩帶進來，然後各種彩瓷又互相交配，鬥彩。五彩，琺瑯彩，描金就在飛濺的色塊中應運而生了。

三

那時候的景德鎮的夜空常常被爐火照亮，四時雷電鎮的名號一點也不虛傳。明清兩代的御窯廠都在設在這，供皇帝妃子大臣享用的御用瓷從這裏用稻草、竹篾包紮牢固。然後搬運到木帆船上，從昌江走長江、京杭大運河被運進宮裏。當時全國最優秀的陶瓷工匠都彙聚在了御窯廠，在古代，皇帝手中掌握著集權，表面上看起來他所代表的是天的一部分意識，但事實上他所體現出來的是一種人力的極限。譬如通過科考，一些拔萃的人才冒出來，然後被集中到朝野中共事。宮廷畫院招募的也往往是全國最優秀的畫師，由他們去創作最有難度的畫作。這個至高無上的權利曾經使它的部落變得極其脆弱，也無比強大。因為手上這個集權，景德鎮曾經就被巨大的人氣籠罩著，各地陶瓷業的精英差不多都住在了昌江邊。這些對於瓷器十分敏銳的手指和大腦互相切磋著。他們每天茶餘飯後都在爭論一件瓷碗和一件瓷瓶到底該怎麼燒制最好。另外為了讓皇宮裏的某些思想能夠直接干預到一件瓷的製作上來，於是在景德鎮的官窯裏又多出了一個督陶官。在明代，督陶的多是些太監。到了清代，督陶官就成了一些文化素養和官職都較高的人來擔任。例如郎延極，藏應選，年希堯，唐英，這些人在歷史上督陶官中的佼佼者。

特別值得一說的是唐英，這個人天生就是督陶官的最佳人選。可是卻偏偏在宮廷的內衛上做官。後來是「命運」覺的這個安排並不合理，於是就把他調到景德鎮御窯廠來督陶，他當然知道之前有個叫潘相的督陶官在這裏的因為刮收民脂民膏落了一個吃不了兜著走的下場，當時窯工們情緒發脹到青紫色，有好幾個跳入窯火中自焚。這一跳於是激起了一場巨大的民變。窯工們聯合起來，居然封堵了景德鎮去京城的水路，於是潘相只有翻山越嶺從安徽逃走。唐英本身就是做督陶官的料，既沒有架子，又能吃苦。三年下來，堅持和陶工們同吃同住。加上自己還有一點藝術上的追求。上天現在給他這個機會。讓他既能夠扣著一具光彩的頂戴花翎堂堂正正的做官。又能夠放開手腳去做自己喜歡的事情。正因為這一片癡心，感動了瓷器。於是所有的瓷器都垂青於他。都讓自己通過他的手給展現出來，轉頸瓶，仿木紋，漆器的象生瓷像一個個大家閨秀，從簾子後面探出臉來。瓷器們像一些自己會生長的樹，人在整個過程只是一個輔助工具，這些瓷自己會把花樣豐富起來，而且是一件比一件精彩，這些瓷器好像天真就與火、水、瓷土、釉料串通好了。整個製作工序中他們自己像一條魚遊過去。開片，造型，釉色往往讓讓作瓷人自己也出乎意料。沒有一會這些瓷器就變戲法的讓眼睛有些撲朔迷離起來。命名者也覺得已經詞窮，於是就索性統一稱呼它們為唐窯。可現在看來，這些瓷器無論有多麼的好，接下來它們命運都只有一個，那就是帶向皇宮。當然不是每件瓷器都能夠享有這份殊榮——成為御用瓷。那稍有瑕疵的就從中剔出來。當場砸碎，碎片被偷偷的運到禦窯廠的一個偏僻的角隅掩埋。要是遇上皇帝本人用的黃釉瓷碗，那更是左謹慎，右謹慎的。哪怕是碎片也要小心翼翼的運回宮中。以免流散到民間被仿造，刺傷皇權。那時候君王就像一只巨大的饕餮。它不僅把某些好吃的菜大把大把的夾到自己的碗裏，還要求其他的人不允許吃同樣的東西。誰吃了就得殺頭。譬如說皇帝的年號已經定下來，那麼天下所有的讀書人遇到這個需要避諱的字都要選擇繞開，因為皇帝身份的確認並不是別人高呼萬歲就管用了。它還要通過一些具體的事來體現。它必須拿自己的有——去比較別人的無，在有和無之間，皇帝才真的敢認自己是皇帝。那時候景德鎮的窯火旺炙著。照亮著一個大大的「皇」字。一些瓷器被精挑細選出來，運入深宮，另一些成為碎片。景德鎮的窯工表面上是在每一件瓷器上精益求精，但事實上他們所參與的是如何把這個巨大的皇字往深厚裏刻畫。讓皇帝至尊的身份真實而具體的得到表現。當這些巨大的饕餮一只一只的死去，最後終於死的已經沒有了。宮裏的瓷器才由一個證人的身份回歸到一件純工藝品上來。而工藝品不僅僅可以陳列在宮中。也可以在民間輾轉。在我十二歲的那年，視線中一件粉彩的瓷罐把「官窯」這個形象樹立起，瓷上畫的是一幅喜鵲鬧春圖，儘管大紅大綠，但配搭的很雅，假設不是它有一枚「官窯內造」的底款，恐怕我在腦子官窯這個概念的形成還要晚一些年。後來有人在面前滴滴嘟嘟起來，說這並不是給皇帝老兒用的。民國景德鎮也出產過一批「官窯內造」款的彩瓷。都是出在私人的作坊，只不過這個作坊的前身在禦窯廠的範圍之內；所以他們就借官窯的牌子來吸引買主罷了。

不管怎樣，這個時候時間總算走到了民國。到民國什麼東西都像是一顆憋了一千人的欲望終於得到釋放。這時國人的面上都蒙著一層暗暗的灰光。人性的某些欲望發揮到極致，讓胃部也感覺到一陣陣的不適。民間的作坊開始大量的仿製著內造的御用瓷。視覺上與心理上的欠下的，恨不得立刻就補償回來。

當然，也有好些精品瓷既沒有深藏在宮中，也沒有被砸成碎片。而是被巨大的桅船運送到了海外。景德鎮的瓷人用當地的火與水、瓷土以及特有的作瓷工藝把西方人的眼球吸引過來。它和絲綢茶葉一道把東方的清香，厚重，柔情攜往歐洲。這些來自於東土的物產一時間讓那些大鼻子的想像力像只敞口布袋一樣，有些收不住了，青花瓷讓一向崇尚藍色的民族一時間變得有些歇斯底里。於是這種瓷器的地位一下子凌駕當地各種事物的上方。儘管它只是個新生物，但是很快人們對它的喜好就達成了默契，在薩達巴德宮款待波斯王的一個盛大酒宴上，國王把這些上好的青花瓷盤搬出來。酒肉佳餚立馬就成了一個陪襯。同時每到國王登基，舉辦壽宴，大婚典禮，這些瓷器又被當做禮物賞賜給了有功的大臣們的享用。國王以及貴族們的這些舉措已經把一件青花瓷的地位給確定下來。然而，不管這些瓷器當時在海外有多麼的風靡，當初作為景德鎮的窯工們肯定沒有誰料想到。這種青花瓷器以後會在自己手上一件一件捏造出來。首先是因為這種藍色調在國內很少有人青睞，其次是燒制這種藍彩的原料Sumra需要漂洋過海的從薩邁拉運送過來確實不很容易。如果不是伊斯蘭商人的那點經商的頭腦和他們強烈的發財欲望，即便現在。青花瓷能不能問世還要打一個大大的問好。伊斯蘭商人抓准了這個天大的商機，既然他們自己沒法燒制出精彩的瓷器。那麼就索性把這些燒瓷所要用到的鈷料和符合伊斯蘭人審美趣味的造型圖帶往中國。景德鎮的窯工們就是借助於這個鈷料讓青花在瓷瓶上一朵朵的綻放出來。不過這些瓷的款式與國內的相比，多少還是有點不同。首先是它普遍比較大。色彩又火爆又熱烈。圖案上常常跑出一枚陌生的徽章，或者一支不大熟悉的花卉。但這些要求，在窯工們那裏都顯得微不足道。高大的瓷器燒制出來，然後就以高倍的價格銷往歐洲的市場，隨之西方的白銀花花的流向中國。這時候中國富得確實有點流油了，當然流油的只是那些的大官大賈，景德鎮的窯工們的日子並不見的有多好過。

四

歷史所以跌宕，是因為它本身就是由幾塊積木組成的遊戲。這些積木彼此利用對方，向上攀爬。既互相提供支點，又相互踩踏。當初我們從西方人那裏把Sumra這種原料弄到手。景德鎮的高嶺土很快就像找到一件適合表現自己衣服。這些衣裳在薩邁拉原本只是一些襤褸的碎片。始終沒法穿出好的效果。但中國人把它們穿好了。穿得讓那些出口青花原料的外國人完全目瞪口呆。那些常年穿梭於海上的貨船基本上就在完成著這樣的一種交換，首先西方人的蘇麻青被運過來。它們很快的就被景德鎮的瓷器工人們揉入到精美大方的瓶瓶罐罐上，這些有著藍花的瓶罐讓西方的白銀長了腿似的跑到中國。那時候，西方人對於中國的瓷一方面是十分的著迷另一方面又表現的極其焦慮。他們也試圖自己動手燒制喜歡的瓷器，但是手感覺起來還是稍微拙了一點。加上難以找到優質的瓷土，所以在白的地方就很難燒出那種白裏泛青的潤澤，青的部分也是死板的，沒有那種向四周蕩開的動態感。這個時候我們把自己的積木堆在西方人的上邊，很耀武揚威的樣子。因為我們的瓷器，他們儘管陶醉、狂歡。但是眼前的這些白銀花花的流出去心裏確實很不舒服。於是它們也從我們這裏像當初我們得蘇麻青一樣的獲取火藥。經由他們的手，這些火藥的表現形式並不是我們所想像的一朵朵煙花。他們不想去因襲陳舊的套路了，玩以前的這種玩法，首先煙花是讓美的圖案轉移到天上，中國人並不缺乏美，堆積在地上的就已經足夠使人窒息了。西方人把這些火藥最終塑造成一枚枚彈藥，有小巧一點子彈，笨拙一些炸彈，此外還有各種呆頭愣腦的雷，他們覺得這個民族長久的處於一種安逸享樂的環境中，思想就像古樹的根一樣深深的紮在地裏面，他們既很講究自尊，也因此表現很夜郎自大。因為有這個無比的優越感充滿著，所以稍微新奇點的東西不僅很難使他們著迷，甚至還極有可能被認為是與晦氣沾上邊的一類。這樣一來，就唯有使他們痛，因為痛了，才有可能自卑。自卑了之後，這種抵禦外貨的心理防線才有可能被撤銷下來。外國人是知道的，中國人一方面既喜歡做主子，同時也喜歡做奴才。做主子既然已經不能了，奴才能坐上去也會覺得很好。事情還果真如此，他們為了證明自己是奴才，於是就開始搶購洋貨，很主動的向西方人獻芹。景德瓷就時常被一只芹似的獻出去。光緒曾經就獻給過蘇丹王一只大芹，一只高一米多的青花。比較起以前景德瓷上書寫的榮耀，現在上邊呈現的是一個巨大的「恥辱」。小時候我們把火當做一面鏡子，透過鏡子。事物中有一類是永遠不為火屈服，另一類遇火形狀立馬就散了，化為了灰燼。長大以後，火在我們眼裏鏡子的身份並沒有改變。從一堆舞蹈的火中，我們既看見了文明，見識了那些精美的景德瓷。同時也目睹了野蠻，看清了偽裝文明的獸。

啟蒙讀物

增廣賢文

江西的許多傳統文化現在都深藏在了鄉間；我們不妨這樣說，城市就像一個敞口的大碗，它讓我們看到裏面滿滿的液體，可是稍一搖晃，裏面的液體就濺了出來。各種風潮剛剛流行就退了。眼看著它起高樓，眼看著它樓塌了，正是城市的一個很形象的比喻。而鄉村卻是長頸細口的酒瓶。許多過時了的文化就保存在那裏——等到外邊再流行它的時候，它也毫不聲張。

江西本土的一個老友，我問他這年頭什麼叫時尚？他不緊不慢地吐出幾個字：反時尚的玩意最時尚了。靜觀世態變化的人會發現，這些年來人們在時裝，家居，娛樂方面的興趣總是在不停地打轉，轉了一圈，又繞回了原點，而那個從來就未曾挪動過腳的人——現在卻成了時代的領潮兒。在上世紀八九十年代，許多書都被打入了冷門，現在又變得炙手可熱了。而在鄉間卻永遠沒有淘汰一說，沒有什麼流行不流行。許多手藝活衣缽相傳，既然是上邊傳下來的東西，自然沒有誰會對它表示質疑，祖輩的東西往往最具權威性，其地位永遠高居在上。並且地方越偏僻，這種祖宗崇拜的思想就越強烈。

無論地方有多麼偏僻，過去村子裏總有一兩個教書識字的老先生。整座鄉村的書，差不多全由他們來掌控，當然老婆婆懷裏的《心經》除外。正如有君分析：古代的人所以敬惜字紙，是因為那時候紙張稀缺，大家都養成了節省的習慣。而今存放在老人懷裏的鄉村，依然古風猶存，老一輩人敬重文字，往往視文字為天條聖律，他們相信如有誰糟蹋字紙，陰騭就會受損，以至於衰運不斷。而今發蒙圖書的式微正好導致了老人戀舊情懷的發作。其實呢，就我們現在所看到的，開蒙讀物的內容也並非我們所想像的那麼深奧，它們要表達的意思都很淺。可是老人家們堅信，熟讀《幼學》、《千字文》，足以安邦治世。這思想算不算迂腐呢？當然不算，一來是因為那時的世道和現在的不一樣了，其次是老人們敬惜字紙，他們的思想一直從那個時代延續過來，始終就沒有中斷過。

鄉村中還流傳有一種《燒餅歌》，據說撰者劉伯溫，會唱誦這歌的人，前後至少可推五百年。對於那些教育欠發達的地區，因為書本稀缺，鄉村的民眾對於陳舊讀物，臉上往往呈現出敬畏的表情。正如幼齡兒童總是容易滿足，且喜好無限制的擴大、虛化自己所接觸的那一部分世界。對此，我們也千萬不要太認真了，這時候去糾正他們的思想未必是一件好事。在孩子們理解能力有限，心地又很美好的情況下告知實情，我想存活在他們心裏的天空，就會瞬間掉落下來，敬惜字紙的習慣，恐怕也會因此而中斷。

想起另一本發蒙圖書——《增廣賢文》。在中國古代，《增廣賢文》雖被劃歸為兒童啟蒙讀物之列。但我篤信，在普遍宣講「人之初，性本善」的時代，這一本書所扮演的角色無非是一位異調歌唱者。因為它所涉及的方方面面遠遠超出於孩童所能理解的範疇。書的主題是揭露世風澆漓，人心不古，君子命途多舛，學人知遇難求的現實。無可奈何之下，知識份子只好由天聽命，隨遇而安。不如意時姑且以超然，篤定，曠達的態度面對現實中的一切。

我父母早就意識到了《增廣》的負面影響，對書名素來諱莫如深。那一年，學堂放暑假，我隨了一位溫州籍的畫師學畫山水。上午習畫，下午有半天的空閒，於是讀點雜書消遣。家裏常有人來，喝茶，聊天，我喜歡湊趣旁聽。有位很瑣碎的老婆婆那時候是我們家的常客，她之前做了許多年的佛教徒，性格怪癖得有點不為人理解，她手上有一冊《增廣》，也不知是哪一年的本子。繁體，豎排。我偷偷借過來讀，限期歸還，她應允了。偷讀的效力是的巨大的，過目成誦雖不至於，但記憶得確實比一般的書籍要深刻。不出兩日，我便將其中的一些句子，與街坊中老太婆嘴邊的口頭禪對應上了。我一下子似乎為飄揚在風中的落葉找到了它曾經棲息過的那一條樹梢。從此我可以不再耷拉著頭聆聽年長者的諄諄教誨，她們此前無非是在那個缽盆裏每人抓取了一小把警世危言而自作高深。而今我手捧著整個缽盆坐臥，行路，君臨一切。

我的曾祖母曾經是江右某大戶人家的大女兒。曾經滄海，見過世面，可是，那時候年屆耄耋，人已經很昏悖了。她在家裏絕對是老太君級別的人物，說話大家都得順著，遭她的一頓叱罵，你不但不敢還嘴，還要唯唯諾諾地討好她。今朝有酒今朝醉，丟下禾鋤沒米煮，不管見到什麼樣的人，她老人家都要拿這話來教訓別人一頓。那時候我們小孩子都聽她的教訓有些厭倦了，《增廣》裏的原話明明說的是：明日愁來明日憂，她卻要添油加醋地把這個給篡改掉，可見篡改經典是民間常有的事情，大家都朝著自己能夠理解的方向靠近。不明白的東西，說得再好也會被摒棄掉，我想這就是最有代表的「草根做派」。

族裏還有一位老翁，綽號老登仙，寓「老來登仙」之意。嗜酒如命，鬚髮翩翩。還沒等到我出生他就已經羽化了，據說這個人前半身過得也是十分風光瀟灑的，只不過後來家道中落了，下半世卻蕭條得很，他也有一句常常掛嘴上的話：茫茫四海皆兄弟，結難何曾見一人？《增廣》裏類似的段子還有「貧居鬧市無人問，富在深山有遠親」。「不信但看筵中酒，杯杯先勸有錢人」。意思都極相近。

借讀的那冊《增廣賢文》，歸期很快就到。於是挑燈夜戰，奮筆抄書，抄書一直是我的一樁癖好。有一次英語課上，我搗鼓著自己的活，恰被老師逮了一個正著，冊子在老師手上像疾風般的翻過去。

「相逢不飲空歸去，洞口桃花也笑人。紅粉佳人休使老，風流浪子莫教貧。」

「這作何解釋？你知道不知道？」我搖頭愣住了。

「這次算了，下不為過，糟粕太多，少看為好。」我點頭。

在年少時。有些東西，當你已經把它記住，以後不管你花再大的功夫，也無法忘卻它的。當然我壓根沒有必要忘記，許多話，得靠自己用心體會，對錯與否，日後自己都能夠掂量得出來。

後來在舊書店裏好幾回遇到不同版本的《增廣賢文》。因為喜歡，書籍到手不久就轉贈給了朋友。好書總是要學會分享的，知識存留在一個人身上，我看容易成為一種負擔。

雜書

我們現在都有點不大懂詩歌了；這一方面是因為現代詩寫得越來越撲朔迷離。容易讓人撲風追影的地方太多。其次呢，是大家身上都沒有了詩性。或者說，詩性的元素都集中在了少部分人那裏。不再是鋪天蓋地的分散在生活的各個角隅。詩性說白了，也就是意境，獨坐幽篁裏，彈琴複長嘯，從中我們可以領略到某種意境，當然生活裏的一瓶花，一件事，一枚小人物，也都有可能成了餘味無盡的東西。關鍵的因素是，在我們骨子裏有沒有詩性。

說老實話我爸身上並沒有多少詩歌細胞。他壓根不瞭解什麼江西詩派，因為他每天都有一大堆的事情要做，所以不知道江西曾有一大群閑著吃飽無事，結社讀書作詩的文化人也很正常，幸好當時我家周圍有一個不錯的讀書氣氛，不然的話，我絕對沒有可能那麼早的就接觸那些充滿詩性的事物。多年之後，當我自己拿起筆來寫詩的時候才體會到要寫好一首詩的確不是那麼容易，手腕上既需要有力量，筆頭上又要有膽子，並且心中還要有見識與境界，不然詩寫出來，便是味同嚼蠟的東西。

我接觸傳統文學開始於詩歌。俗語說，熟讀唐詩三百，不會作詩也會吟。誠然，唐詩三百，字淺意豐，易記易讀，不愧是啟蒙益智的首選。九十年代初期，彩印圖書已經在市面上流行，唐詩配圖讀本於是成了我接觸字紙的濫觴。這時候，小說距離我還很遙遠。在許多人的觀念裏，小說完全是誤人子弟的，無非是些武俠言情的東西。

武俠言情害人，在民間，這是家長唯一的一點常識，也是他們唯一的一點知識。我們批判愚昧，宣導文明，當文明正在宣導，但是還沒有被完全宣導起來，這時候是最讓人揪心的，那一點知識很有可能將成為毒害我們的藥。

十歲以前，我對小說這種通俗讀物從來就未有過涉獵。可以說，它代表著邪惡，接觸它，「紅領巾」立馬就將變成壞孩子。加上我天生就十分乖順，從來就沒想過去觸碰禁忌。魯迅在暗地裏偷看《山海經》，那是當年的風氣，一般的大戶人家，管教得特別嚴厲。那時的情況與現在比教起來有很大的不同，當時的大家庭，比如那些被稱為鐘鳴鼎食之家的，連吃飯都有一套繁縟的禮節。小戶人家偶爾失禮自無大礙，反正是窮人嘛，穿衣吃飯總是追求最實質性的內容。而現在就不同了，家道稍微殷實點兒的，思想反而更加開化，各種知識都不排斥，他們懷有一種包容心與分辨是非的能力。反而是小戶人家，總是像中了知識的毒。幸好後來漸漸地都起來了，市面上多出了一些童話、故事選刊，它們替代了往昔長勢凶凶的繡像本的通俗讀物，但是行走鄉村，多少還是有點遺憾，我們再不可能看見幼齡的兒童，拿著荊川紙，照著小說扉頁上的繡像影寫、繪圖了。「瓦肆說書」這樣的辭彙，也兒童的腦子也同樣生僻得有些不好理解。

而我就是在這樣一個小說式微的環境下，得了一點緣，迷戀上了這張逐日變淡的背影的。最早的是一本《老殘遊記》，那個夏天窗風靜靜的，一個人躺在藤條搖椅上，書就在晃動中翻讀一過。我家那時剛好搬遷告罄，新屋落成。我固執的認為，只要把自己裝扮得古舊一點，被我成天念叨的那個家就會複歸原狀。是誰搗毀我童年的庭院呢？這個儈子手我如今是不想去治它的罪了，唯想在眼下的一些細節上彌補回一些。我選擇了一冊豎排，且不太好辨讀的本子，讀得囫圇吞棗，但是卻搖首晃腦的。扮演成一個老夫子的形象。在整個過程中，我無非是個模特，像時裝店裏用來撐起衣服的塑膠人體，我一心想把當時的那種氣氛給撐起來。可是誰沒有料到，漸漸地我身上開始有了體溫，衣服與身體成了一個整體。

清末四大譴責小說，我只搜羅了半數，真正讀完的，唯獨一本。現在外邊的人看江西。幾乎是千篇一律的話，江西老表老實巴交，說話舌頭也不會打轉。這樣人讀譴責小說恐怕是不大合適的，讀這樣的書的人，身上總是要有點幽默的成分，即便油腔滑調的廣東生意人也比他們要好，可是你真不應該去懷疑江西人身上沒有幽默的元素。你不覺得他身上那股樸素的味道時常讓人冷峻不禁麼？江西人說話就像未去皮的冬瓜湯，帶點粗，並非俗，而是山野的清新，有點土滋味，泥氣息。街坊裏，家長總是以這樣的話來教育孩童：苦學必成龍，懶惰變條蟲，又說，不懂裝懂，永世飯桶。看似輕浮，卻嚴詞厲色，眉毛都皺得短短的，江西人幽默正是這樣，它與舞臺上的演戲不同，並非要演給誰看。一言一行，出於天性，外邊的人看了半懂不懂，但不論如何，總是容易讓人笑出聲來。我的一個朋友是典型的江西佬，在許多重要場合總是上面穿西褲，下邊穿球鞋。他當然不知道Mix and Match（混搭）這個詞，更不可能跟風。他僅僅是考慮到穿西褲能夠彰顯出成年男子的氣質，另一面又覺得球鞋方便步行，江西老表總是設法把事情的方方面面考慮進去，但卻忽視了事情整體的協調性，這一點不協調——反而使江西人活在一種喜劇的氛圍中。與《儒林外史》的氣味多少有點接近了。不久之後，《儒林外史》粉墨登場。當時只讀了範進中舉一篇。喜劇的空氣揮發著，十足幽默。魯迅在《中國小說史略》中，予以評價頗高。說它寫無論是官師，儒者，名士，山人，市井細民，都活現在了紙上，一切的世相都仿佛在目前的樣子。它看似長篇，頗同短制，所以讀起來，關關在故事情節的梳理上並不費勁，就像一些小的山水冊頁，相互獨立，閱讀起來相對省心。可是妨礙人手腳的地方也是有的，譬如，吳地的方言用得太多，西裏呱啦，聽去如嚼了釘子。

明清話本尤其是《三言二拍》這樣的本子在江西的民間十分流行，因為這裏面的思想恰好與江西人的傳統觀念合拍。但凡信仰——多數是來源於一個偶然事件：偶然間自己的思想在紙上被他人一筆一畫的寫出來，一時間會很驚訝，對這個人自然充滿了敬佩。加上在古代，大家對於字紙總是敬重有加，當然這方面人為的因素也不是沒有，譬如陳勝和吳廣受了算卦先生的啟發，用朱砂在薄綢上寫了「陳勝王」三個紅字，之後把它裝在魚肚子裏放到市場上去賣。這個魚恰好就被戍卒買到了，他們發現了魚肚子裏的薄綢和紅字，驚異得不得了，於是覺得陳勝這個人天生就應該做王，正因為這件事太偶然，才使得大家深深地迷信，因種種偶然，我們成為了朋友或兄弟，偶然誕生了緣分，產生了友誼，使一切不可能都變成了可能。

說起來《三言二拍》在江西確實流傳得很廣，如杜十娘怒沉百寶，賣油郎獨佔花魁，白娘子永鎮雷峰塔，許多人並不是單獨把它當作故事來看待，人們把現實生活中所帶出的焦慮，憂傷，憤憤不平，類似的心情與情緒通過這些故事來尋找慰藉。因為書中很明白地寫出了某些人的結局：富家子淪落街頭，有情人終成眷屬，困頓的書生即使與功名無緣無份，人生的種種遭遇依然可以從一朵牡丹上得到補償，妖嬈的花瓣瞬間化為美人，兩個人一見面就如膠似漆，好像多年前就已經認識，很自然地結為駢儷，這樣的故事因為普遍地契合了最底層人們的願望，於是乎在民間漸漸有了它自己的土壤，沒有誰去懷疑它，人們相信上邊書寫的任何一條，都是靈驗的，現報的，它被捧到了一定的高度，它主宰著世道的同時，也平衡著人們的內心。

另外需要說明的是，自古以來因為有著這樣的傳統，江西人對於字紙的敬畏任何時候總是要比別的地方都來得強烈。譬如來說，曾經有一年，朝廷殿試第一名至第七名的進士全是江西人。他們早已嘗到到書本給他們所帶來的甜頭。這也使得大家在敬畏字紙的同時有了一種認字紙是親戚的感覺。

我接觸《三言二拍》的時候，這種信仰已經很單薄了。那時我於書有著瘋狂的佔有欲望，我甚至想過讓全城的書搬到到我家樓上。有一次遇到贛州書城清理舊貨，他們把舊年的積壓本以半價處理，所以沒花幾個錢，全套都給買下了，洋洋大觀數十本。人文社的本子，校對細緻，注解詳盡，但凡功課閑下來，就偷偷地讀兩篇，這裏面都是些古今來的肉末碎子一樣的事，可聽可睹，兩個小故事綴成一篇，前邊的，略微簡短，後面的要長點，議論、敘事都很精到，我那時候在作文簿上塗抹的小篇什都或多或少沾著柳敬亭說書的腔調。

專心於四大名著的時間卻要晚一些，至少在初中畢業以後，八十年代初期上海美術出版社出版過一套四大名著的連環畫。在贛州，我曾看過八十歲的老頭在各個街巷伸頭探腦，目的在於把民間的連環畫搜羅過來。名著以這樣的形式與大家見面，當然是利弊參半。好處還是顯而易見，許多孩童之前對名著根本沒有興趣，可是這些圖畫卻吸引了他們的眼球，致使他們的興趣被吸引了過來，慢慢地，就摸讀起了原著。弊端是打一開始就讓孩童喝到了走味的果汁。這個第一印象在他們的腦海裏紮下根來，使得他們要花很長的時間，才能糾正之前的一些認識。而大人總是按照自己的思維設想問題，以為小孩子只能接受這些被簡化，刪削，甚至被改編的了名著。其實不然，我有一個朋友，他們家的公子在牙牙學語時候就給他看古詩，讀英文原版書《大衛科波菲爾》，令人意想不到的是，當他長到五歲的時候，書中的某些句子居然在生活中常常被他輕而易舉的喊出來，江西的讀書氛圍向來出色，這與幼齡教育有很大的關係。可是現在我們卻有些懷疑自己了，就像一個人的手出了問題就開始懷疑起自己的腳也有問題，這當然是很可笑的。四大名著中需要特別的一提的是《紅樓夢》，這是我現在唯一徹頭徹尾讀下去的小說。語言好是一點，此外是覺得它這裏邊有更真的東西在，不過現在想想，所謂的真實，其實就是一種敢於面對疼痛的態度。當時我的一杆粗頭紅色鉛筆，圈圈畫畫，把好端端的一套書糟蹋得簡直沒了樣子。

一個人讀書的時間畢竟有限，挑一些感興趣的書籍閱讀，這樣方便攝取吸收。記憶起來也較為深刻。前天折校《九尾龜》，折校甚至比刊訛還要累人。給定一個標準的冊子，然後逐字校對。厚厚的一大摞。現在的編輯往文雅裏說那就是校書郎。古時侯，校書是一件頗為體面的工作，稱校書郎中，司校勘宮中所藏典籍諸事。而今圖書氾濫，校書郎多了起來，自然也賤價了不少。

讀詩

我家收藏有一整套《全唐詩》，中州古籍社的本子。因為太笨重，平常就很少翻閱，一直被當作工具書來利用。譬如別的地方收了全詩的某幾首，但又沒有收齊全，於是好奇心就會推搡我尋求大部頭的詩集予以援助，以窺原貌。

宋詩讀的較多的是放翁、東坡。儘管那時候我與別的一些古人在書本上也有過接觸，但他們的存在僅僅是一枚符號，並不是以人的面貌出現在我面前的，在他們身上，我看不到鼻子，眼睛，耳朵，嘴，而他們也斷然沒能力聞到花香，看到青山，聽到鳥叫。後來，在某一個機會中，突然意識到，面前這些哪是什麼符號，壓根是一個個會說話的人！這些雋永的詩歌便是經由他們身體流淌而出。事情到了這一步，那些詩句，才真的像一枚堅硬的冰塊化開了。之前也不管這詩有多麼的好，都是紙飛機似的，在嘴巴上飛來飛去，壓根沒被注意。恰當我們知道這背後的一些東西，這些名字才與某個朝代對應，與生活裏一壺酒，一朵花，一件事聯繫起來。事情到這一步，詩句背後的世界才漸次打開，一個詩歌王國才在心裏矗立起來。

〇一年的秋天，那個時候還並沒有放翁，甚至於陸遊的概念都是模糊的。在我頭腦中他和所有的古人融成一片，鉛灰色的，混淆的五官還並沒有在思想裏變清晰。

後來買著人文社的《陸遊詩選》，扉頁上有陸遊的畫像，戴著頭巾，圓圓的臉蛋，蓄著八字須，一副很斯文的樣子。東坡的畫像後來是在一塊石碑上看到的，戴一頂方筒形狀的高帽，一隻細細的竹杖，和瘦小的身材相互一致。這時候，古詩人的形象慢慢地才樹立起來，但我並沒有看出，他們與今人有什麼內在的聯繫，在我覺得，今人和古人之間，不僅僅是語言，生活的方式，甚至於相貌，體征都是截然不同的，在我看來，今人與古人彷彿是相互獨立的兩種生物，因為我不能接受，看著自己的手說，這就是古人的遺傳，古人是灰撲撲的，舊的，像夢境一般，令我生懼——在那時候。

但事實上，當我們赤身裸體——與古人並沒有兩樣，至少在生理上如此。根據達爾文的一些觀點，要說人類的進化完全是一個十分緩慢的過程。假設讓一個出生的古代的孩子放到當下的社會來進行培養。你給他穿現代的衣服，學新型的玩意，吃霜淇淋，做摩天輪。他還會想著要去進京趕考？這麼說，我們完全有理由推斷，社會的發展，其實並不是人類的頭腦日漸聰明的結果，而是因為抓住了某些特殊的契機，這些契機在歷史上一次又一次的出現，長期積累，最終改變了這個社會。再比如說，江西人在宋朝也是很會讀書的，僅僅宋朝一代，共考中進士的，就有好幾千人，狀元又有好幾百個，至南宋時，已經飛遞到了全國第二。同時，根據專家從「二十四史」中的人物籍貫裏得知，《宋史・列傳》裏列入贛人有兩百多位，排名居全國之首。可現在，這些輝煌早就灰飛煙滅了，在各種拔尖人才中，現在你很少有看到江西人，這當然不是江西人的頭腦怎樣退化的緣故，只能說我們已經難以再遇見當時這樣好的契機了，一個契機不但可以改變一個人，同時也可以影響改變一個地域的方方面面。

那時候我根本不知道江西有人寫詩是一流的。曾幾，黃庭堅，王安石這些人在我腦子裏也未曾出現。「江西詩派」是我活到將近二十歲的時候才知道的。唯獨慶倖的是我十一歲的時候在路旁的舊書店淘來一本老版的《陸遊詩選》，草紙，豎排，繁體。上面有前人的眉批和藏書印。仔細看邊角上還有一絲血跡。這本書把前人讀書的所有的秘密全部告訴給了我。頂端的空白處留有幾行瀟灑筆記，當年那個讀書人如坐春風般的滿足由此展現。然而，現在的家長教育孩童，卻總是告訴他們，該如何如何，耳提面命；如此做法，往往收益甚微。最好的教育方法，我想是直接做給他們看。小時候，每當新學期書本沒來得及發放就得向別家的孩子借。當我們看到學長的書本上寫得滿滿的讀書筆記，自然狠下心來，以此為楷模，新的學期，果真成績斐然，比較舊年，大有進步。

江西人的讀書風古今一直延續，現在與過去最大的不同——是曾經的人，向來學以致用，而現在，卻只是學，而終究不能用了。正如後人對於江西詩派的評價：雖然在開先的幾個人這裏，取得了一定的成就，但是到後來，大家的詩卻慢慢的忽略了社會生活一項，死守著一些圭臬，沒能求新，拾人牙慧，典故連篇，形象枯竭，成了末流。看到這，而今的江西學人應該好好警醒。

鄉音

我們到異鄉遭到拒絕往往是從語言開始的。哪怕那地方的民風足夠好，沒有人排斥你，你也會因為語言問題，老覺得這個城市在心裏遊不進去。

每個地方都具備著一個強大的免疫。它通過語言，風俗，氣候，地理環境等等因素體現出來。這樣的免疫當地人自己是覺察不到的，外鄉人卻強烈的感受著，因為這個，心裏難免要長出一些疙瘩。

書上說蘇軾曾經兩次路經江西。一次是與改良派意見不合，怒觸朝廷，被貶謫嶺南惠州，而當時贛江航道與大餘嶺是中原通往閩粵的必經之路。另一次是七年之後奉調回朝，這一次在贛地逗留了四十餘日。方志上說他與當地官吏，鄉紳士子，僧侶術士詩酒唱酬，特別有名的是與陽孝本在光孝寺的那一場夜話。既然詩酒唱和，那麼自然涉及到語言。可是，蘇軾是眉山人，並不懂贛語，大家交流起來勢必遇到一系列的麻煩。幸好他有一個遊宦的身份，遊宦好歹是個官，既然是官，那麼他的位置必定要在尋常人之上。這一點高度給了他很大的自信。面對陌生的語言環境，至少心理上，內心的這個優越感會幫他的忙，讓他的語速變從容，連蒙帶猜，慢慢地，似乎也能猜著對方說話的一個大概。

但許多的江西老表跑到北京上海這樣的大都市，心裏常常就表現出自卑，甚至膽怯。直接使他們的自卑的原因，一方面，是上海人生活比他們優越，另一面是想著自己被一種陌生的語言包圍著，內心就充滿著某種不安。《紅樓夢》中我們可以看到劉姥姥進榮國府的一個細節，平兒給鳳姐遞茶：只見小小的一個填漆茶盤，盤內一個小蓋鐘兒。在這裏曹雪芹其實並非只是想說明這個填漆茶盤，那個小蓋鐘兒有多麼多麼的精貴。他是要告訴你，作為大戶人家，哪怕就是遞一個茶水，也和你寒門小戶人家有排場。是大量的這些無關要緊細節在劉姥姥面前晃呀晃，才讓這個窮莊稼人不由地窘促起來。

當你在一個陌生的城市，某些宏偉的願望暫時還沒有辦法實現，於是只好求助另一些東西。這一些東西中恰好就包括了地方話。說起來，地方話既是一個城市最堅硬的部分，同時也是它的一根軟肋，譬如說一個江西老表在上海，剛開始你不能指望他賺多少錢，但是上海話會幫他的忙，他學會了幾句半吊子的上海話，儘管聽他說話的人覺得很受罪，但是作為他自己，至少在心裏攢取了一點自信。方言一方面在我們與某座城市之間設置了一條門檻，讓我們短期內沒有辦法融入那個圈子，另一方面它又在地面與天空之間搭建起一條梯子，給我通往天空的願望帶來了某種可能。

可是江西話卻很少有人去學的，原因並不是因為它聽起來怎樣土。關鍵的地方是說江西話並不能夠體現出一種優越的身份。但事實上，很多的江西人不管離開故鄉多遠，還是能夠把這種熟悉的音韻回憶起來，遇見老鄉的那一刻，他們舌頭和牙齒摸索著，跳蕩著，每一個字的發音都接近於故鄉的頻率，齒縫中帶出熟悉泥土和水汽，帶出某一張熟悉的面孔，某一道深深的疤痕。不管他已經把一口京腔說得有多麼飽滿，電話裏的那些交談一下子又把他還原過來，讓你誤以為之前的他根本就不是他。

一些土生土長的江西人少時一張很土氣的面孔，後來因為讀書工作遠走他鄉。灰頭土氣的元素慢慢的就被外面的空氣給沖蕩洗掉了。一些新的，洋氣的元素堆積上去。事隔經年，左鄰右舍僅僅看到這張臉已經沒有辦法回憶起他的舊容。所幸的是他還能把土話說得那樣土，發音絲毫沒有猶豫的地方，於是他的身份被再一次地得到確認。

每年秋天，身上一些陳年的皮屑紛紛蛻落，故鄉就這樣的，一層一層的從身上脫去了。但鄉音是脫不去的。當我困在異鄉，惦念起家的時候，就索性用一口純正的鄉音去背誦王勃的《滕王閣序》，我被這個自己製造的聲音包裹著，陶醉著，因為我每次還鄉，每次意識到故鄉在面前真正出現——那一瞬間，並不是來自於花香，風和雲氣，而是車站廣場上嚌嚌嘈嘈，鋪天蓋地的家鄉話。

我媽時常說她很後悔小時候沒培養我說普通話。不然依憑我的嗓子完全可以去做播音員。可事實告訴她根本無需後悔。後來我的姨娘不是吸取了前車之鑒？可我每次還鄉，聽到我表弟的普通話依然說得怪寒磣的。根據這個事實我要告訴她們，鄉音是無論怎麼甩也甩不掉的，因為我們通常看到只是一個很淺層的東西，隱形的事物往往就不在我們注意的範圍內了。每個人聲音都存在著一層底色，這個底色正是當初故鄉所賦予的。在這個底色上，你可以疊加很多色彩，但底色並不是安分的，它可以刺穿上面覆蓋的任何一層而浮現出來，讓你在一個重要場合顯得既尷尬又驚喜。很多家長教孩子說普通話的同時，順便的就把這個底色塗抹在了孩子身上。他們設法幫助孩子從鄉音裏掙脫出來，但故鄉這個龐然大物早就已經把它們死死地包裹住了。

之前我生活的那個城市特別有趣。它從贛南的整個板塊中凸出來，章江和貢水把它圍成一個龜殼的形狀，它的樣子很像是一枚島，島在生活中一個精彩的暗喻，許多事物可以用島來命名。關關雎鳩，在河之洲，洲當然是一座島了。兩個黃鸝鳴翠柳，一行白鷺上青天。黃鸝、白鷺在柳和青天面前都可以理直氣壯的稱自己是島。因為有些島的構成並不是需要水來完成，故鄉的有趣就在於它不僅是一座地理上的島嶼，在語言上，它島嶼的身份也很出眾。小時候我們嘴巴上掛著的並不是什麼贛語，江西有些區域並沒有被贛語覆蓋，譬如贛北的一些村落說吳語，贛南人多說客家話。那時候我們周圍都是些客家元素，但客家話我們也不說，說的是一種西南的官話。現在說這種話的人多是些外來人口，他們有早期從湖南，河南，福建，浙江遷徙過來的客家人，也有解放後，安置過來的南下幹部。上海的下放知青，七十年代工廠從各地招來的工人，他們的後代嘴裏都是一口很流利的贛州話。

當我們去翻看城裏邊各大姓氏的族譜，就會發現這些家族頂多也就是繁衍了十幾代人口而已，他們大多數是從外地遷來的。但事實上這種語言紮根在這兒的歷史，卻比這個十幾代人口繁衍的時間還要悠久。從這個裏面我們可以得到一個結論，地方的語言是帶不走的。它好像從土裏生長起來的樹，這裏的水和土壤一旦把它給固定下來，那麼它就與這片土地緊密的聯繫在了一起了。有時候遷走兩株，於是又有新的補充進來。補充進來的樹因為吸收了這片土地給予的養分，於是也很老實的按照周圍的樹種生長，於是遷過來的時候是一棵松，現在也不朝著松的模樣上邊長了。它開始和周圍的樹種一樣，長成一株柳，於是這片林子無論有多少樹遷走，多少樹遷來。始終是一片柳林。因為泥土在下面發揮著作用。加上語言在城市中本身就像一種謀生的工具，發出神聖光環的同時也彰顯出最樸素的意義。如此一來，這種語言的生命就有了最根本的保證。它避免了因為人口頻繁的遷徙而被淪散。

我們平常說入鄉隨俗，這個俗往往是通過語言來開始的。語言就像水流一樣，可以帶著我們滲透到這個部落的根裏，讓你尋找到它的秘密。看起來音韻好像是由人的嗓子裏發出的，但事實上它是大地的音韻。他們從大地的孔竅中發出。這些孔竅似鼻，似口。似耳。忽然嚎啕，忽然深沉回蕩，忽然嘰喳呢喃。調調乎，刁刁乎。有時候因為地面上的巨大災難，馬蹄聲與嘶鳴聲驅趕著各種音韻朝一個方向奔湧。不同種頻率的音韻相互擠壓，碰撞，於是新的音韻就隨之產生。贛州話就是在地質的活躍期過去，隨後沉靜下來的那個時候，岩漿終於冷了，成就出來的這一塊五色斑斕的石頭。我們現在仔細的去聽這塊石頭的聲音，可以聽到一絲京劇裏的道白味道，以及昆曲裏的那些女人拂著舞袖吟唱著「門掩著梨花深院，粉牆兒高似青天」的段子。

想起小時候貼春聯，時常為區分上下聯而犯難。有一些對子——僅靠普通話的發音來定平仄極其困難——古代的有些入聲普通話裏沒有，往往需要找方言幫忙。因為當初開始玩對聯的那個人滿口都是方言，當然那也是當時最純正的普通話。

古泉

古錢還真是件雅俗共賞的玩意，有閒心的人美其名曰珍泉。錢幣被一枚枚夾在塑膠薄膜裏，泉友們互相切磋攀比。尤其是一些從工作崗位上退下來的老先生，集泉、玩泉成了生活的主業。古錢幣如庭中的花木被小心翼翼地伺候著，移動時得用扁嘴鑷子夾取。表面有積塵需用毛刷時常清理。更有些人癡迷古錢到不可自拔的地步，收藏來的珍品一件件地拓出來。旁側注明黃銅、白銅，哪朝的鑄錢，品相幾成，記錄因緣。勁逸的行楷，根本不睬著格子寫，凌亂中也不失章法。這等閒工夫看了不得不令人咋舌。

當然流傳在孩童手上的古錢就遠沒有這麼深奧了，他們對待古錢的態度是簡單而隨意的。像對待每日見面的老友。沒有誰會在意古錢上面的內容。許多的古錢集合一起。構成是始終是一道精彩的遊戲。這些孩子將口袋裏的錢幣掏出來，在地上，摞成數根錢柱。如果誰先把那些錢柱擊落，擊落下的部分，這人就可隨意取走。反之，襲擊所用的這一枚，將被那一大堆錢給吞併。在孩童的遊戲中，古錢與一枚啤酒瓶蓋的地位是相當的。雖說相當，但事實上卻不能互相混用。因為這是兩種不同的遊戲。在它們的背後，都各自有一套明確的遊戲規則，單獨的一枚錢幣，是沒法使整樁遊戲順利地玩起來的。

那時候我們獲取錢幣的方法有許多種，但最主要的還是通過河流。水流將一些隱藏在土裏的東西清洗出來，然後隨泥沙裹挾被帶往下游，河流在拐彎處往往形成河灘，於是比沙粒，樹葉更重的錢幣就沉潛下來。不久，雲開了，天空也慢慢的高遠。河流瘦下去，河灘變得豐滿。古錢就像一枚枚貝殼一樣平躺在河床上。成為孩童掇拾的玩具。當一枚古幣從塵封中走出，要麼被作為古玩，要麼被當成玩具。從表面上，一種被抬到足夠高的位置，一種是匍匐在底層，成為遊戲的道具，其實呢，都是作為娛樂的形式出現的。在小說家那裏，我們時常可以聽到這樣的故事，某某書生一覺睡去，醒來千般都是隔世了，兒子沒了，孫子也已經老了，自己卻依然年輕著。世道大抵是看不懂了，人們的觀念俱已改變，所有的事物，都已經不再是從前的模樣了。一枚古錢通過水流的作用重新流轉到人世間，眼睛裏恐怕也多有這樣的疑惑。但，正是得益於這個漫長的過程，才使我們對一枚古錢產生了興趣。

我對於古錢的興趣主要是源於家裏的那次搬遷，人的性格趣好多是不確定的，內部的世界就像一個百花壇，多數處於含苞狀態，只要提供適宜於某種花綻放的氣溫、光線與濕度，便會盡情地釋放它的香澤與美麗。就像我對於藥劑、本草發生好感是源於一次鼻衄一樣。最初，我腦海中根本沒有收集古錢幣的習慣。家裏的那次搬遷，好比是將一件大衣抖甩，躲藏在衣袋裏的小玩意嘩啦嘩啦地掉落下來。脆薄的金屬聲使我迷戀了那一塊塊薄薄的銅板。

那時候。搬遷工作還沒有完全開始。丈量、勘察隊的儀器就架設在前邊院子裏，年輕的小兄弟貓著腰，眯著一只眼，另一只在儀器玻璃圓孔裏的張望著。太陽落山了，牆上的拆字反倒赫然映目。我深明「拆」的意思，它就像積木搭起來，轟然一聲立時被化為了一堆殘磚瓦礫。我強烈的意識到當時的這個家——不久將蕩然無存了，所以戀舊情懷會早早地打開。我對家裏舊物興致格外濃郁。被煙熏得黧黑的太師椅、斟酒用的錫壺、祖母還在做小姐時候用到的描金粉盒，都被我珍藏著，可第一枚古錢是如何出場的終究沒能記得了。許多事，當時若沒有在意它的地位與價值，一旦落於時間的荒野，以後就沒法再尋覓了。

我媽的梳粧檯我翻尋了個遍，一切與舊時代有關的物什都被我刮入囊中。那時候在手上已經有數十枚的古錢了，我用紅繩子穿過中間的那個方孔把他們串成一串，隨身佩戴。有許多枚正面都書寫著康熙通寶，但形狀比較起來卻稍有點差異，開始我們沒有誰知道錢的背面書寫的是什麼玩意。對於這些纏花似的圖案我表示出滿臉的疑惑，據說一整套湊齊就能如玩紙牌似的當做賭具。很多年後，我明白了，這些隱蔽性極強字元竟然是些用滿文書寫的鑄錢局的名號。而今的玩家往往根據這些局名——來判斷一枚古錢的價值。

對於古錢的興趣從那個時候開始就從未間斷過。有一枚從拱蓬上取下的錢：光背有放射形的刻痕，像一朵自由綻放的菊花；在江右，有過這樣的聽聞，大概屬於謠傳：趕夜路身上最好帶上鑰匙、剪刀，刻了紋的古幣，它們俱可以辟邪；這樣的說法無論確鑿與否，將古錢與鑰匙串一起夜路，心理上起碼能起到一個鎮定的作用。後來在路邊無意間又發現了兩臺廢棄的木桌，抽屜的拉鎖鐵鈸上別著一枚古錢，色調與黝黑的桌案溶成一片，我小心翼翼地撬下來，剔除塵垢，收入衣袋，這僅僅是乾隆時候很普通的鑄錢，心裏到底是有些失望。有些錢雖然可以一時以假亂真，然而最終還是矇騙不了行家的眼睛。仿品的表層拿高錳酸鉀塗抹過，看去鏽跡斑斑，仔細分辨卻是有鼓脹感；錢面不結實是一點，方孔邊緣毛糙不平又是一點，這些要穴假如可以吃透，假錢立馬就原形畢露。

知堂老人在《買墨小記》裏說：我的買墨是壓根兒不足道的。不但不曾見過邵格之，連吳天章也都沒有，怎麼夠得上說墨，我只是買一點兒來用用罷了。我集古錢也和知堂收藏舊墨一樣，不過是玩玩而已，藏品價格貴賤都不在乎，古人摩挲過的器具還能在自己手上掂量已經是欣慰得很了。這如同窗前的明月，明月照過古人，現今又來照耀自己，古錢顛沛流離了那麼久，居然還在世間輾轉，彼此因緣聚合，雖說人只是器物的僕役，萬物只是過手，一切稍縱即逝，但握住古幣的那一瞬間，時間的溫度會彌散周身。

舊物

我舅母是個很會念生意經的人，花錢也很精細。但在購置傢俱這件事上，表哥卻顯得十分有眼光。舅母的主意是添一套厚質、全青皮的沙發，皮具油脂的香散發開來使滿堂生香，柔和的吊燈打在上邊——皮具上逼出一縷縷富麗的光。可表哥卻堅持要買紅木的，紅木沙發是潛力股；老一些，舊一些，格調與價錢都冒出來了。

時間會替一些東西漲價。漲價之後，大家不僅不會埋怨時間，反而是滿心的感激。他們的觀點是，反正古董不能當飯吃，不玩的話於生活無損，萬一哪天在家裏尋出一個老壇子或者舊花瓶，還有可能發大財。另一種聲音卻恰好相反——這有什麼用呀，除非老中醫要用古物上的銅銹做藥引，不然這輩子也難接觸到這些玩意。因為接觸不到，漲不漲價與自己根本毫無關聯。這是普通民眾對古物可能出現的反應。而觀賞性與收藏價值卻主要集中在懂行的人那裏。因為近年古玩漲得勢頭十分穩健，所以買來絕不吃虧。柴米油鹽是吃一點就少一點，然而不曾聽說有誰是吃古物的。

在元宵節之前，我家樓下就會有一個瓷器展銷會，裏面當然不乏精品。可是窳劣的貨件也不少，行家把珍品都挑乾淨了，大家還蜂擁的聚在那裏不散，老人喜熱鬧，偏愛蟠桃祝壽、粉彩童子這樣的畫面。通常講求點信仰，喜歡清淨、愛吃素的婦道人家就對青花瓷情有獨鍾。最俗惡的是有人拿瓷瓶去囤油盛米。大家似乎都很懂，個個就像人精似的，覺得買來的這個壇子花瓶如不打破，百年之後此物必身價不菲，在他們手上，古物就像一樁希望被種下去，這些人寧願傾一輩子時間去侍弄，唯一收穫的途徑是等，等到後代。中國人在某一方面是很為子孫後代著想。另一面又窮奢極欲的耗費資源，不擇手段砍斷子孫後代的去路。前後看似矛盾，但也不是不好理解。說白了這一切還是在為「我」，看似為子孫後代，其實是為了保全自己身前的那點名譽，他們推想人死了，肯定還有知覺，因為有知覺，自然盼著家族人丁興旺，這樣一來。自然獲得贊詞。如果門衰祚薄，自然被人譏嘲得一塌糊塗。面上無關，寸心慚愧。所以在這些方面就需要儘量表現得慷慨、無私。可是，我若告訴他現在一枚秦鑄半兩的價錢只不過幾十塊，恐怕其心立馬將變作死灰。有些東西之前是卑賤的，之後依然是卑賤的，時間有時誰的忙也幫不了，這也是事實。

女子古來多情留恨，人與古物相處一生一世，說白了，也就是把女兒身許嫁它一生一世。若說辜鴻銘先生的茶壺論在此就極為適用了，眼見妻妾一個個早夭，古物續弦不斷。看見大學裏許多老教授為自己的藏書憂心如焚，我就開始對那些重情的花月女子報以憐愛。五百年的雕花筆筒當然可謂情聖，朵朵彩雲依偎，目前依然被一片彩雲依偎。豔福，深不能徹底。

家藏一把溫酒的銅壺，構造極為精巧。內中有一個爐膛，可臨時加碳，貼壁是一個封閉的酒箱，酒注滿。等炭火炙熱，酒也就開了。名款是「太平府」，另一枚無法辨識。當初作為家常日用，它尋常得很。可現在許多家庭都覺得此物稀罕了。我當然不會拿它去溫酒，只是很仔細的對待它，掛了灰塵就拿拂塵撣一撣。不過古為今用也是有的，外邊馬路上的線路搶修，社區裏昏天瞎地一片。看見買來的紅蠟燭我就別出心裁，打起了博古架裏瓷瓶的主意。瓷瓶上支一束蠟燭。燭光就像一條蕩漾開的水波，把一尺見方的一塊地洇成了紅色。我攤一卷舊書，在燈下很用心的閱讀；古書，古瓶，古燈，透發出淡淡的古典氣味。此時我覺得那些遠年的氣息如從一個匣子裏倒了出來，當現代化運行程式出現了一點小小的故障，慶倖獨具觀賞性的藏品又恢復了它當初的實用價值。

同學

楊兄

那一日，聽說我的一位同學要把發削了，不是因為長蝨子，而是現實生活中有點不如意——使他有了出家的念頭。我趕忙和他電話，勸阻再三。後來嫌力量單薄，又將這事情告訴了他心目中一直頗有威望的老師——盼他能聽老師的一味箴言。大家忙活了好一陣子，功夫不負有心人，徘徊在紅塵邊上的他，終於被我等挽留下了。不知何故，這事回頭去想，反而有些淡淡的悔，開罪我佛倒在其次，破壞別人一個美好的願景更是罪垢深重。

楊兄與我很要好，我脾性是向外揮散的，像酒精；學校活動，表現踴躍，相比之下，他向來安靜寡言，聚會輪到他說兩句話——永遠是結結巴巴，每次都讓大家搖頭歎氣，真恨不得替他把話全說了。

促使他出家原因有許多，母親最近身體不好，看了許多的大夫都不見效，弟弟孤身一人在南方，前些天，出了一場車禍，幸好性命無關，家裏人這才長噓了一口。另外，對影自憐的情緒也多也其中作祟……當初全仗著自己性情憨厚本真，被一位建築企業的老闆相中，派遣到九江的某工地實習。那會兒他得意極了，不僅衣食無憂，每個月還給家裏節省下了幾百元的生活費，專案部三天兩頭的烹狗煮肉，生活過得滋潤有味。

後來，年節在即，我們約定在南昌碰面，我見到他的時候，他整個人兒增了一圈，臉上像多了兩團肉，顴骨也沒有以往突兀了，暗自替他歡喜。可是不如意事隨之而來。年後，公司打著緩工的幌子，偷樑換柱地塞進了老闆的一個親戚，他就像丈二的和尚暈暈乎乎地擠出了山門。當時我自己也是個毛頭小子，不能幫上他什麼。他整天坐守廬裏，用寫字畫畫來打發時間。後來武寧的朋友托我推薦兩個朋友過去，也是做工程，並且告訴說工作比較考驗人，會相當累。「累就累一點，咬咬牙，混過去就好了。」他滿口應下來。當時我聽了這話，眼眶有些潮潤。

之後，我們在南昌又見了一面，他明顯粗獷了不少，稚氣都沒有了。膚色黝黑，鬍子拉碴的。見面照樣有許多話要說，他說話時候還是結結巴巴，趕上興奮的時候，話堵在嗓子裏，他就一個勁的咋舌頭，拍桌子，看到這些，我又覺得他一點都沒有變，突然有一日，他說要去蘇州了，以後恐怕見面的機會會越來越少。我說你好好去吧，到了那邊記得給我電話，自己多保重身體。從此以後，我們就再也沒有見過面。後來聽人說，他談了一個女友，北方人，因為愛情，他丟掉了一份不錯的工作。不過兩人最終還是分了手。最終一個人身無分文，生活難以為繼……

楊兄對佛其實並不大懂，許多的出家人之前也不大懂佛。他們只是覺的佛堂裏的木魚，誦經的聲音，可以讓心情暫時安靜下來。借助於此，心情不再那樣堵得發慌。佛堂這地方，就是要給人留一條退路。經年之後，等這些人心中的煩惱消了，怨恨沒了，還可以蓄發，繼續以往的生活。但也有人因此嘗到禪的滋味，安下心來，專心致志地敲木魚，做功課，成了長老或者住持。

許多人往往如此：當初因為一句不負責任的話，或賭氣，或埋怨，一輩子朝著一個不曾仔細思索的方向直走下去。越走越深，也許得道，或許到頭含著悔意。江西的女人和丈夫拌嘴，一哭二睡三上吊這是她們慣常的招數，還有更特別的，吵吵嚷嚷，威嚇男人要剃頭出家。這樣一來，男人自然心急火燎，態度趕緊軟下來。這情形讓我想起小時候，因為犯錯被罰，雖然理屈，但又覺得曾經大人的疼愛轉眼沒了。心裏難過，咬牙切齒，嚎啕大哭，揚言要出走，希望拿這樣的方式來喚起大人們的同情，經驗告訴我，這個招術普遍管用。

以往見過許多出家的人，他們有頭也不回的只顧大步朝前走，也有一步三回頭的，做這個選擇完全是為了消災禳福，似乎除此以外，再也想不出更好的去路，他們帶著眷戀與感情上路。有人不清楚自己出家將做什麼，有人卻早早有了明確的目標，孔子說，天下有道則現，無道則隱。假設外邊的環境太喧囂了，躲到禪院裏去消消暑，讀讀書，埋頭掃地，沉浸沉浸思想，我想也未嘗不是一條好路。

真翁

真翁個頭比我略高，眉清目秀，唯獨身子有些弱，像曬衣服的竹篙。南方人的短小精緻與北方人的粗獷剽悍他都沒有，南人北，北人南，讓他好生尷尬。去年夏天，他過生日，考慮到舊時的玩伴難得一聚，於是就在贛江上租了一艘客船，準備了幾座的酒菜，將一大幫朋友叫過來喝酒。贛江邊的草叢裏有種花蚊子很討人嫌，背部黑白相間，腿和須特別細長，硬得像鐵絲一樣紮人，它們愛熱鬧，老是在桌子腳下嗡嗡哼哼，一刻都沒有安閒。冷不丁在人的大腿上紮一口，癢得讓人的心都起皺。這樣一來，大家的雅興都被它攪亂了，唯獨花蚊子拿我沒辦法，我一個人豪吃豪飲，結果醉得像一灘泥。醉眼中，天空傾斜，星子搖晃。天色晚了，於是只好和真翁擠睡一晚。

那時候因為放暑假，時間充裕，所以隔三岔五大家就聚在一起。吹牛喝酒，游泳打牌騎自行車，年少的輕狂，體現在各種行為上。

兩月說長不短，眼看又要返校，在校我修得是土木工程，與他的建築設計專業雖說沒什麼交集，可性情愛好我們卻很接近。記得返昌的前一個下午，我和真翁又去了一趟壽量寺，壽量寺在五代後樑時候就已成規模，場地不大，十分幽靜，裏面有兩棵古榕，遮天蔽日，還有一方水池，養著紅鯉，幾個石凳，供人坐棲。真翁以前並不知道有這麼一個去處，走近來感覺不錯，也燒了幾柱香，恭恭敬敬地磕頭。他並沒有以詫異的眼光看我，而是很欣然地跟在後面——老老實實地重複我的動作。我覺得我們很有緣，至少是一個頻率上的朋友。說真的，我拜菩薩從不求它給我什麼，佛給我的，說白了，也是自己給自己的。我們把佛塑造起來，在心理上尋找著暗示，在生活中，大家對於自己所做的事，多少都有點兒不自信。這一點不自信，曾經誕生過恐懼，產生過失意。因為種種負面的東西，許多機會失去了，許多有緣的人也失去了。而自從在我們身側有了這麼一個形象，我們慢慢學會了意定神閑的去面對，安心的去享受。因此曾經種種失衡的地方又重新在內心深處尋找到了平衡的支點。

真翁說起來很得我佛歡喜，人很清純，沒有汙跡。可是心腸好，在世俗中卻往往要吃許多虧，受許多罪。他在大學裏也算領袖，自己組建了一個社團。我當時閑著無事，也根據自己的愛好籌建了一個演講協會。不過打理得卻不如他那麼仔細。後來各系部獎懲制度有些不同，我摘得了八千塊的獎學金，而他卻空歡喜了一場。為此他也沒有太難過，我也沒有太歡喜。榮譽僅僅是一個外在的榮譽，就像一頂帽子，無論你的頭是大了，還是小了都沒法戴上，唯獨那個頭腦適中的人，才非他莫屬。我們既不必因為這個榮譽而將自己的頭削小，也不必使其放大。我們只需要丈量好自己頭顱尺寸，製造一頂適合自己的帽子──戴上就行。所以說，真正的榮譽，是自己給自己的，因為當我們尋找到自己的時候，還有什麼外在的榮譽──比這個要更重要的呢？

我一直把自己當做那種尚未蒸熟就出鍋的米，大學少讀了一年──趕早出了社會。幸好專業是土木工程，隨便混個文聘，身體算還結實，扔在工地上當半個民工，至少生活不用發愁。而真翁求職卻吃力多了，設計院新陳代謝本來就很緩慢，再加上有門路後臺的，搶佔了名額，求職的路，因此顯得特別艱辛。自打那時起，我才真正算瞭解真翁的個性，你可以說他有點倔強，甚至有點迂氣，但他就是不服輸，死撐著，也不肯倒下去，江西人自古似乎就遺傳著這樣一股執拗的脾性。當年的「拗相公」王安石是出了名不說，另外明朝的解縉也是一個倔強到底的人。因為執拗，江西人雖然絕頂聰明，但這聰明總是硬邦邦的，不能與周圍的事物協調。

那時候儘管真翁求職四處碰壁，但是他依然沒有打消向四處投遞簡歷的信心。後來我勸他，不能再這麼幹下去了。說實話，我都覺得他的簡歷做得實在是太沒有水準。除了個人的簡單資訊、畢業院校再加一張不太帥氣的黑白照以外，再無別的了。簡歷說白了，就在長在你臉前面的另一張臉。假設前面的這張臉模樣好看，那麼你可以輕輕地推開面前的任何一扇門，真翁自己覺得現在這張臉也該好好的抹一抹了，於是讓我做他的化妝師，盡可能的使他的這張臉變得好看一點。為他的簡歷措辭，說實話，我也有蠻多顧慮的，寫實吧，又怕別人嫌棄，誇飾要是過分了，又怕露餡。極力的在辭藻上下功夫，又怕人說成造作，語句太樸實了，又缺乏亮點，如此反復——總算把這張臉給捏出來。

當時我幫他在各種人才網站收集資訊，我們每天起早摸黑，穿戴整齊，包裹塞滿簡歷，在南昌的大街小巷轉來轉去，每天平均下來要趕好幾個場子，簡歷如一幀幀賀卡遞出去，有時候別人發條短信過來，婉言拒絕，而大多數是石沉大海，連回復短信也收不到。真翁學歷太低，工作經驗完全是零，再加上各種潛規則明擺在那裏，他基本上就沒有一點戲。那時候我時常陪他在馬路邊簡簡單單地吃個午飯，天不怕地不怕的在外面東奔西跑，根本不知道什麼叫做拒絕，現在回想經歷的一切，看上去都像是個遊戲。

有空我也陪他去市府邊上的小花園散散心；那地方有塗著藍色油漆的健身器材，我們就時常把胳膊鉤掛在鐵杆上。把腳垂下來，抬頭看天，底下一片虛空，這時候，內心就升起一片無以名狀的惆悵。時至深秋，松柏蔥翠，玻璃窗上的晚照斜斜地落在肩上，心裏有點酸味，如北方院子裏的水龍頭，轟隆轟隆的一陣陣空響。

現在那些爽朗而乾淨的天空時常會在夢中出現。後來，我去了工地，聽說老闆在宜春有一個專案，急需用人，於是我把他推薦過去，可是去了沒一會，他就覺得不是很適應，後來呢，他打電話告訴我，不久要去九江學習。而今，他在九江又呆了半年，其中我與他見過幾次，看見他形容憔悴，比起以往，明顯消瘦多了。

遠兄

遠兄是貴州人，卻有著江西人的氣質。我與他交情篤厚，曾因為在一起讀元好問的五言古詩，有一句「許君棲隱地，唯有太古雪。」我兩都深愛之，於是他索性借過來，給自己取名為「太古雪」。

公寓樓下的香樟樹，濃蔭碧翠。天氣晴朗，洗手間裏水聲淙然，遠處也會有水聲透過來，那是來源於食堂出門一側的洗碗池。凡是用過的碗碟，大家都在這兒蕩洗。那天他穿著一個大大的西服，棕青色的，排在我前面。他扭頭過來，抬眼的瞬間，恰好目光與目光撞上，我兩相視一笑，算是成了朋友。在這以前，我正一門心思的想著《聊齋》裏的《畫馬》：眼見的良馬，跑進屋子裏竟沒有了影子，再往裏面的臥室看去，一幀趙子昂的良馬圖撲入眼簾——毛色渾然相似，尾處的鬃毛還被香燭燒掉一截，追趕這馬的人這才醒悟過來。遠兄的那一泓突如其來的目光加深了我內心的恐怯，他活似壁上那一匹玄異的良馬。

此後很長一段時間，我與遠兄的關係都停滯在相視而笑的那麼一瞬，大路上偶爾遇見，不是因為距離相隔太遠，就是因為彼此嘴上都掛著話，過去了，就把對方拋在腦後。後來才知道遠兄寫得一手好字，在學校的書法比賽中獲過幾個大獎。

生活總是長著堅硬的殼。隔時破碎，又重新封裹。封裹了，任何事物暫時就都難以嵌入，剩下的就惟有等。等到第二年春上，我在廣播站做的那一檔節目漸漸深入人心，開始有了自己的風格。熟悉、喜歡我嗓音的人越來越多。遠兄便是喜歡我聲音的其中一個。那一日，恰逢週末，鳥聲婉轉。我在校園門口的楓楊樹林裏閑著發呆，聽見一個穿著白襯衫的年輕人大聲叫我，原來就是他。身側還有一位，個頭要小一點。當時他們手上有個書法協會，正趕著籌辦一樁書畫聯展，準備去滕王閣底下的書畫行買些些紙筆。我們簡單的寒暄了幾句，就各自分手忙去了。

朋友熟悉之後。回想交往的經過。開端的幾件事印象總是特別深刻，歷歷在目，可以說出來。越往後面事情就開始變模糊。許多類似的經歷互相重疊，要區分起來很容易。

那時候因為學校評估，書法協會的大門也用紅油漆刷過一遍，雨水長期浸潤，油漆就一片片剝落下來，像撕落下來的魚鱗。協會前面是一個很簡易的花壇，種了幾棵鐵樹、桂花，還有女真子。我的這個朋友一有空閑就泡在這個屋子裏。那會兒他大多數是找一些範本照著畫。偶爾到外面看到好的景色默記在心，回來就憑著印象畫出來。我看他畫東西一點都不雜，傅抱石一直在他心目中佔據著重要的位置，圍繞著傅老，他開始讀離騷，楚辭，讀魏晉南北朝的文字。傅抱石始終在他心目中是一座高峰，有時他把傅老的畫集攤在一個木桌子上，一個下午幽幽沉沉，太陽光在紙邊悄悄挪動，每次他畫畫，我就默不作聲地立在一邊，靜靜打量，他手裏的筆輕輕一折，筆鋒一頓，味道就有些別樣。假設一幅畫沒有完成，你是看不出哪兒精彩的，等掛上牆壁效果就有了。那時候雖說協會將近一百來號人，但真正愛畫的卻少得可憐。遠兄經常穿著一個寬大的白襯衫，守著一缸墨，畫一點，就挪動一下鎮紙，筆再往石硯裏蘸一蘸。捏捏袖管，再畫幾筆。雨天的週末閑得發白，我躲進小紅門，沉浸在遠兄的山水中。這樣的事情回想起來，幾乎成了記憶裏雨天的全部。

遠兄的面皮真像是贛江裏的水做的，屬於吹彈得破的那種，典型的南方人。我們說他是唱戲的一點沒錯。聲音又甜，吐字又准，羨煞人也。我聽他說祖宗幾代都是和莊稼地打交道，母親將近四十了才勉強把他生下來，因為是獨子，父母在家都把他當作心肝。三歲的那一年，他失足從石崖上滾落，手脫了臼，遇見一個過路的道士，幫忙把他脫臼的手腕端正好。

在學校，遠兄生活十分拮据，粗茶淡飯，幾個素菜，一碗湯水就基本上解決了一頓飯。每餐只用兩塊錢。每月的開銷都要計算好，這樣月底才有些結餘。攢下的錢，他便拿去買書買畫帖。有一套金裝本的《抱石畫集》，記得當時把錢攢了很久，到後還是幾個要好的朋友東拼西湊才使他如願。有時候，我也會學他畫上兩筆，但總是少點天賦，在表現人物神采的地方往往一籌莫展。最忘不了的是那一次，學校舉辦的一個晚會。我朗誦《紅樓夢》裏的段子，他寫字，寫的是《沁園春・雪》，這個場面現在回想都覺得吃驚不小，一個是那樣的悲沉，蕭瑟。一個是如此的慷慨，激昂。風格完全相反的東西竟然在一個舞臺上同時出現，並贏得一片掌聲。這可說是表演史上的一個奇跡。

畢業在即，他去了縣裏的一家設計院實習。吃喝都不保，食宿還得自己墊錢。稀裏糊塗地呆了半年，無非是打打雜而已。一旦到簽約的時候，對方就隨便找了個理由，將他給打發掉了，後來他又在南昌逗留了一會，生活難以為繼，一日得知母親臥病的消息，於是負著幾卷殘畫、抱著幾捆破書，以及大大小小的證件歸園田居去了。前夜翻出遠兄的送我的一張《奔馬圖》，急忙撥通電話，可是對面傳來的卻一片盲音。

想起孔子的話，學而時習之，不亦說乎。人不知而不慍，不亦君子乎。我們之前把孔老夫子想像得過於簡單了，《論語》開篇就在勸告讀書人應該學會自我寬慰與調整。凡是都不能太執著。所學能夠被社會所用，當然是好的，倘若不能夠呢，也應該保持良好的心態。讀書就像服藥，藥可以治病，也可能致人於死。孔子早早的知道這一點，於是開先就把解藥賜給了我們。讀書人總是覺得自己肚子裏有點墨水，於是成天想著這墨水能夠對世道人心產生如何如何的作用。但大多數時候，外界環境從來都不曾朝著你的願望發展，滿腹經綸有時根本是不能用的。

幸好，知識在用之外，還有著其他的許多好處。周作人說：中國人特別懂得享受，知道拿東西來麻醉自己。譬如古來的念咒、畫符、讀經、惜字、唱皮黃、做八股都是。我們一心想拿知識來改造社會，這是我們好顯的一面，但滿腹經綸的同時也要遇逢那個能夠欣賞他的人，如此才能夠發揮他的作用。

我們不該把知識當做手上的寶劍，想像它如何威猛，一心想著拿它披荊斬棘，你應該把它想像成酒，喝下去，除了使自己醉之外，便無複他用了。

目下需要說的是，目下這個社會，對於知識的認識也是很偏頗的，功利心無限放大，使我們常常只看重知識中能用的那一部分，許多看似沒有用的知識，就被扔棄了。連著這些懷抱著無用知識的人，也一同的被社會冷漠了。說實話，這些人和這些無用的知識需要我們去關注，因為這些東西，就像天上的雲，說不准哪天，它也會降落下我們所需的甘霖。

傅君

傅君是新餘人。生得滿副官相，但我總喜歡打趣他：以後老兄就是做了大官，也是個副將。甚至「傅君」的稱謂也僅限於書面，你要是咬字輕了點，「傅君」就很有可能被說成「夫君」。

傅君學得是園林有關的專業，我從小對草木情有獨鐘，那時是冬天，又逢週末，四圍的空氣沉沉的，空氣像煮熟冒氣的酒，校園裏雇傭的清潔工閑著無事，就把那些枯樹敗葉掃成一堆，用火柴將它們點著，白煙屢屢不斷的從這個枯葉堆裏湧出來，遊離得到處都是，師生們為此抱怨不休。而我卻從中聞到了某種炊煙的香味，頓時想起了陶淵明在廬山下采菊的那些日子。一個有歷史的地方，永遠是既深邃又具體的。說他深邃，是因為它存在的時間太久了，隱含的事件太多，值得挖掘與玩味的東西也太多了，說他具體，是因為當初的事物借助於尋常的東西保存下，隨意地佈置在我們的周圍，以至於我們平常所見的一花一木——都有可能存在深刻的蘊含。

一日，傅君約我去省府邊上的一個花鳥市場轉轉。天氣陰沉，心裏邊閑得發慌，外出透透氣未嘗不好。從一個偏門進去，花香隱幽，花商以玄青色的紗幔搭起一座座花房。羅漢松有欹曲盤繞的根，種在一個個紫砂盆子裏，大大小小有好幾百株，造型不一。有的店專鬻蘇鐵，茶花。那些金邊麝香全是大株的，價值在千元以上。傅君那時候已是畢業班的學生了，談吐都很得要領。因為靠近歲末，水仙在市場上當起了主角，店主挑了幾盆開得正豔的擺在顯眼的位置，其餘的都是蒜苑似的倒在旁邊的一個大木桶裏。傅君要買幾顆回去，被我勸住了，理由是花還未開，學校就已經放假。

當時這些花草就像一個個美人，她們使我身上的循環系統變得十分活躍。現在養花的人慢慢集中起來，養花人的態度也不再像以前那麼隨意了。大家覺得種點花首先要有足夠的時間，還要有一定的經濟基礎，與其說是花越來越不容易養，不如是說是因為人把養花的條件考慮的越來越多。許多人對待生活的態度也是這樣：生活看上去就像一張白紙。現在有太多的人考慮的是這張白紙的質地。顧及它——到底有多厚，光滑與否。其實這一切相對起來，都是次要的。內心的靈慧能夠使一張白紙的氣質凸顯出來。手指在上面或捏，或折，一張紙可以通過許多形狀去表現自己。一堆棄置的花瓣假設我們把它組合成一顆心的形狀，這些花瓣無形中將變得高尚起來。生活不是多少錢能夠裝扮的完美的。在市場上，或許是一分錢、一分貨的概念。但這一分貨到我們手上的時候——很有可能被減至半分，也有可能被化作兩分。因為我們的心的創造力是無限的。所幸的是江右這地方的人雖然衣冠簡樸，但還是很喜歡裝扮生活。因為土地肥沃，盛產稻穀，桑麻，茶葉和柑橘，人民的生活相對殷實，所以在一些細節上就顯得特別的從容適度，女人們把手上的針線活做的十分的細緻，男人們也把手上的書念得格外的生動。小時候鄰居家都會養花，你們家的花漂亮，分兩株我家，我家的鳥兒愛唱，也到你家的屋簷下遛遛。生活精彩而豐富。現在看來，凡是懂生活，有情味的地方必定盛產愛情。

這裏的愛情與傅君有關。有一個縣裏的女孩，名字已經美得不行，人也生得娉娉婷婷，衣香鬢影，讓人銷魂。傅君眼力不錯，一眼看中了她。可那時候，傅君即將畢業，嬌美的小女孩剛剛入校。愛情正中總喜歡隔點什麼。或許是一條河，或許是一條樹枝。那時候距離逛花市又過去了將近一個月，天已經很冷了，傅君約我去勝利路的步行街吃火鍋。同行的是學生會的幹部，一個個八面威風。那天小女孩也來了，花枝招展，裝扮得異常時豔。一路上，總見傅君與她竊竊私語。有人裝假咳嗽兩聲，他們的私語就打住了，堆著笑臉朝我們抱歉似地看兩眼，接著又竊竊私語。那天席上，傅君不住地將羊肉片朝著女孩子的碗裏夾，看到這情形，當時我心裏也猜中了八九分。

再遇見傅君已經是第二年的春上。大概是三月中旬，藤蘿花開了一遍，又凋落了一遍，等到這兩個事件完畢，傅君姍姍來遲。所有的淒涼與興奮都因為一個「又」字而體現。韋莊詩：惆悵一年春又去，碧雲芳草兩依依。春天歸去也就罷了，偏偏還要用上一個「又」字。詩家總喜歡拿「又」這個字來做文章，因為它擁有極強的催淚功能，讓你覺得流年易逝，青春短暫，再見已然是鬢髮蒼蒼。

當時他們似乎已經很久沒聯繫了，他自己也很無奈。不知道怎樣去尋找感情的出口。我勸他，這一切就權當作是一個夢。沒事多仰望天空，想想未來，一切都會好的。我知道他的情緒很糟，也許是因為我們玩得太好了，因此他才有勇氣把內心的這些秘密告訴我。後來，我們還見過幾次，地點都在學校的附近。傅君十分照顧我，每次吃飯埋單他都要搶先一步。當然我也不會太客套，畢竟是掏心窩子裏的老朋友，推推搡搡，太沒有意思了。

今年春天，元宵之後，我們在咖啡館裏偷得半日閑，他刨了一個板寸，人也明顯精神了三分。辭了，辭了，他說。既不是因為工作不順心，也不是因為錢少。只是覺得在一個地方長時間地呆下去，身上會長出許多惰性，青春的熱情會減退。所以也沒多想，說辭就辭掉了。一個下午，人被熱氣騰騰的綠茶熏得頭昏腦脹，聊天十足盡興。當時他因為一個朋友的電話，匆匆離開，此後我們就再沒有再見！

烏紗帽

小時候我爸教導我好好讀書，以後有望做大官。戴一頂烏紗帽，揚眉吐氣，好不威風。那個時候我認為官和班幹部的地位差不多，看見有人違紀，隨手可在黑板上把此人的名字給「拉黑」掉，而烏紗帽是個什麼玩意，依憑當時的想像力是很有些吃力的。後來我在圖冊上看到了，原來烏紗帽也就是個類似於馬蜂窩一樣的東西，只不過左右有翅，是個會飛的馬蜂窩。這個荒唐的比喻肯定是不能夠給宋太祖趙匡胤知道了，因為翅添上去就是他老人家的主意，之所以這麼做是為了防止議事的時候朝臣交頭接耳，有了翅之後只要腦袋稍微晃一晃，軟翅就忽悠忽悠顫動起來，而他居高臨下，自然是一目了然。

江西這地方不但出產道士，也出產烏紗帽。過去有一句土話叫「朝士半江西」。僅明朝一代，可以數得出來的江西籍官員，就有解縉、胡廣，楊士奇、彭時、夏言、嚴嵩。他們都是內閣的官員，而且都擔任首輔的角色。說起來，江西人官本位意識濃——並非沒有原因。首先是因為江西人多田少，許多家庭務農無田，經商無錢，去做手工業呢，又有恥於門第，所以子弟就乾脆走考科舉的路，以圖發跡。其次是江西自古一直遠離政治的中心，中原頻頻戰亂——很難有讀書的風氣，於是它就把培育讀書種子任務給接過來，後來每每有人考到朝中去做官，一人得道，雞犬升天，另外，這些正面的榜樣一塊塊的樹立著，對鄉里的讀書人這本身就是一種很好的激勵。儘管當嚴嵩下臺以後，江西人在官場的勢力開始弱下去，一代不如一代，但這種的官本位的意識一旦形成，代代承襲。讀書做官成了父母在兒童面前期盼。

在江西一些鄉下。圍繞著官，現在還有一些很有意思的現象。譬如兩家因為門前一株槐或一株柳而大打出手。原因鄰家公然的傷了槐樹的根，折了柳樹的枝條。樹本身是不值幾個錢的，但在某一方看來，這一株樹很有可能牽涉到自家子孫後代的官路。又比如說。對門的一戶人家無緣故在牆上鑿開一個窟窿，而且不偏不倚——正對著自家的門牌。這無論如何是很不吉利的，勢必影響後代的仕途，於是也在牆上鑿開一個大大的窟窿。比對面的那個還要大。這也無怪乎他們，在鄉間，很多家庭都把脫貧的希望放在了後輩的身上，而問仕又在所有的脫貧途徑中顯得最為體面的一種。

所幸的是現在我們的觀念在變，當錢擺在了首位的時候，儘管人們身上曾經許多好的品質已經喪失，但它卻使我們對一些行業的偏歧的看法發生了改變，再也不管白貓黑貓了，但凡從商能夠賺到錢，也十分體面，這種思想反映到兒童教育上——較以往也是有翻天覆地的變化。現在當問到六七歲的兒童他今後的理想，有的告訴你他要做科學家，有的告訴你他要做醫生，還有告訴你他要做建築師，但是很少有人會告訴你他要做大官的。這或許也是物欲橫流的社會——唯一讓我們值得欣慰的地方。

書上說過去老百姓的戶口大致有這麼幾類，一種是民籍，主要是種田讀書，占卜算卦；一種是軍籍，世代都是當兵；另一種是匠籍，主要是些手工業者；還有一種灶籍，是專門產鹽的。若按照這個戶籍生搬硬套的話，我也只算是民籍一類，之前我也曾嘗試過一些機關的招考，報名之間每次都要猶豫好一陣子。心神像池塘上的水蜘蛛亂竄，有幾次都已經將行禮打點好，準備坐凌晨的夜車回家鄉填表。可是我一邊又很懷疑起自己來。當然也懷疑那個招考的人。害怕到頭來自己充當只是陪考的角色。

就是往好處想，哪怕發黃榜時中了，接下來，人情練達的文章我恐怕也做不好。上面很在意基層工作經驗。可是越到底層。人情味越濃。官的味道就完全的變了。「鍛煉」的初衷是好的，可結果卻修煉的八面玲瓏。許多青年才俊很無辜，多年後再看見他們真不知道是可惜還是可恨。我感覺自己現在生活地很好。至少在週末整個人很輕鬆。在紅塵中當一個觀眾是幸福的，相反，倘若要求我安安靜靜地坐下來死守一間書店，或死守一個崗位，我覺得很辛苦。我就喜歡主動的去撩動那些陌生的面孔。而非他們主動地送上門來。時近深秋，南面會有一條菱形的太陽光斜鋪於床前的木地板上。我感覺自己似乎缺少誠心，十分被動。於是急忙從樓上跑下去迎接。

聽族裏的老人說。我祖上是做過大官的，最有力的證據就是傳下來的那一對牡丹粉彩官帽筒。可是後來它的證物身份立馬褪色了。原因是聽古董商說，同光年之後它幾乎成為居家擺設，成為女子出閣時必不可少的陪嫁品。到頭來還是一對彩繪描金的胭脂盒挽留了我的自信。我十六歲的時候就開始以簪纓世裔的身份顯耀出身門第。想像凡呼我姓名的人，聽來皆是「朱牆」。我甚至在神台前許願，保佑官至省長大人，記得有段時間學習一落千丈，問仕的熱情依然不減。考慮到成績的倒退。上香時趕忙改口，保佑官至市長大人即可。因為「官」的高度使我的讀書生涯始終在心態上保持了一種向上的勢態。在那時我覺得，為官的準則是極為苛刻的，既要文章拔萃，又要品德高尚，更要相貌堂堂。否則就無法在公堂上鎮住場子，就無法與人定案治罪。

後來我發現虛擬的官與現實毫無關聯，只是一根虛設的標杆。九十年代初期，我尚在繈褓。當時我父親在家聚集了一大幫朋友，多是思想激進的「青衫」。有因為之前「學潮」而受到排擠的憤青，也有中了「進士」即赴任的得志書生。當年十分逼仄的空間裏，鼓脹著學人的氣息，它極大的煽動了我，我甚至把學與仕關係看成是一種必然的遞進。多年之後，我家的房子頓時寬敞了起來，甚至有餘房可供租賃，有幾個北方的讀書人，三番五次地跑去應試。兩三年從未間斷過。後來有人在某地做了鄉官，有人失意之後就開始轉變念想。我當時尚讀高中唸書，很多東西都還懸置於理想的高度，所以野心勃勃，很有點氣蒸雲夢澤，波撼岳陽城的抱負。

可是我現在思想變得很通透了，當眼見了許多從顯耀位置上退下來的老先生每天清早提一具籠子去林子裏遛鳥。傍晚腳踏自行車路行二三裏追趕落日。想像當年恐怕非仕官才能攀及坡公、白公的風雅。現在觀念變了。從商或者做學問一併與閒錢、閑情有緣。在豫章認識的一個朋友，現今考進了省裏某個重要部門。他飲酒可謂海量。一整箱啤酒絲毫沒有問題。他告訴我在官場上會喝酒很重要。可是我很害怕每天溺在酒池肉林裏的這種生活。

晚上在紅紗燈裏讀江右名士洪邁的《容齋隨筆》。知道了幾條當年的朝野舊聞，洪邁在福州做官的時候，只替公家撰寫謝表和祈雨謝晴文。到了私人之間的禮箋，謝啟，小簡之類的文字都不寫。而各地州郡輾轉相承把表奏書啟一類的事委託給教授去寫。

孝宗幹道年間以後，皇上降旨，京官中必須出任過知縣，才能任臺、察官，出任過郡守，才能任郎官。廣文，大學，律學都沒有這一經曆，於是朝廷對於那些準備破格提拔的人，先委之以將作，軍器少監，很快提升為監，地位就在郎官之上了，再調其他職就暢通無阻。宋朝一代，先提拔為宰相的，允許引薦其同列。像姚崇引薦宋璟。李林甫引薦牛仙客，陳希烈。楊國忠引薦韋見素。李德裕引薦李回。

許多好的榜樣在古人那裏早已樹立起來。當然許多負面的事例也古已有之。這一切都在取決於我們自己的態度，我們既不必詬病始作俑者，也不必呵斥承襲之人。在人力以外，時代總有它內在的調節機制，世風日下之後總會有一些人跳出來激濁揚清。許多溫良的風尚不是不在延續，而是受到另一些思想的強烈衝擊。暫時潛伏了起來，一旦各種新潮退去。它又會爬起來引領潮流。畢竟那是人間正道，根系極為龐厚。

青絲

鬱達夫說西湖盛產兩樣東西：蚊子與僧尼。而青絲這個詞總是容易讓人想起江西，因為江西出產道士，冒出了一個響亮的張天師。現在我們讀《儒林外史》等明清小說，裏面寫到道士、相術家、風水先生大抵上來自於江西。道士蓄須留發，這是順應自然，同時也是作為從道的標誌。可是道士頭髮一長，打理起來就很不方便了。《紅樓夢》開首第一回說道甄士隱方要進門，就看見路不遠處來了一僧一道。那僧癩頭跣足，那道跛足蓬頭，樣子瘋瘋癲癲，還揮霍談笑。特別是夏月虛閑，讀書在風口，清風颯至。伸長了鼻子，對著書嘶嘶的力嗅一陣，鼻翼翕動。一時間，趕忙用手連鼻子帶嘴捂上。原來是書中透出惡臭，熏得人簡直有些發暈。幸好曹雪芹網開一面，沒有注明此道士也是從江西來的。

這和尚從頭光到腳，甚是難得，所謂赤條條來去無牽掛，何等境界，何等道行。道士相形之下，便自慚形穢。行頭也囉嗦了許多，頭上負著亂似秋蓬的稻草，這稻草要是足夠長，便是掃禿了的敝帚，要是半長不短，就活是個喜鵲窩，縱使好心情也會被攪得七零八亂，如長舌婦在瓜田李下有一下、沒一下的謾罵。像三月的抽絲雨，沒完沒了。特別是那種類似於蹇驢行走的姿勢，不但樣子奇醜，憋得人心中也著實慌悶，真有替他走幾步而後快之想。

頭髮這樣東西，因為至高無上，伺候起來自然也就最費心力，「生兒不教如養驢，生女不教如養豬」。這句話被赫然的寫在《增廣》裏。頭髮無異，若不隔時打理，修剪洗箅，便很難保證它在煌煌的太陽光下，不會有頭油淋漓、蝨子亂竄的噁心場面發生。

說到髒，想到小時候在庭院中摳土爬泥，說起來也是童子無知，夥伴們彼此鬧翻了，廝打在地上，撒潑打滾，把濕濕黏黏的泥土潑灑在對方的頭上，頸上，粘糊糊的，活似一條條毛毛蟲。回家自然少不了一場打逐，一陣眼淚，等到挨得挨餳了，打得打倦了，雲消霧散，回頭還得要梳洗，一個口徑尺餘的花臉盆。發絲浸下去，像伸長的水草，水都被熏黑然染黃了，那時候自己反倒破涕為笑，喃喃自話，這是頭髮在掉色呀。一顆稚子的心此刻在蠕動，在思想。掉頭回想，怪道當年外公見及頭髮黑鬒之人，總是嘖嘖讚歎。這人氣血好豐潤。頭髮墨烏墨烏的。

頭髮不但容易藏汙納垢。瘡疤也喜歡在這裏安家，人要是在其他地方磕了一塊疤，難免不引人注視。唯有潛隱在頭髮堆裏，才可能瞞天過海，矇騙四方流矢般的目光。想起那時侯，《水滸傳》

裏行俠仗義的好漢，想起敢於直言進諫的而得罪了當朝顯赫的青天好官，他們最終躲進了叢莽密林裏；月光疏疏如殘雪，他們撿來林裏的松枝，團團圍坐，醉酒醉歌。這裏沒有刺眼的光線，天地寧靜的簡直一如自己的內心，因此，他們避開了重重權勢的圍剿與追逐。他們是時代的一塊疤，太顯眼了，豈可見容於世？

至今也無法忘懷李煜詞中剪不斷，理還亂像頭髮絲一樣紛亂的愁緒，在江右的一些小鎮裏。當我看見那些巷子裏的女人，早晨倦容殘妝，當窗而立，頭髮在二樓的窗戶口上被抓繞的紛亂之時，首先想到的便是情人失戀後的寸腸欲斷，朋友揮別時，鼻涕眼淚雜陳的一寸寸酸楚。怪不得當年的柳公子在尤三姐自刎之後會選擇斷去萬千煩惱絲，隨了顛瘋的老道人一同遠走高飛，這裏的遠走想來既是地理意義上的，也涉及到心靈領域，既是與一座城市告別，也是放下繁縟的塵俗勞務割棄人間煙火，開疆拓土，在塵俗以外，用青燈，木魚，香煙，銅箔搭築起一間可供自己睡臥的精神小屋。

但是，斷發，果真就乾淨了嗎？果真就不染塵埃了嗎？我想未必然，斷發的意義就是那麼一瞬，就是要逼人下決心，就是自己給自己勇氣。人似乎唯有把自己逼到山窮水盡，毫無退路可走的時候，骨子裏的慵懶、惰性才會斂跡。不然事情再壞，也不算壞，哪怕還有一步退路，都可以反攻從來。所以要戒煙，就必得將煙杆折斷，把火機擲碎，把一切有涉於煙的東西統統損毀。雖然煙癮還有，但這樣剛硬的動作，就像在人的身後挖了一道天塹，築了一道屏障，絲毫不留人以餘地。

可是有時候一種古怪的思想也會從心地裏橫生出來。難道在我的衣裳裏還裹挾著另一個我？看見別人十天半月頭髮未曾打理，頭上一撮一撮的，像是尖細的松枝，反倒覺得灑脫的很了。那應該是不修邊幅的延伸吧。龔自珍在浮靡文風猖獗之下，力求文章當回歸秦漢，他買來的三百盆「病梅」，將原先的花盆給砸了，索性將梅樹埋在了土裏，然後縱之順之，解其棕縛。讀其文而思緬故人，同令人感動。可以說，這兩種裝扮都是在和守禮法，講綱常的世俗唱對臺戲，一種是捲鋪蓋走人，從此井水不犯河水，一種是繼續留在塵俗裏，搗亂的姿態，教人嫉恨的要死。

可是把「斷發、蓬頭」吹聽的再好，拿了世俗的眼光去看待，樣子還是瘋瘋癲癲的，遠不及擾擾香雲透發著嫋嫋溫香來得親切。真正的美髮，應該是油而不膩，曼而不妖。粗細倒是無關宏旨，要的是柔，是暢。披肩的如一泄碧泓。挽在頭心的如迴旋的急流，美人能夠在舉手投足中散發水似的靈韻，柔美的發質恐怕是其功大焉。怪不得古人於頭髮上傾注的心血讓人想起眉心就有些發暈。照理說。古人也並不比今人悠閒到哪裡，奔忙勞作也足夠辛苦，但硬是有閒心去搗鼓那些精緻的玩意。細究根源，恐怕是今人尋樂子的途徑既多，五花八門的娛樂場所遍地開花，因此在個人身上所傾注的心血就相對較少，事情能簡則簡。古人不是這樣，他們很可能把挽髻，盤花，針線劃歸為一道自己必修的功課。夏天的傍晚，坐在門檻上，手裏盛著這樣的活。這本身就是偷閒取樂的事，是在緊張奔走之後為自己服下的一枚心靈調劑。

一個十多歲的孩童看見爺爺把「發」字寫成了髮。不解發問，爺爺，您寫別字了。爺爺說，這是「發」的繁寫，孩子接著說，真是自找苦吃呀，簡寫比劃少，又易記，勸您還是改邪歸正吧。這也無怪乎孩子對於頭髮的理解：頭髮無非是頂上負著得一團烏黑，長不過寸許。頭髮式樣本身的簡化，促使小孩子只能接受簡寫的「發」字，對於繁寫，永遠只能是一臉疑惑。記得古人描繪發質的美好，用上了我「髻鬌」一詞。其筆劃之多，唯獨古人能解，想像一縷烏雲，穿過來，挽過去，扭作麻花，又打個結，眼光跟都跟不上呀。

因為頭髮的腰斬，削勢，五官的地位便凸顯出來，額頭變得異常的寬闊，亮堂，眼睛也似乎醒了神，不再昏睡，十八世紀婦女往往梳著很高的髻，有些矮胖的女人下巴額恰好在頭頂與腳尖中間，首先且不說其行動不便，就是女人們翻臉打罵起來，挽袖子扯打成一團，占下風的便很可能被像拎絲瓜柄似的連根拔起。但是髻一旦高起來，眼光便要矮下去。加上毛髮原本就是皮膚的附屬，無關痛癢，可有可無，黑沉沉的壓在頭上可把人給壓「忪」了。我們這一代人，男孩子從小就把頭削得圓溜溜的。女孩子呢？發式也一律從簡，兩根水紅繩纏繞的小辮子一甩一甩的，活像一個機靈鬼。因為我們頭頂的烏雲盡去，所以眼神顯得格外清朗，流動的眸子，甚至可以照亮每一個陰晦的角落。

頭髮因為時常打理，剛剛初具規模又被齊根哢嚓一聲剪了個乾淨，於是乎一切又得從頭開始，它生長的勢頭依舊很旺，它絲毫不會因為飛來橫禍而偃旗息鼓。想起初入大學的那一會，也確實鬥志沖雲霄。事情無論巨細，都會一個勁的朝自己這邊兜攬，可是一到了論功敘賞的時候，自己竟然完全被人否定了，好事、風光事，倒給人占去了。之後又經過很長的一個調整期，熱情度又回歸到從前的高度，但是結果呢？結果如何呢？毫無二致，又被剪了個乾淨，我調侃自己說，我是一顆永遠攀不上天的韭菜。一起、一落，整整持續了兩年。兩年說長不短，卻足以讓我明白：在這個一人以外，還有眾人的世界上，關有自信心，積極性，事情還未必能夠如願。到頭還得依了別人看你的態度。我暗自掂算，兩年剪了又長，長了複削的自信，歸攏一處，足可抵上幾個超人尼采！因此我又暗感欣慰。

可是一邊又念及那些散落在風中的發絲，它們可憐兮兮的模樣，連接起來，會是怎樣刳心的一綸呢？李太白說：白髮三千丈，緣愁是個長。借白髮來比喻愁緒，實景顯襯虛景，其實白髮三千丈果真能見麼？白髮，想來亦是虛的，它難道是那些圓了又破，破了又滿的美好願景、以及起起落落的自信心抽出來絲麼？如果不是，對此又作何解釋？

茶酒藥

茶

在江西，平常管喝茶都叫吃茶。西洋人吃紅茶，擱點牛奶紅糖進去，作為吃食的一部分，茶名曰「吃」好理解。可是清茶不但不能果腹，甚至解渴也有驢飲的嫌疑。唯一說得通的是吃這個字聽上去要比喝來得儒雅，像契科夫講的，一口一口啜，每啜一口，吃點東西，像小鳥啄食，細細碎碎，彬彬有禮。茶水由唇邊送入，茶香與齒頰纏繞。牙齒被浸染成米黃或青綠。

少時家中是有著飲茶之風的。因為一面之緣，便成為了父親的座上客的人不在少數，父親平常不僅吞雲吐霧，也吐納百川。每回我看見坐在屋子裏的人任憑茶水澆灌，樣子真像被浸泡在一口大瓦缸裏。想像著茶水遍佈周身，尖嫩的芽苞從他們的臂膀上探腦出來，隨後瘋長。一個人一旦把茶喝通。便成了一把落地茶壺。七尺之軀於是成了流動的一條河流。

我家的一把仿明朝朱可心的紫砂扁肚茶壺，泡了數十年的清茶。茶葉每回都是由一個姓劉的老伯送來，此人削尖下巴，高顴，小眼，十足一副小生意擔子的模樣。這樣的一把茶壺被劉姓的茶汁滋養、澆灌數十年。注水，斟茶。一日父親的朋友送來一匣福建產的紅茶，旋即開封，抓取一撮，坐水、沖泡、靜候，提蓋吹去上層的浮泡。賓主落座，身前擺放的一律是紫砂質地，內施白釉的茶甌。壺提水落，一泓濃稠的茶汁傾瀉甌底，竄起蟹眼、魚眼無數。一聲「請」，各人打開舌底味蕾，細啜一口，咂嘴一陣，賓主俱面有苦瓜色，蓋苦澀味甚矣。父親當場悟出這是茶壺在「反胃」，立馬說出內情又不太好。經此一遭，父親再不敢當面拆封別人饋贈之厚禮，那把與劉氏清茶相守相依的扁肚茶壺——再也不允許他移情別戀。

在江西，人們其實並不講什麼茶道，茶就像夏天的扇子，冬天的火爐一般的尋常。鄉村裏更是如此，但凡有水井的地方就有茶壺。茶水成了招待客人，打發長日的必需品。人們並不在乎壺裏放的是什麼茶，對於壺也並沒有什麼講究。喝茶已經成為一種日常習慣，既不在乎內容，也不重形式，只要有一把茶壺放在那，人們的內心自然就會安靜下來。一壺茶可以使一個內心孤獨的人找到心靈的依傍，三五個陌生人被一把茶壺聚到一起。聊天，嗑瓜子，漸漸成為莫逆，茶葉在壺底靜靜展開，構成了一個小型的江湖，一些不相關的事物彙聚，一切不可能的事，現在都順理成章的成為了可能。

有些人的命運因為一壺茶而走到相反的位置，生活中的種種疑難問題在茶水面前也都迎刃而解。但民間泡茶的態度，永遠是隨意到不能再隨意的地步。比較起紙窗瓦屋，素雅的陶瓷茶具。江西民間用的只是粗瓷大壺，玻璃杯，矮茶几，方凳。種種粗劣讓人覺得這是喝茶人有意在這麼做，茶具越粗劣，喝茶就越接近尋常生活，讓你無論怎麼看，它都是日常生活裏的一個組成部分。小時候看大人們拎著一只熱水瓶，一把茶壺，揣一疊茶杯，口袋裏塞著一小紙包茶葉。挨戶走去，吆喝裏屋的人出來喝茶。感覺真是有點儿戲的意味。祖父說之前有個隔房的親戚，兒子在外做官。每次回來都要帶回點各地方的特產，有一次還鄉只拎了一小袋茶葉。也沒有來得及細說就走了，後來這一小袋茶葉在梁上掛了很久突然被人想起。於是索性拿出來沖泡。很隨意的抓取了一小撮。不料茶壺居然被脹破了。原來這種茶，一片葉子一壺茶，換數十次水味道依然沒有絲毫變化。

另外還有一點，始終不很明白，為什麼一個四五歲的孩子，甜爛鬆脆的東西可吃，脆薄爽口的東西可吃，濃肥辛甘的東西也可以吃。對於一盅清明的茶汁就不允許接觸。然道是恐患孩童過早的接觸人世間苦味的一面。假設這說法成立的話，大人們把大碗大碗的「良藥」連哄帶灌地喂給孩子吃又怎麼說呢？最終大人們給出了一個比較合理的解釋，藥的苦，是從現實出發的，而茶的苦味卻多是從玩的角度考慮。當然在我理解起來，這個「玩」和小孩子做遊戲的瘋玩又有不同，這個玩不是輕而易舉就能玩起來的，它需要豐富的閱歷，不僅僅是簡單的時間與精力的投入，對人情世事也需要有較強的參悟能力，不具備某一方面知識的人，或者這人身上沒有趣味，對於這其中的味道總是霧裏看花，沒有辦法領受。

另外，江西人喝茶的關注點本來就不在茶的味道上。茶無論是優是劣，不管是多麼富有的人家，平常也只是拿一種叫「清明茶」的葉子出來泡罷了。茶唯一的作用，是把四面的有閒人聚攏過來。一個人在臺面上立一個茶杯，就意味著這個人擁有著自主發言權。而小孩子總是被排斥在這個範圍以外。家長的這種做法表面上看，好像是阻止了孩童參與成人遊戲，其實呢，是在使他們好好呆在自己園地裏。因為每個年齡總是有每個年齡該幹的事，小孩子知道得太多了，嘗試得太多了，非但不能使他們的生活的層次變豐富，反而容易使其天然童趣蒙上灰塵，因為茶水以後總有足夠的時間去品嘗，沒有必要去爭這一朝一夕。

酒

酒開始用途只在於喝，說它解憂也好，振奮精神也罷，都是從現實的意義出發。可是後來舌頭與鼻子都站出來，表揚它，說它味道醇美且香氣芳冽，於是乎人們索性把他運用到祭祀上。漸漸地，在酒之上，又有了細分；有事而飲的，叫事酒，無事而飲的，姑且叫昔酒。另外還有一種清酒，就專為祭祀之用。同時呢，酒喝得多了，容易使人醉。某些人為了突出英雄與聖人的不同尋常，就乾脆用酒量來說明問題，現成的例子就是：傳說中文王飲酒千盅，孔子也可以飲酒百斛。可是，在普通人之間飲酒海量即使不醉——也要被叫做酒鬼。

一個人，使他出眾的因素，當初或許只是一兩件而已。可是名氣有了之後，許多之前並不存在的本領也被人揑造出來。天下的謠言家總是愛幹兩件事，一方面他們喜歡把聖人放到民間去，使大家覺得聖人身上也有大眾所具備的那一面。另一方面，又把它放到更高的雲層裏，讓我們看到聖人的無所不能。

江西飲酒的風氣並沒有吃茶那麼興盛。茶水作為日常生活的載體與溶劑，許多東西需要它參與。外鄉人被這種風氣感染，時間久了，眼睛裏也透出茶水的清亮。不過酒在民間的地位是遠遠高過茶的。與茶相伴的，頂多是一些家長里短，世態炎涼的議論。但酒牽涉到的範圍卻要比這寬廣許多。它就像一把梯子或一眼井，上窮碧落下黃泉。人的某些行為，譬如磕頭上香供奉牛羊，往往需要篩酒三杯在地之後才能被高高在上的神明看到，否則再有虔心，也是枉然。

江西平常許多人並不飲酒，當然這裏的不飲——並不是滴酒不沾，而是沒有酒癮。酒作為各種的禮節的組成部分，沒有酒，席便不能成席，大家在酒席上舉杯敬酒，一來是襯托出聚會的氣氛，二來酒裏帶著許多美好的祝願，通常說吃酒，在乎的也往往不是酒，而是菜的口味，江西人總是很擅長玩這種拐了彎的哲學。即便廬陵的歐陽修也要說，醉翁之意不在酒。比較起來，茶水讓人安靜，使你與周圍的事物變得更加默契。茶在你的身旁豎起柱子，架上房梁，蓋上瓦，成就起一個家。酒卻在你腳下延伸出許多的路，使你找到渡江的楫，行腳的屐，使之通往某地的願望變成現實。

現在翻看江西人的許多宗譜，家法中每每有「不酗酒」一項。江西人對孔老夫子的話向來是很聽從的，孔子說，惟酒無量，不及亂。所以嗜酒如命的人在江西並不常見，但其好客卻是出了名的，客來了，總是要以好酒相待，於是造酒業自然十分發達。小時候接觸多的是一種散裝的特產白酒。名曰章貢。我們這些習字的兒童面對「贛」字總是叫苦連天，於是家長就索性把複雜的字給拆開來，又傳授以口訣：反文下面有好酒。因為孩童與酒是不結緣的，所以最初關於酒概念也只是一種能夠使魚肉散發出香味，使臉蛋盛開出桃花的神秘液體。因為在酒的商標裏面有一個顯眼的紅雙喜字。所以腦子裏這個紅雙喜就與酒順理成章的畫上了等號，很多年來，只要我與酒接觸，眼前就會閃爍出一個鮮豔的紅雙喜。在我們家，唯獨外公飲酒，出於軟化血管的考慮，他每餐也只是啜一點罷了。記得每年中秋，外公贈我們以月餅，父母就拿一點酒回贈。「章貢」嫌香氣舒適，口味醇甜，他總是捨不得喝，平常只喝一點比這度數更辣的「穀燒」而已。

說起來，酒色財，這三樣東西中，酒是最難把握的。那般村野中人，一上臺面就惡狠狠的掄起酒杯，仰面鯨吸，沖天的俗氣熏得人有些犯暈。特別是一些酒鬼把酒喝得昏天瞎地，不僅鬼哭狼嚎還嘔吐淋漓。作踐了身子不說，也糟蹋了好酒。其實無論是葡萄美酒夜光杯，還是血色羅裙翻酒汙。酒還是那一杯酒。它並沒有所謂的高雅與低俗。把酒帶向風雅與俚俗的終歸是人。詩人因為肚子裏有才情，所以兩三碗酒下去正好把詩情點燃，於是就有了神來之筆。

作為酒，非但沒有俗和雅的概念，同時連「有用」與「無用」都很難說清。以前我們總是喜歡給每個事物的存在找根據。假如這個根據不好找，那麼它的存在就很可能受到威脅。譬如酒能醉懷，亦能解憂，含茹舌根，醇美幽香，這是酒的「用處」，有了這幾點，酒才能流傳開來，但事實上，很多人買酒並不是為了喝它，只是擺放在櫃子裏，僅僅覺得好玩而已。就像很多人初戀的時候，女生總是要求對方說明白為什麼喜歡自己。假設說不好，那麼對方的喜歡很有可能被說成謊言。喜歡就是喜歡，哪有那麼多為什麼。

我對酒的感情也是這樣。評劇裏的《劉伶醉酒》與梅派的《貴妃醉酒》，二者我就常常攪混：劉伶是不是那美人胚兒，嗓音柔滑如一匹水洗的綢緞的那個？其實稍微有一點常識，就知道歷史上的劉伶形貌是醉悴的，侏儒的，面色黧黑，悠悠忽忽，一副很玩世不恭的樣子。我不但酒味不諳，臺面上敬酒的門道也全然不懂。美酒入舌，不是辣就是酸，稍稍過量就天旋地轉了。可這絲毫不影響我於酒之興趣。實不相瞞，我家酒風不盛，祖父、父親都不染酒，但玻璃櫥裏卻好酒琳琅，酒香盈室。有些佳釀庋藏了幾十年，外盒上的印花都掉色了。酒香從瓷瓶裏沁出，鼻觀湊上去，清香細細，使人如入仙宮。有人說，買書不讀誠乃造孽，而藏酒不飲，方為高情。在世俗的層面，酒說得難聽點，無非是拿它去兌一點東西罷了，有人持酒將人灌倒，方便簽字畫押，也有人靠它劫色尋歡，或者破悶消愁。那時候是因為一次搬遷。太陽光沿著外公的房門流瀉下去。把床腳照亮。各種品類的酒擁堵在那。使我們看到一座小型的酒窖。外公把這些佳釀用籮筐擔到新居。我們以為他會一盒盒的把它們拆封開來，為我們也斟上一碗。這些酒在我們的視線裏，被跟蹤了很久，經過許多周折，結果又在外公的床底安靜了下來，繼續做起了它們數十年如一日的美夢。

在江西除章貢酒以外，樟樹四特，臨川貢酒，吉安的堆花都很不錯。這些酒的度數普遍偏低。在酒的門道裏，是度數越低就越難勾調，因為度數低了，酒是容易濁的。當然，最有著江西味的還是農家的甜酒釀。它厚重善隱，讓你醉意不自覺的升起。有點陶淵明隱者的風度。陸遊說。莫道農家臘酒渾。若不聯繫起當時的背景，這米酒吃在陸遊嘴裏到底是個什麼滋味我們很難說清。因為在這之前，詩人的內心經歷過一場動盪。他從江右的隆興府通判任上罷官回到故里，於是基本上就成了一個閒人，這酒釀在江右他必定是常喝的，今夕昨夕，品嘗到熟悉的酒水。接下來他的心境——我們是完全可以領會。

藥

之前我們家在左營背住。門前有個一丈見方的天井。夏天傍晚，三戶人家共用著這塊空地。乘涼，看星星，後來搬遷，依然十分想念。

想像在微涼的雨天，簷下架著一具紅泥火爐。任砂罐裏的藥汁苦苦煎熬，屋子裏也沒誰染病，獨喜歡濃濃藥香。藥味紛紛地彌散到空氣中，樣子有如焚香。雖然前邊提到，但我還得重申，這畢竟是想像。除非獨居，否則就沒有誰會允許我做這種畫蛇添足的蠢事。並且，我敢下定論，哪怕就是有天大病臥床，接下來等待我的也必定是阿莫西林與其他的抗生素。把祛病的希望放在中藥上，只有蠢物才會那麼做。命很不值錢的細民現在也沒有興趣去開這樣的玩笑了，因為很多人腦子裏就沒有中醫的概念，而並不是選擇了與沒有選擇的問題。

尋思自己，最大的特點就是愛胡思亂想；遐想當浪子做了許多年，終朝有日會在一個如婺源的古院落中結下唯一一朵——生命中厚實的花。當然有些胡想是灰色的，色調很沉。那時我想，接下來的日子不會很多，能熬過這個季度就很不容易。雖然我還可以飽食、安寢。但生命消亡的過程很多人是不知道的：數量驚人的蛀蟲將囊掏空。軟的沒有骨頭的風，就足可以把人吹折。那時求生的欲望也極其強烈，甚至會抓緊遊絲般的氣息。餘生的一半時間能不能吃透整部《本草》？假設事情遂願。死胡同很快就可以被打開，直接通向外邊的原野。因此我用心地、設法讀懂藥書的每一句。可是《本草》裏有些東西是很磨人的。苦、平、鹹、寒，這些藥物的氣味就像詩詞格律裏的四聲押韻。相差細微的兩種性味對病症造成的結果很可能將是天差地別。為了驗證自己的醫術，我催逼自己趕緊寫方子到藥鋪去抓藥。要知道我現在病勢已經轉危；當初在腠理、在肌膚、在腸胃都還好辦。關鍵是現時已病入膏肓。我的病一直較為隱蔽，光鮮的外殼很難引起人朝壞處揣度。白花蛇舌草一兩，甘菊花去萼梗，一兩，黃連半兩，去須，杏仁二十枚去皮，甘草半兩。方子寫在一張皺巴巴的紅線箋上。藥劑師接過方子，撫平皺痕。漫不經心的詢問了一聲。

誰配的藥呀。

我支支吾吾的：一個過路的老先生。

我很不想讓藥師將方子真正看懂，更不想讓他讀懂我此刻的眼神。為打消疑慮，我故意聲稱自己最近嗓子有些乾澀，沒有看西醫的必要，拿湯藥調一調，想必就會好。

我明白，所有的這些舉措都是在和現實開玩笑。然做夢之時事物還是會舒活起來，時常強調它的真實性。補敘一句，當時我身體猛健，如一匹乳虎。但是如不把自己想像的那麼悴槁，讀《本草》、開方子、抓藥這些事件都可能站不住腳。自然，我就不能聞到藥香，自然無緣受享雨天煎藥的樂趣。

上周滕王閣下訪書，得一冊《普濟本事方》，豎排。這個冊子是根據日本享保廿年向井八郎刊本校印的。收錄藥劑三百餘方。因為每一劑方子的配藥不一，想像煎熬出來的香味自然也就不下於百種。現在難得有寬裕的時間、空曠的場地、一整套搗弄藥物的工具了。不然也會躬身試驗。臨淵羨魚的滋味確實不怎麼好受。不過這也算得上是唯一的——與藥香保持親近的沒有辦法之辦法。湯劑、散劑的香味固然好聞。有些藥圓、藥膏亦覺不惡。有一劑治脾元久虛。不進飲食，停飲脅痛的曲術圓：神曲十兩微炒、白術五兩、乾薑、官桂、吳茱萸、川椒各一兩，研為細末，用薄糊團成梧子大。每服三五十圓，生薑湯下，食前稍空腹。癸亥年中，著者作數劑自服，飲食倍進。現在我不厭其煩的談論這些，可以說極大的證實了我已經從生活高速運轉的轉盤上退了下來。我每天在慢節奏中自得其樂，最好的例子就是看見這一趟公車入站，我距離它僅僅三丈之遠，跑幾步完全可以趕上。可是我放棄了，情願等下一趟。年齡對人的心態其實是作用甚微的，沒有人願意去裝假。當一些事物提前經歷了、知道了，自然就會有一種相對應的心態。歸根結底，這還是緣的問題，年逾花甲未必開悟，三十以外就已經透徹事理，許多疑惑或許只能遺恨的帶進棺材板。既然遇不上，只得認命。

驚聞一位熟悉的遠房親戚身患絕症，罪已經受了大半輩子，他不想拿僅存兩三個月的時間再去受罪，所以很爽然地把出院手續辦妥，每天拿中藥調理，在藥香中微笑，目前似乎尚能獨自飲食，行走。他女兒也很坦誠地把病情轉告了他。我覺得。他如不絕望，生命的這一小段華美將會是之前任何的一段都無法替代。

江西菜

在八大菜系之中我們並沒有找到贛菜一項，但是我們的美食家為了不使它落於尷尬的地步，於是就在其中打起了圓場；說它既避開了川菜的太辣，又繞開了蘇菜的太甜，同時還躲開了魯菜的太實，兼顧各家味道的同時又個性太張揚的地方稍稍做了點修整。於是江西菜的最大特點就是沒有特點，而我們從小就是吃著這種沒有特點的菜長大的。

菜沒有特點並不意味著不好吃，就像錢老說寂靜並非聲響全無。這樣的菜無非是叫人難以記住。或者說，記住了也無力於用語言形容。江西菜中並不缺乏美味。譬如餘乾的辣椒炒肉。寧都的大膾魚，萍鄉的蓮花血鴨，以及贛南的土雞湯——都很容易抓住你的味蕾，可是當具體去品評它是個怎麼好法——又到底是很難說清的。比如來說，贛菜也吃辣，但和川菜的麻辣、湘菜的辛辣、鄂菜的酸辣比較，都有些不同。這種辣讓人覺得辭彙一下子不夠用了。什麼味道都有，什麼味道都無。整頓飯吃下來讓你腦子不停地回想以前嘗試過的味道，試圖找到一個確切的詞把這個味道好好地安頓下來，惟其如此，菜肴給予人的某種快感才能心安理得的去享受。我們都說肉食者鄙。其實吃肉的人未必就算鄙，也未必沒有遠謀，只是魚肉令人太過於享受，安逸的環境中待久了，漸漸地就讓人鄙俗起來，遠謀自然也就失去了。

江西菜就很好的避免了這一點，它使你在吃的過程頭腦飛速轉動，不但把八大菜的味道重溫一遍，還讓你聯想到許多有關於菜肴的典故，聯想到以前自己與飲食有關的每一個細節。所以不但不能讓你鄙，還有可能讓你變聰穎起來。這麼一說，江西菜的特點就由「沒有特點」轉移到了別的方面，現在它的特點可以表述成，在味道以外能夠讓品嘗者的心態徹底得到改變。

江西菜說白了，也就是大眾口味。八大菜一方面通過自己某些個性給味蕾留下深刻印象。另一方面，這些個性也將成為它們辮子或尾巴，很容易使人抓住不放。我外婆就很受不了蘇菜，說它吃起來鹹中帶甜，總是有點彆扭；而江西菜因為在味道上並沒有什麼過人之處，自然的，也就不可能露出什麼把柄來，反而從那些很挑剔的味蕾上蒙混過去了。從這一點說開，同樣，江西人在人群中同樣是沒有性格的，假如非要說出一點的話就是溫和守矩，做人做事不越雷池一步。不過正因為這個，他們反而在日常生活中免去了一些不必要的麻煩，這裏面也包含著一道很重要的啟示，各個地方的菜之所以口味上有差異，除了地方水土特產以外，關鍵的因素還在於地方上人的個性。至於是炒呀，炸呀，煨呀，煮呀這些工藝都是後話。

同樣是做飯，家庭主婦與名樓酒店的大廚比起來——在烹飪的技藝方面當然是不可同日而語的，但家庭主婦可以稱她是藝術家，而廚子不能，他永遠只是個匠人而已。主婦通過鍋、勺、刀、鏟、刀工與火候去表現自己，賦食物以色、香、形、味。通過一盤菜我們可以大致的咂摸到主人的性格與口味，所以儘管這種菜專門為己，也還是容易激起人們品嘗的欲望。我父親燒菜最大的特色是不吝惜醬油，所以燒好的菜看上去總是黑壓壓的一片，讓人感覺到是用大筆渲染過的。而廚子因為要顧忌到吃客的口味，於是在燒菜之前就必須稍帶的問一問，味道是偏重呢，還是清淡點。是不放蔥蒜呢，還是根本不需要辣椒。儘管刀工過人，吃起來也熟、嫩、脆、爛，但他因為太為人了，充其量不過一個的燒菜的工具，他的性質和鍋、勺、刀、鏟幾乎沒有太大的區別。

在江西。家庭之中現在基本上還延續著女主內的傳統。因為男人們相信，當女人待在屋子裏——天下才能夠徹底的安下來。可是女人總是安不下來的。她們無時無刻不在設法表現自己。有時是通過一個脂粉盒，一根釵，一枚繡花針，有時是一把鍋鏟。於是我們就很可以從菜的口味裏窺探到一點女主人的心思。那時候在家族中，我們家做的菜算是最清淡的了，我媽也是個清淡的人，安身樂業的。比較起來，我姨娘燒的菜就香辣的很了，每回在她們家吃過飯都要灌很多的水才能澆滅舌頭上的那些火星，人家給我姨娘取了個「辣椒婆」的綽號，因她脾氣大，嘴巴不饒人，連燒得菜也是這個風格。

我們平常說陶淵明是一個隱士，那只是很片面性的表述。譬如說，他未必生來就是隱士，在做隱士之前，也必然不是隱士，可是那是什麼呢，於是我們就不好說了。恰當的表述應該這樣：他當初是個酒店廚子——可是後來因為思想開悟，就變成了一個居家的主婦。換言之，也便是由一個匠人的位置躍居到了藝術家的行列，當初他為別人烹飪美食，那些吃客說辣一些，酸一些，魚要去腥，辣椒要生脆一點，於是他就得依他們的話——老老實實的那麼做，因為他一邊既想通過酒店去施展自己的廚藝，另一面，生活也確實需要依靠酒店的那一點俸祿來維持。最初他出仕的是江州祭酒，刺史是五鬥米的道徒王凝之。王凝之是個無所作為的昏官。集中了許多的僧徒在廬山翻譯佛經。陶淵明看透了，不屑與他共事，於是就解甲歸田。過了六年，也就是隆安三年（西元三九九年）看似更好的機會來了。他依靠著外祖父孟嘉的那一層關係，於是投奔桓玄幕下。可是後來他發現桓玄也是一個心很毒辣的小人，既然趁早發現了，於是他就不願意和小人攪合在一起。從此，他就離開了荊州，但酒店廚子的身份在他的頭上卻還要再盤繞許多年。元興三年（西元四〇四年），他東下赴京口，做了劉裕的鎮軍參軍。他之所以選擇跟隨這麼一個人是因為劉裕也是下層軍官。依憑自己的眼力與才幹才躍居到了八州都督的位置上來，但是很快他就發覺了劉裕這個人其實和別的軍閥並沒有太大的區別，他殺害有功之臣，養一些奸佞小人。陶淵明一下子就灰心了。後來陶還出仕過兩次，一次是在江州刺史劉敬宣幕下做參軍，一次是在彭澤做縣令，在縣令的位置上因為不肯向鄉里的小人折腰，一氣之下，一切都想明白了。既然是做別人的廚子那你就必須顧及到別人的胃口，既不能過甜，也不能過鹹。說白了，人就是在配合刀俎，原料——讓菜的某一種狀態呈現出來。菜於是成了這個遊戲的主角，但根據陶當初的願望他是並不想讓菜成為主角的，菜至始至終無非是一種表現工具，他想通過菜實現自己的某些主張。真正的體現出「我」的價值。於是乎他最終選擇了做家庭主婦。做真正的藝術家，也就是我們常說的隱士。

無關嘴饞

一個嫁到惠州的朋友，是江西人，每年回娘家一次。她說這麼多年過去，江西人身上的許多東西一變再變，唯獨在好吃這一項上始終沒有太大變化。她之所以得出這個結論是因為每次回來朋友聚會訂桌都很困難。其實在江西，飯店在各個城市中占的門面並不少。但一到開飯時間，這些地方還是門庭若市。人頭攢動，保安在門口忙碌著，很賣力的做著不同的手勢。他們正在幫助食客泊車。表面上看，江西人確實好吃，不過這個好吃並不能說成是饞，儘管饞本身也是個十分模糊的概念，譬如說豬八戒一餐要吃掉兩蒸屜的饅頭，還有埃及的廢王法魯克據說每天早餐一口氣就能夠吃下二十幾個荷包蛋，這些都不是嘴饞，只是因為胃口好，沒有這樣大份的食物堆下去，身體就很可能出現問題。

嘴饞所針對的應該是一些可吃可不吃的東西，其動機完全是為了嘗鮮，並且為了嘗鮮還需要費一番周折，行為同時還比較隱蔽。這麼說來，江西人的嘴肯定是不饞的，因為江西人去飯店往往成群結隊，少則一桌，多則滿滿霸佔掉一個大廳。

江西人的好吃更多的是出於好客，其實好客也有著多重含義。一方面是因為熱情，好禮的習俗自古流傳；另一方面是出於虛榮，把生活中最美好的一面展現給外鄉的人看。由此說來，江西人的味蕾對食物並沒有太多的要求，它並沒有的蘇杭人那麼的挑食，也不像長沙成都人一樣——舌尖上滿是饕餮般的欲望。江西人在酒桌上，多數情況是處於一個陪吃的角色。近二十年來，江西人逐漸把這種招待酒席從家裏面搬到了飯店。江西人請客吃飯和送禮其實並沒有兩樣，只不過之前這個禮物是由自己親手來做，現在頭腦慢慢的靈活起來，現成買來，隨手轉贈出去。因為他們也覺得了為了臉面上這點榮耀又是洗菜切菜，又是涮碗抹桌子實在沒有必要。以前我外婆就時常是一個人應付兩大桌的酒席，飯菜做得還不能馬虎，必須把最拿手的絕活展示出來，每次都是客人在桌上大塊朵頤，我外婆卻一個人躲在廚房裏簡單吃一點。尤其是鄉下，留客吃飯的現象十分普遍，不過在城市中這一類風俗卻慢慢的淡薄起來了，但是虛榮的心理卻並沒有隨著風俗的淡薄而減弱。反而是變本加厲的轉移到了別的方面。

但並不是每一個家庭主婦的廚技都有我外婆這般的精幹。許多人面對一大桌客——時常是手慌腳忙。有的就索性臨陣脫逃，有的就把味精當鹽使，燉的魚頭裏邊還攪合著血絲。拿筷子夾之，戳之、撮之、挑之、掰之。到頭弄得夾也不是，棄也是不是。為了避免這種尷尬的局面，於是就在設宴之前將一些大件的菜做出多份，事先備好，這樣一來，請客吃飯自然省掉了許多的工序。大件的菜裏邊我印象特別深刻的是荷葉米粉肉，因為齏米粉的時候還把八角，桂皮摻進去一同的碾，所以米粉就特別的香，不過當習慣之後，也並不覺得它如何好，小孩子最感興趣的其實並不在於吃而在於玩。假設有一道菜能夠使他們玩起來那麼這一道菜很自然就能夠換得他們的擁護。荷葉米粉肉開始也並不是玩具，可是當小孩子注意力集中在了那一張荷葉上——它玩具的身份就慢慢得到彰顯。這個遊戲的玩法其實很簡單，先把一張大的荷葉在碗底鋪開，多餘的部分任其伸展。然後把拌和好的米粉肉倒進去，用荷葉捂嚴實，放到蒸籠裏去蒸。當然最奪人眼球的還不在於這裏，還需要一只圓盤去把這個遊戲最精彩的部分給端出來。每次看到父親左右兩只大手像變戲法似的把這一道菜給變出。心裏面躍躍欲試，小孩子眼中所謂的遊戲在大人那——僅僅只是一個很尋常的動作。此外，梅菜扣肉，魚皮，魚餅，肉丸也都是很習見的江西大件菜。

昨天四五個人在明一兄那裏喝茶，有一種叫做凍米糖的茶食，近看原來是小時候所吃的「炒米」。伴著茶水嘗了兩塊，覺得與炒米還是有點不同。因為它比以前的要香，米粒也比以前要細，入口即化。口感比以前的好了不少。現在的魚餅也比以前的更為爽口，沒有那麼粗了，那麼硬了，但江右特有的山野氣息卻不大容易嘗到。古人說，人無癖不可與交，以其無深情也，現在我們總喜歡把問題考慮地盡其周全。把事物的削成一個人們恰好滿意的狀態，我們所做得工作是儘量的使物對人妥協。以往家長教育孩童做事應當量體裁衣，切不可削足適履。因為衣服不論怎麼裁剪，它都沒有怨言，而人的腳削去一塊，總是會痛的。我們這樣一味的讓物遷就於人，可是始終沒有考慮到當味蕾的興趣一旦發生轉移，那麼現在我們所製造出來的這個味——還有什麼意義？那時候，我們丟掉了個性不說，還不能討得味蕾的歡喜，這種窘蹙的局面——自然不是我們所希望看到的。

因為江西人表面上的好吃是出於骨子裏的好客，所以不但在「人」的方面給了大家一個好的印象，在菜肴的方面自然也成就了不少，譬如北宋的宰相晏殊。他自己是臨川人，有次在家中宴請宋仁宗，拿出鄉里的特色菜牛雜來款待。因為這一道菜不但香、鮮、脆、還辣而爽嫩，油而不膩。仁宗品食之後讚不絕口。高興之餘於是就賜名為臨川牛雜。又據說明正德皇帝遊江南，適至南昌向塘劉茂雲家，劉公烹雞進之，帝食後甚佳，贊為：此江南第一雞，因劉公是南昌縣向塘鎮人，從此以後大家就索性稱這一道菜為向塘土雞了。

年味

在江西，年味現在一年淡似一年，許多人家乾脆連攢盒也不擺了。「攢盒」是較為風雅的說法，世代的江西人都管叫它「酒籠盤」，盤中盛放熏制或醃制的肉脯，作為下酒之物。攢盒之前多為木制，漆成朱色；後來逐漸為塑膠製品所替代，至於色彩，也隨意活潑了起來。兩千年以降，對於傳統臺面上的一類形式主義，江西人越來越缺乏耐性了。不過此種「自發」的惰性，其地理分佈開先卻並非我們所想像的那般普遍。我覺得廢止攢盒這件事情，現在大多數的人完全是在跟風；而這個風顯然是由上海、北京、廣州這些大城市吹起來的，隨後在小一級或幾級的城市裏蔓延，最終席捲了廣大的鄉村地帶。

當我媽從地區人民醫院裏像某種元素似地被置換出來時，許多舊有的同事已經不再走動，唯獨與紅的那份溫度，始終儲藏在保溫瓶裏。紅有兩姊妹，她家是外地人。在我記憶中，唯獨紅她們家的攢盒——一個近似於圓的正五邊形——依然如眼瞼般生動。比起那些書寫著「龍鳳呈祥」、俗氣沖天的攢盒，它有著某種水果的外觀，可說是十分精雅。內中墊著一層橘紅色的塑膠薄膜，上邊軋出許多凹凸不平的紋理。臘豬肝、牛舌、香腸……都切成紙一樣的薄片，而牛肉巴遇到有經絡的地方，對著亮光一照。每每透出一種凝脂般的色澤，它太美了。使人不忍心下箸。不消說，紅是絕無閒心去備制年貨的，統統一切，都得由她媽媽、在我叫「婆婆」的人來操心。後來婆婆年事漸高，手腳有些僵滯，年後我們再去到他們家，就再沒有見到攢盒了，而是在彩碟中盛些糖果，每人沏一壺茶，一切都隨客人地便罷了。我媽媽是很希望此行動能夠在家族裏形成一種風氣，最終把所有與年有關的積習砍掉。因為這樣的話。年前不但可以減輕勞累，而且還能夠騰出時間來睡大覺，年貨掛陽臺上晾曬，一方面要防鼠雀，另一方面又要防樑上君子。雖說現在上海北京深圳人的觀念已經十分開明，大家對待「年」這龐然大物往往化繁為簡。一張卡片，一聲祝福語就解決了問題。可是我所處的這個擁有三個姨娘、三個舅舅，還有一大群叔叔、伯父、姑姑的大家庭中。不管簡化「年」的這個設想有多好，也不管多數人的內心深處是不是有改革的意思。但只要有一個人不同意，這個改革的計畫就很難實施下去。因為誰也不願去做這個「始作俑者」。誰也鼓不起勇氣去破祖宗定下的規矩。從根本上說，你應該怨恨他們為什麼不是廣東人、不是浙江人而是正正宗宗的江西佬。

可是現在不論誰一提起年味，我就會很自然地聯想起攢盒。這正如春天的體香被花蜜主導一樣，目下的這個年，很像李逵說的，可以淡出鳥來。首先是因為它短，攏共七天節假，這是我在讀書的時候無法想像的;其次是過年應有的酒香、肉香,始終沒有飄到我的鼻觀。甚至於爆仗的硫磺香味,也並不純正,像走味的劣質奶糖。此消彼長,湯藥的氣味卻像蕨類植物一般,在暗處生長得茂盛。

記得那天我是在半夜才到家,時間是農曆廿九,我發現古味齋的圖書並沒有減少,於是很安心地睡了一覺。可是一覺起來發現情況有些詭異。有幾縷藥香嫋嫋而來,接通了我的嗅覺器官。我循路徑摸索,好不容易在廚房的一盞陶罐裏覓得原因。我急切地想從我媽那裏得知事情的真相,當然我媽也就毫不含糊地把事情的真相告訴了我:近來她右側腹股溝脹疼得厲害,看過西醫,並不見好,於是懇求中藥幫忙,不過中藥這個忙能否幫成,現在倒難以說定。

我內心懷抱著一絲隱憂,正午來到外公的神龕面前,希望得到他的庇佑。即便我媽並未染病,這道程式我也同樣沒有理由跳過,因為現時抵達童年最為便捷的路途,就在外公的那一雙瞳孔之內。

外婆的身體近來也十分的壞,腰板疼痛得不能直立,可是卻還憂慮著攢盒裏的臘製品,擔心它沒有人來幫忙切片裝盤。不過我倒覺得這樣的憂慮是一點都沒有必要,女兒、女婿都很講孝道,兒女會盡力地把這些辦好。

年三十，我和外婆冷清地坐在一起聊天，隱約裏又聞到了一股藥味，是打後廳的門邊送過來的，神情忸怩，甚至沒讓我抓住就跑回去了。因為在這個大年三十的上午已經有了兩次類似的經歷，所以當我再伸出舌頭舔嘗空氣的時候，我就發覺這個年味很有些苦了。我害怕這味道會顛覆我之前有關於年的美好記憶，於是就捏了捏鼻子想逃走。幸好這時我姨娘捧來了一碗土雞湯。香菇、墨魚的氣味拌和著很香，很溫暖，這也耶算緩和了我內心裏面的那點恐懼。之後大舅、二舅、梅姨也接踵而來，大家拿一把湯匙在碗裏略微攪動，這樣年又被回歸到了原先的那個味道……

除夕夜，我外婆在神龕裏上了一炷香，不願人來打攪。

年初一，外婆吃素，飯菜都十分清淡。

又過了一日，外婆腰板疼痛加劇了，需要我們攙扶才能在地上行走。去醫院照了一個CT，根據膠片上的顯示說她脊骨第三至第四節有唇樣的骨質增生。醫生叮囑她在十五天之內要臥在床上，哪都不用去，最好是採取平躺的姿勢。側臥呀，伸腿呀都要的左小心右小心的。醫生開的藥方一定要遵辦。至於火燒、辛辣的食物就不要再去吃了。

我外婆八十高齡了，面對醫生的話，神情表現得很像一個少女。這與她曾經雷厲風行、一人備辦兩桌酒席的場面可說是大相徑庭了。

生命自從誕生之日起，就像一個從高空中拋下來的球，它隨著地心的引力慢慢降落。這是我們無法改變的事實。隨著每一個幼小生命體的長大，在年的湯汁中，漸漸的都將嘗到一點點苦的味道，尤其是當我被置身在一個龐大的家族中，這情況便尤為顯著了。生命就像一個個花瓶，沒有哪件不是脆弱的，許多人舊年躺下去，新年就再沒有爬起。因為這一點，每次聚會時清點人頭，假設發現一個不差，這時候大家千恩萬謝，相視一笑之後斟滿一杯，是為彼此的這點緣分好好慶祝。

過塘蛇

凡是涉及語言的東西就很難真實，語言時常製造假像。譬如「過塘蛇」這個辭彙在人腦中復活的便是一條身體扭動的蛇。事實上它與水蛇無關，只是一種在江西很普通的草。它普通的程度讓你感覺到它是你自己的影子——低頭就可能看見。

在鄉下，無論是水塘、溝渠、路邊、臺階上，這種綠色大片大片的存在著，讓你覺的這種綠色衍生了生活中所有的綠，哪怕是一只綠色的開水瓶，一片綠林，一件綠襖，你也會覺的都是從這其中直接萃取過來的。因為這個原因，過塘蛇的地位十分卑賤。它比不過一株菊，更比不過一顆梅，甚至直接被劃到一株牡丹的對立面去。

物以稀為貴。某些人迫切的讓一些事物變稀少，目的是為了使它們變貴重，讓事物貴重，自然有其原因，最終的目的，是要讓自己也跟著它貴重起來。譬如有人擁有兩塊一模一樣的古鏡，他寧願把其中一塊摔碎。這樣一來，另一塊就成為了孤品。擁有這個孤品的人，自然就成為了貴人。

可是過塘蛇你拿它絲毫沒辦法。它一大片一大片的充斥著人們的視野。無論是水域還是溝坎都縱容它的生長。它太尋常了，尋常到讓人膩煩，人們拿鐮刀割它，拿火燒它，沒有人會對待蘭花似的去養它，有人的鞋上掛了泥，就跑過去在它身體上蹭一下，直接把它當做了一塊抹布，它卑賤到了極點。小孩子也可隨意的對它蹂躪。那時候，莫說盆栽的花我們的手伸過去老是顫抖，就連一株野花，面對它的時候，耳邊都會有一個「路邊的野花你莫要採」的聲音縈繞不去。唯獨在過塘蛇面前，我們的手腳不會有任何拘束或不自然，把它連根掐斷之後，扯去葉子，編成草戒指或項鏈，套在指頭上或掛在胸前。

相比較，一株花完全是養尊處優的，園丁們給它澆水施肥，被擺放在顯眼的位置，彰顯著自己的雍容富貴。因為它擺放在足夠高的位置，所以與生活始終隔絕。比較起來，過塘蛇儘管卑賤，沒有人吝惜它，心疼它，因為這個，生活中它反而發揮出許多的用處，因為有用，生活中的事也時常邀請它參與，它像一滴墨水滴落到水缸中，很快的就與這個地方居民的風俗、思想、生活習慣融合了。久之，成了一個地方的符號。相對城市而言，它就像市花或者市樹，市花和市樹當初也是一種很普通的植物，它們在這個街頭站一棵，那個街頭站一棵。日子久了，這個城市的居民的生活與這些植物變得息息相關。這些植物的地位，自然也由卑賤的身份攀升到了另一個高度。

我外公可以把一條過塘蛇作為「萬精油」來使用，他將鮮綠的葉子搓出汁液，然後敷在傷口，用於止血，效果十分靈驗。現在每次回想起小時候的那個家，影片的放映也總是從一條過塘蛇開始。可是我外公的另一番話——同樣有關於過塘蛇，卻引發我的思考，根據我外公的講述，在江西，過塘蛇和其他的許多植物一樣，都屬於外來入侵者。那時候他在院子裏鋤草，在土裏還沒發現有這樣的一種草。是上世紀七十年代的某天，忽然雲層裏嗡嗡的一片響動。不久出現了一些蒼蠅大小的播種飛機，它們把種子從高空中拋灑下來。空中的這些拋物線對地面植被充滿了敵意，每一粒黑色的種子就像一顆蓬勃的欲望。它們不僅僅被拋到了江西，也被播種飛機撒向了另外的許多地方，有些土地像一道堅固的城牆，它們對這種新物種的到來完全持拒絕的態度。像水對油滴的拒絕，油在水中始終無法沉下去。這些被泥土排斥在外的種子浸泡在雨水中沒能夠抽芽吐綠，最終腐爛掉了。但江西卻很友善的把它們給接收了下來。江西這個環境，不僅對於一株草不予以排斥，對於許多外來的事物也都不拒絕。一個從外地調來的官員常常被這裏人擁戴得無以復加，讓他覺得受到的純粹是堯舜的待遇。同僚們沒有誰給小鞋他穿，不僅如此，還好心地為他提供一張張護官符，假不假，白玉為床金做馬。再比如說，一種外地水果，不管有多酸多澀。都能夠在江西的市場上風行一時，所有人的味蕾一時間望風披靡。大家覺的既然是外地的東西，那麼就自有它的好。也不管這個好是看得見還是看不見的，總之這種推崇的心理就自然的就會像雲朵一樣地朝著四方鋪展開。

從外地遷來的過塘蛇，日深月久，把根紮進了泥土的縫隙。使你無論從哪個角度看，它似乎都直立在那，從種子裏破土的那一刻起，它們的家就沒有挪移過似的。那些外來人口也是這樣，他們移民的身份百年後多半沒人記得了，如果他不拿出家譜來你看，你根本不知道他是一個客，但事實上江西人原本大部分都是客，是典型的客家人，他們從江東遷徙過來，從中原遷徙過來。櫛風沐雨，時間久了，當年他們身上的氣味就完全變了，這裏的花香滲透到他們的肌膚裏，水流與空氣也都在一點點地改變著他們的面孔。

我們平常說一個人活著，其實呢，這個「活著」完全可以拆分開來看。我們既是在活我們自己，也在活「大自然」的一部分。每個人活著，都有一個固定的形狀，平常我們通過這個形狀去展示自我，因為這個「形」是對外開放的，各種外在的事物都可以湧入它，塑造它，使它隨時隨地擁有新的形狀，因此，以往那個它就漸漸地消失了。可是，不管它怎樣變，我們還是有能力認出它來的。一株過塘蛇，當初在外地，它很有可能開紅花，或米黃色的花，葉子比現在的更加細長，但是隱藏在它身體內的某些東西始終是沒有變的，這個沒有變化的部分，讓它擁有了一個強大的核；而這個時刻變化的形狀，又讓它層次不斷變豐富。在神和形這種變與不變中，一個事物，一個人，一個地域，因此有了無盡的味道——過塘蛇便是這樣。

靜物瑣記

貓頭鷹

我們判斷一只貓頭鷹而不說它是別的鳥，首先是因為它眼圈周圍的羽毛呈輻射狀，加上眼睛，鼻子，嘴的參與，使得臉盤很像一朵漂亮的蝴蝶結。這個相貌特徵使我們立馬想到貓頭鷹，因為在貓頭鷹以外，我們並沒有記住其他相類似的鳥了。儘管雕刻家在處理腹部羽毛時花了許多心思，但刀子刻下去真正有意義的——只在於面部那些細羽上。那個圓鼓鼓的腹還有支撐起貓頭鷹重量的腳板，在整個身體之中，它只是一個配角。

當然，我們沒必要把一些東西放進框子裏去想。其實它是否為貓頭鷹並不影響藝術家對它的塑造，小孩子們總喜歡把自己畫的東西說成像與不像兩種；譬如畫一條魚而把背鰭的那一部分給漏了，就很放心不下。其實我們不妨可以這樣說，當初我們之所以要依著實物來摹寫，是因為我們不知如何來表達我們的想像，只有扶著一些實在的東西，才能慢慢的過河去。而我們的目的，也只是過河，並不是如何在河裏紮穩腳跟。怪道老師總是這樣告訴我們：能畫好一塊石頭，山水花鳥人物隨之也能畫得出色。因為石頭裏邊已經包含了豐富的筆法，墨法。至於你怎樣去給其他的事物賦形，那是你自己的事了。

現在想來，世間的事物但凡有形狀的，都可稱作是一個框子，一個花盆，一座假山，一杯水都是那些框子最具體而微的表現。有人執迷於事物本身，而又不能從其他的事物中尋找到共通。於是所有的框子都成為它的牢籠。譬如有人覺得七言律詩難作，就索性棄學，而退到五言古詩的園地裏去。沒料到五言古詩看似無規律，恰好是有規律的。換個方式表述：假設我們只關注於事物的形，那麼天底下所有的物都應該是各自分門獨立的。而如果把這個「行」給打破，那麼所有的物，就會像水流一樣的互相往來。所有形狀的框子也必將一一化去。這樣一來，我們所雕刻的，就不唯獨是貓頭鷹了，而是所有的世相。

夫妻牛

治水英雄禹據說也是一位大巫，巫在上古時代扮演著一個極其重要的角色，他往往是由氏族的領袖們兼任。不但「降神」，同時也掌握著書寫的權利。那時的字都是寫給神明看的，巫就是負責記載酋長和治下的大事然後一

併焚給神靈，同時又將神的回復記在紙上，傳告於天下。所以巫的這一杆筆與陰司裏判官手握的朱砂筆就極其的像了。我們的畫瓷人手上也多掌握著這樣的一重權利，他在一件捏製成形的泥坯上施展著他的巫術。可以想像一下，當初在兩個通體瓷白的泥坯上，我們所能捕獲到的資訊——實在是少得可憐。你吃不准左右兩邊的瓷牛到底哪一個是牛丈夫，哪一個是牛妻子。甚至它們是否屬牛，你都還無法確認。但接下來，我們的畫瓷人開始運作了：目前在他的手上，至少掌握著有三種顏色的筆。靛藍，石榴紅，明黃色，線條開始拉動。我們也漸漸地看清了他的意圖。他首先將吳冠中先生的雨荷搬落到的左側這個泥坯的衣裳上。然後又用石榴紅的蘸筆在這個泥坯的臉蛋下方——畫出了兩片桃花，為了與大眾女性普遍愛裝扮的特徵相合。畫師又在她頸上給添加了一串玉珠。凡是指甲，耳垂，頭髮上需要的裝飾也都一併考慮了進去。另外，通過線條行走的姿勢，我們完全可以猜想出，當時的畫瓷人是在左右開弓地畫著這一對牛夫妻的，他的目的是避免讓牛妻子提前來到，站在那兒焦急地等。畫師必須把它當做是一個有生命有情感的個體，它才有可能變得生動起來。現在我們目光稍微轉動一點，注意巫師的那一只右手。濃濃的八字須像兩片山峰似的張開了，陽剛之氣驟然升起。翻領、駁頭、領結。牛丈夫的偉岸，就在這其中顯現出來。

現在我們不妨來歸納一下，在整個繪製過程中，畫師並沒用在男女的形體特徵上大做文章。而是通過服裝的差異，紅唇、濃須以及一些細小的裝飾品讓兩個幾乎相同的泥坯走向了陰陽兩面，一併地也令我們想起了男女有別的古訓。這兩個已經被人格化了的牛也算從一個側面反應了人與動物的根本性差異。道出了文明與的野蠻的差異到底在哪？在人類的世界中，而今男女間的區別已不完全在生理上了，有更多象徵性的符號在指示著這一切。我們在做小兒女的時候，往往看見長頭髮，穿裙子的人就對著她大喊著阿姨。面對短髮，蓄須之人就不假思索直呼大伯、叔叔。因為象徵手法的氾濫，導致世界越來越趨於符號化。這樣一來，事物實在性的內容就被隱潛於符號的背後越來越不被人重視。學者們往往扛著各種證書便可以在各大門檻間來去無阻，官員們每每冠著一個不錯的頭銜便足以在各種聚會中被尊為座上客，這的確是人與動物的根本性差異。文明一方面使人確實文明了起來，使人賦有個性與理性；另一面也在製造更為可怕的野蠻，使人充滿著獸性與魔性。最後，想起龔定庵的一句詩：科以人重科以貴，人以科傳人可知。這可算作是一個結尾。

龍

儘管龍在自然界是不存在的，它完全依憑著人們的想像。但要把一條龍雕刻的栩栩如生，卻也並不是一件容易的事。譬如搗鼓一只貓頭鷹，我們只要抓住它的面部特徵就行。但在一條龍面前，就容不得我們偷懶了。一條龍的雕刻工序就像我們常常講到的永字八法，點豎鉤提撇短捺，那些該有的要領全都給包含了進去，它既要有蛇的身、蜥的腿、鳳的爪、又要有鹿的角，魚的鱗、老虎的須。這情況就像土醫生的一劑藥方，必須把所有的藥引子都給配齊了，這一劑藥的作用才能夠發揮出來。哪怕少去一樣，龍就很有可能變得名不副實。這樣一來，許多人就開始認為，龍完全是被釘死了，它渾身上下都紮滿了釘子。真的比不上貓頭鷹的寬餘：貓頭鷹是除了臉必須像以外，其他的部位都可隨意打理。但是我們是否想過。我們對於一條龍的要求，也僅僅是各部分必須與這些像罷了。至於它整體的形態，或臥，或行，或潛淵，或騰雲，或仰天，或長嘯，都不曾設定下何種人為的規矩，儘管誰各人的便。把握了這一點，是至關重要的。因為接下來，我們就可以巧妙地借助自然的形——去寫我們的意。而之前一切用於雕刻的工具，都只起到一個副手的作用，沒必要讓他們去開疆拓土，殺下這許多的木屑來。我們只需盡情的發揮想像，你可以依據一塊原始樹根的形狀，想像一下逼近一條龍最便捷路途在哪。譬如眼前的這一條蒼龍，樹根的彎曲度以及瘤疤的形狀都已經給把這條龍的輪廓大致摹畫了出來。至於雕刻家的工作，只是在這其中順手牽羊。當然，這只是自然界中千萬個例子中的一個，我們有太多的時候爭搶著讓自己做為主人。從來就沒有考慮過在自然中，我們只是一個配角，我們曾經試圖去改造山河，後來發現自己連一陣風都比不過，於是放下了手中的器械。乖乖的與風為伍。這樣一來，我們反而將存在於風中的能量轉化為成了我們所需要的。而在詩歌中，我們用了太多的時間去與語言搏鬥，使盡了法子，設法把語言馴化成為我們坐下的一匹良馬。可是我們還是被語言束縛了，被束縛得沒有一點反抗的力氣。因為袁枚老先生早就說過，人人共見的景物，共有的意思，直截說出便是好詩。這其中我們所發揮的作用，僅僅是替自然說話。可是，我們總是設想要比自然高明，設想自己是一巨人的模樣，總是希望把更多的聚光燈打到自己身上。但結果來，我們都敗了，並且一敗塗地。可以來想像一下，當初雕刻家若執拗於自己的思路，根本就不把自然所賦的形放在眼中，心中只有改造它的念頭。或許我們所看到的，根本就是一條死去的木樁，而不是一條欲要騰飛的蒼龍。

猴子與木紋

假設非得讓一只獼猴與一株樹套上關係的話。那麼我可以告訴你，這就是樹的一個橫切面，這一圈套著一圈的木紋很像在時空中築起一些圍牆，它的目的就是讓年與年之間彼此劃清界限。譬如民間有一種說法，但凡遇上太歲年，命裏邊都帶著煞氣，當然是很不吉利，但是不吉利也好歹有一個限度。只要邁出了年這道門檻，就像脫了閻王殿，紫氣必將東來的，一切都並不可怕了。說白了，一道年輪其實就是一道希望。過去的好與不好，都被紮下來的那一道高牆給擋住了。無論什麼樣的事，都將從小草的出芽開始，我們既不必再對曾經犯下的過錯進行懺悔，也不必沾沾自喜於從前的那一點點小小的榮譽。因為牆體擁有足夠的密封性，致使許多事情完全可以像真的一樣，在這裏沒有誰插足進來給你添加亂子。就像我們走到了足夠遙遠與足夠陌生之地。你根本不必顧慮會有老朋友從人群中跳出來發表他對於你的成見，你已經被他們的成見的束縛地太久了，致使你——在那個圈子中已完全缺乏勇氣去改變自己。但一道年輪，卻重新建立起我們內心的秩序，使人身上好的品性得以生成。這是我們在不把面前的這個物件當做獼猴——只把他看做是樹的一個橫切面而引發的聯想。

但是我們完全可以不顧這些。因為木紋的有無並不妨礙它身為一只猴的，假使時間被切割成為相互獨立的瞬間，在相對昏昧的光線下，我們完全有理由說成這就是一只出沒於山林的獼猴了。這樣一來，同樣的一個物件，我們既可以將它當做樹的一個橫切面，也可以真把它看做是一只猢猻。它們之間並不夠成影響，這個例子至少為我們歷史學家提供了一個可貴的的參照。對於歷史人物的評價，我們總是在以點蓋面，以人廢言。這樣的例子我們可以舉出千萬來。有些東西同時存在於人的身上，可是，卻並不互相影響。一個漢奸很有可能寫得一手絕世一流的好字。一個不守士節的文化人在他的妻子看來，極有可能是一個極其顧家的偉丈夫。我們有太長的時間就是被這些所謂的「一言以蔽之「的話給統治了，麻痹了，束縛了，遮掩了。以至於不能夠看清楚事情的真相，在這種情況下，就需要我們去拆分一些事件，以獲取局部的真實，唯其如此，才能重建我們真實的整體。否則裹挾一塊，永遠都不得清楚。就像面前的這個物件，我們既不能因為懷疑猢猻的雕刻工藝，而否定木紋的優美。也不能因為紋理不佳而說成此獼猴的面上沒有神采。

閑

當內心安靜下來，坐在街頭的條椅上或者二樓臨街的窗前，我們會發現每走過一人都與印象裏的一株樹相互對應。這其中或者是一棵松，或者是一株柳，或者只是一條臘梅。高明的藝術家所以高明就在於他身上濾去了那一股子躁氣，他畫人並不一味的把它朝人的模樣上邊畫，也常常把它畫作一棵植物。植物的根與大地連在一起，形態也總是容易讓人記住。我們通常所說到的傳神二字，其實也就是如何把植物的姿態搬到人的身上去。如何將詩的成分融入圖畫。再說白一點，就是不能夠把它的身體完全封死。你必須在上邊留一些視窗。透過它，你要能夠看到另外的一些事物。面前的兩枚僧人我們透過窗孔看見的，是一株樹冠特別巨大榕樹，以及一株挺拔秀麗的松。它們當然不是用以站街的那一種，肢體隨時將面臨修剪。而是位於深山或者庭院裏閑態十足的老樹。它們無論是張牙舞爪還是戟劍森森，無論是佝僂崎嶇還是橫生枝節都一併使人覺得自然自在。我們常常勸人要閑下來，其實並非勸人將手上的活計卸在一邊，翹二郎腿噙一根煙斗——悠悠忽忽地吸得沒天沒地。這樣的閑終究屬於偽閑，因為它太刻意追求形式了。而一切與形式沾邊的事物都與閑了無緣分。過去的人喜歡玩拆字的遊戲。他們說，月亮進門來，於是人便有閑了，當夜色降臨，使一切勞作中止，夜晚的身體需要得到放鬆與休息，這在生理上是自然規律。這個規律遵循它，切合它，精力才因此而充沛。

閑的大面積流失使我們獲取的同時也失去了不少。譬如我們是怎樣一步一步地由野蠻走向了文明？我們現在對於文明這個辭彙的理解到底會有幾種？這當然不是一句話兩句話所能說明白的。一株野樹被製作成盆景的過程，其實就很清楚的闡明了一切；我們首先大刀闊斧的芟除一些紛亂的枝條，餘下的部分在斧頭，繩索，鐵絲的共同作用下被歸於一定的形狀。於是文明的物體的就在我們的手上給捏制了起來。一個蓬頭亂髮的世外人我們要把它拉到紅塵之中，這首先就得在他的頭上發一番大的力氣；剔除拉拉雜雜的部分修剪成平頭或塑造成別的髮型。這些法則無意間都使我們走到了閑的反面，致使我們再以文明社會的標準去檢點這些人物的形貌做派時常覺得他們有些放浪不羈。譬如我們的和尚總不該是這樣一副模樣，他們應該盤腿趺坐在蒲團上誦經，而不應該這般邋遢；一人捧著鼓鼓囊囊的一棵大腹，一人挺著懶腰。這樣一來不但不能修成正果，還極有可能被逐出山門。但有些人所以出家，就並非是為了修成正果而來的，他們或覺得僧院這個地方更容易滿足他們做一個閒人的願望。而這個群體並不只限於被功名事務纏繞的不能脫身的大官大賈，也有本身已經閒暇十分的文化人，他們欲使自己的筆徹底閑下來。這個追求在文章書畫中也屢屢體現，譬如作文不妨來一點閑筆，畫作的空白處順便蓋一枚閒章。如此，作品的格調自然地就閑遠起來了。

實用的詩意

很多東西都來源於偶然，譬如現在我們看到的絕妙好文，寫作者中，當初根本沒幾個是把它當絕妙好文來寫的。我們對一張白紙的訴求過多，不但不能加速我們願望的實現，反而使我們筆受到牽累；這個道理可以向藝術之外四處延伸；朋友某君就有很精妙的話：世上不存在應當和必然，因此，一切所得都是額外的恩賜。都是非分之想意外的實現。更因此，任何時候我們都要學會以感恩的心來接受。

多數情況，內心沒法平靜，問題多數出自於內部，外在的一切，任何時候都沒有朝你願望相近或相背的方向移動。說白了，它始終是一個很客觀的體。譬如說一個雕花壇子——它標榜自己是一件工藝品，並且把足夠耀眼的位置給佔據下來，讓千萬雙眼睛在這些隨意開合的花瓣上摩挲。可是，它無論有多麼精美，也只能算是造物主的一件恩賜，你千萬不能說成這就是我們所應得的。因為在整個雕刻的過程中，我們給予刀子的，僅僅是一個向前推動的力，此外的一切，都不是我們能左右的了。但凡「金子總是要發光」的道理固然沒錯，但關鍵的是，有許多的光並不是我們用肉眼能看見的。我們若是金子，我們的能力也僅僅是發光罷了，並不能使那些對金光缺乏敏感力的人也附上這一項功能。

在中國古代大家都處於一個相對閒適的空間，製造美的能量十分富足。那個時候即便是在鞋底也滿布著繁縟的圖案，至於日用的器物就更不用說了——周身都充塞著密密的花紋。一個木雕壇子——那時的身份很有可能是個盛米貯酒的器什。我們平常目光所及，並不會抱之太大的驚喜。它融化在日常生活中，像一片空氣，或一陣風一般的尋常。這是個十分有意思的現象，當一件事物需要端捧到一個供人瞻望的高度，恰恰好也算是整個社會對它失卻了興趣的最有利的佐證。這無非是一項搶救性的措施，目的在於把我們的記憶給喚醒。

我們可以看到，王家流傳下來的幾個傳本法帖，多數是輕輕鬆松塗抹下來的便條。李密的《陳情表》只不過是一個寫給晉武帝的奏章罷了。現在的許多的工藝都在失傳。假設去窮究這些原因的話，十分簡單，就在它們原本是貼附於生活的，可現在都從生活的層面上被剝離了下來，其中地那一份從容、自在，與隨順完全失卻。譬如我們在文學之上，總是強調作品的文學性，這無疑是給自己埋下的一條死路，我們不妨來用這樣一個比喻說明問題。假設那些供人欣賞的部分是花，那麼它必須依附枝頭，依靠根吸收的養分生長。借助藤，被撐到一定的高度去。倘若養分掐斷，枝條刪剪，那麼接下的命運——自然可想而知。袁枚的朋友給自己的詩集寫序。序上說。詩家以不寫應酬詩為高潔。袁枚反駁他，《詩三百篇》裏行役詩以外——贈答詩就幾乎占了一半。李杜王孟的集子裏應酬詩也同樣不少。其實，我們並不要以為它是應酬之作就以為它品格不高。正因為是應酬的，所以才體現出它的實用性，正因為出於實用性的考慮，在文學性方面才不至於我們表現出過高的訴求。而這一切正好可以使我們的手腕徹底松下來，使獲取的一切看做是一種額外的恩賜。

臉

一個高明的雕刻家與一個成功的政治家的表述形式互相顛倒；好的雕刻家必須學會省略，省略的同時又絲毫不見有誇張的成分，而政治家必須學會誇張，誇張的同時又不能讓人看出其做法中有何省略。在一條木樁上，鐫刻出三個生動的猴頭，這使得原本的一根單薄的木樁，變成了由三只猴子重量的疊加，經過一系列的處理。那些猴子的腰身儘管已經被省略，但我們並不覺得它們的頭部有何突兀，因為依憑各自的想像，那一截身子也是忽隱忽現的。

有些人因為脖子以上的部分意義重大，相比較起來，凡脖子以下的部分，地位就完全被比下去了。在某些重要的場合，需要這一類人脖子以上的部位出場——名曰露臉。當然臉並非是露出來的，因為它並沒有像對待一塊和氏璧似的拿絹子層層裹住。他是與空氣、脂粉的香味相互拌和著——抖擻昂揚的搖晃進來的。之所以被稱作露臉，是因為這塊臉極其精貴；另一方面，也說明它相對於這個會場特殊意義。這一類人的身體結構與尋常人完全倒轉過來，他們是憑藉臉部的力量來支撐餘下的身體，支撐背上馱著的一切。身體器官的損壞和臉部的蒼老比起來——是微不足道的。因為在他們的臉上書寫著許多重要的密碼。這些密碼會因為臉的蒼老或者變形而完全丟失，使原先承載的重大意義蕩然無存。這樣的臉不但不能輕易地露，而且還得小心翼翼地伺候。不僅如此——就在尋常人之間，臉部所受到的優待也要比其他部位來的明顯。我們平常所說的照相，也多數是臉部的相，留影，無非是面部的影。

我們可以想像得出，三只木雕的猴子，當你看著它，它面對的根本就不是你，而是一具照相機。通過它們的面部，你發現猴子們都十分的睿智；它們盡力地讓自己臉被鏡頭包進去，有意識的把胳膊、膀子給虛化掉，它們似乎知道這些器官的影響力太微弱了。千年以降，我們的史官們也多在這一門剪裁的藝術上琢磨著。思考著如何在有限的篇幅中，使更多的歷史鏡頭給包含進來。他們的做法，說白了，就是儘量篩選出那些有臉面之人，因為那些人有臉面，所以只需要把臉擱在那，就可引申出臉之外，餘下的一切，而這無疑使紙幅變得寬鬆了起來。這裏利弊當然都是很明顯的，因為攝像並不是只要攝到了頭——照片上的人物就能活過來，有些時候也可能使我們聯想至梟首市曹的一幕。所以這背後就有批判正史的聲音，說它們無非是在給帝王將相立傳、敘述家史罷了。其實寫誰並不是最主要的，歷史無論怎麼寫，結果都還是一些殘損的碎片，因為曆朝在正史以外不是已經流傳著許多的野史筆記麼，但歷史並沒有因此而完整過呀。我們甚至可以這樣說，歷史留下的，即便是一顆頭，一張臉，但只要保證這張臉的真實性，無論是像打頭的這只猴兒表現得滿面莊嚴，還是像另外的兩只那樣注入點幽默的成分，都未為不可。因為這比較起胡亂地為歷史添加一些胳膊、腰板、腿——到底要清爽百倍。

抓拍

一個雕塑家最要緊的是學會如何去抓拍，當然這也是相術家必須掌握的本領。可以這麼說吧，掌紋以及靜態的五官在一個看相師傅那兒根本就與一個死木樁無異。這樣的狀態，是給人體畫家準備的，因為看相總是要看活的相，唯有讓五官相互推擠，拉伸，扭曲才能夠造成不同的面孔。在這些面孔互相轉換的瞬間，擋在內心前邊的大門會因此張開一道縫，使人窺探到他性格裏的絲毫。從而推斷這性格背後會有如何的命運發生。這是隱藏在相面行業裏的秘訣，而我們雕塑家要讓人活起來，也務必將這一點學會。過去我們手上捏制出來的人物性格所以不明顯，看來並不是因為眼神無光、五官不夠飽滿所造成的。而是我們沒有意識到，在兩個表情切換的那麼一瞬——對於人物的性格塑造意義有多麼的重要。

一個泥塑的和尚，你看著它，它的表情很像抛到地面上的一枚硬幣，我們無法確定下一刻它會向哪一個面傾斜，但兩塊嘴唇肯定不是現在這個姿勢，眼睛裏流淌出的光，決然不再是目前這個樣子。這表情在他臉上並不常見，如白駒過隙般的短暫，但是我們尋找人與人之間的區別，主要是依據這樣的瞬間。我們撒謊最容易露陷的，是上一個理由已經用完，下一個又還沒有充分準備的一刻。這之前或之後因為心裏邊不存在後顧之憂，所以謊話被圓得極好，擋在內心前邊的那一道大門也被封鎖得極其嚴實。

但凡寫過幾首律詩的人，大抵都有類似的經歷。似乎只要開了筆，就可以順著這一股氣勢洶湧而下了。唯獨到該轉之處，沒些手腕是絕不行的，這時候一些底蘊不足的人，就開始露出破綻了。當然，這個破綻也正好可以顯示出他較真實的一面。否則永遠是一股腦的飛流直下，到底見不出詩人的個性與才情。魯迅說中國的歷史，也無非兩個階段罷了；一個是坐穩了奴才的時代，一個是做奴才而不得的時代。在這兩種階段之間，我們還能夠找著那樣一刻：從奴隸的位置上摔下來，真實的感覺到屁股劇痛的一刻。有些人在這一股劇痛的刺激下變清醒，憤然躍起，戳著統治者的額頭破口大罵。甚至有的抱著竹竿向裏屋中不甘心的捅動幾下。儘管火焰最後都給雨水打滅了，這些人最終散的散，亡的亡，但因此看到所謂的奴才，其實也不乏抗爭的勇氣，一個撒謊者很大程度上是因為當初佔據了充足的理由，而這些所謂的奴才所以甘願做奴才，也正是因為曆朝的統治者給了他們坐穩奴才的機會。現在通過那些火與血飛濺的事實，也因此明白，奴才的骨子裏深藏著反抗的思想碎片，這樣的反抗，總是需要等到角色切換的那麼一瞬，才可能從內裏像光芒一般的逼射出來，而我們恍惚：原來這些人在我們的認識中陌生了那麼久。就像面前的這個和尚，因為我們的雕塑家抓拍到了這陌生的一刻，才使我們無形的與他走近了。

神似

神似——總是要比形似更重要，當我們說某家的小孩與父母親長得極其像——往往表述成他們是從同一個模子裏倒出來的。但我們到五官上仔細分別，差別到底十分明顯。在一張幾十年前的集體照中，假設我們能夠尋找到現在的朋友，並不完全依據於五官，更多的是有賴於無法形容的神態。目前也是這樣，若要把一堆土變成一只羊，依然無關乎羊本身的形狀。你的工作除了需要與一只羊朝夕相處，此外還必須懂得羊在現實生活中所派生出來的含義。首先，羊馴順——非其他的動物能比，他安靜的像一些時光裏沉澱的事物。不僅逆來順受，從來也有沒有怨尤。統治者當然希冀他手下的臣民能夠像一只羊似的乖順。因為這樣才便於管理。

曆朝以來，許多有關於羊的圖案融在日常生活的器物之中。只要聯想到統治者的意圖，連帶這些圖案也變得十分可憎。而現在我們必須消除長期以來「階級」在腦子裏所造成的負面影響，我們總是認為階級是產生剝削、造成利益分配不均的罪魁禍首。可是反過來思維，社會假設沒有了階級，也同樣難以負重。階級的消失，人與人之間遇事互相推諉，虛假與懶惰四處蔓延。三個和尚沒水喝的原因不是一和三的問題，而是三個和尚之間沒有任命誰是方丈誰是沙彌。莊子說，君主應該無為而讓臣下效勞，臣下應該竭忠盡力為君主服務，如此天下才會大治。有了這樣的概念做底子，我們才能把一只瓷羊塑造得鮮活，當然這個活，並不是使他生動得能夠跑起來，而是越來越接近於它在人們心目中的形象，畫家畫一匹馬，畫一頭牛雖然也未必要求像，但還是有點個人的筆墨追求在裏邊，我們盡可抒發感情，將情緒鋪得滿紙都是。但燒制一件瓷羊並不允許這樣，在整個製作過程中最需要的考慮的是如何將人們賦予羊的寓意最大限度的體現出來。一張白紙是讓人有所作為。但一堆高嶺土卻是教人如何明哲保身。胚體成型之後，只要你小心翼翼的控制好火候。在原有的計畫之內但凡沒有差錯就算功德圓滿。

為了體現出羊的溫馴，做瓷人通常會選用純白的釉料，這個當然不是基於羊毛多以純白而考慮的，這裏面的白所應用到的，更多的是一種象徵性手法。這很像魯迅對於戲劇中臉譜的闡述：富貴人全無心肝，只知道自私自利。吃得白白胖胖。什麼都做得出來，於是乎白就表奸詐了。羊當然是不奸詐的。但卻因為馴順乖巧，推知人也是平心靜氣。既不容易被羞的面紅耳赤也不容易被嚇得面色發紫，更不至於青一塊紫一塊。此外羊的豐腴，要顯襯出來，也並不是那麼容易，只知一味的堆疊死肉是不能湊效的。豐腴更多的是來自於身體的一個弧度，以及如何消除掉那些棱角，惟其如此，一只出爐的瓷羊才可使我們看上去而聯想起冬去春至，陰消陽長的吉祥氣象。

童子

朋友拿來兩具木雕，刻畫的是善財童子。因為當時我與它們隔著相當的距離，要看清這兩個孩子的臉——需要我湊上前去，在這個時間段落，兩童子私下裏嘀咕，話音剛落，一個嘴唇顯然還未擺正。

它們儘管是相互獨立的，但我總感覺這其間存在著一種無形的東西，它們被徹底粘住了。像是一整塊料子，木頭的紋理都暗暗吻合著。特別是抱在他們各人胸前這一只兔子與松鼠，有種隨時可能脫手的感覺，假設時間允許，我們完全可以看到，兩只可愛的寵物嘩啦一聲落地，相互追逐，並消失在前面樹林中的一幕。

但是我們如果缺少那麼一點美學方面的知識，就完全有可能說它們是一些不規則的刀疤罷了，這些刀疤深刻或膚淺，直溜或欹斜，粗壯或細嫩。隱約中聽得到刀子與木料撕咬之聲。這聲音的確令人心驚。而我們的藝術家就時常在這樣的行刀運鑿的痕跡裏尋找著「趣味」二字，或曰這一筆洗煉，那一筆灑脫，這一筆清晰，那一筆含蓄。議論著哪裡該用圓刀處理，哪裡該用平刀切削。自以為把一塊笨拙的木椿變成了一具人物小像給了木椿恩惠，這其中的靈氣是由我們的手——注入到木椿身上去的。其實，這完全是一個悖論。人類總是根據自身的體型來給自然裁衣，依據自己的思維去替自然著想，始終沒辦法知道自然的需要。我們假設將自身的知覺嵌到這些草木生靈就會發現自然事物具備人所具備的一切，人為的加工改造，其實是在破壞它們，儘管多數情況是出於一種善意。但，多數人並不這樣想，想了也未必能夠躬身去做。因為他們還需要接著做人。我們也正得益於「人」的屬性，才幸會了那些精美的工藝品。

這另一面又讓我想起《護身畫集》裏「是亦眾生，與我體同，不食其肉，乃謂愛物」的話。平

常我們說戒律，戒律也並非一層不變的東西，它也有所謂的伸縮性。伸縮的前提是不能與本質的東西相衝突。譬如以前寺廟有規矩，不允許僧人吃雞蛋，可是現在能夠了，原因是現今有了「人造雞蛋」一說，既然有人造雞蛋這一說法，買來的無論是否，僧人們都姑且認作是的。這樣一來，既能滿足口腹之欲也不曾與殺生的戒律互相齟齬，所以和尚們吃得理直氣壯。幸好而今僧院裏的方丈還不至於太多情，即使多情，也只限於六畜。若有日將愛物推而廣之，涉及草木的領域，強調草木眾生與我體同，恐怕連雕刻佛像也會被禁止。因為雕刻佛像，便要伐木，這無疑是犯了殺戒——阿彌陀佛，到時這佛像也大可不要了。

其實，人無論怎樣做——都未能免於錯，因為在這個世界上，各個層面的道德觀念太多，相互之間的遊戲規則大抵不同。我們平時講對錯，也都是如解數學題似的，必得控制了變數才行。由一個層面躍居到另一個層面，之前一切評判的標準，事後意義都已喪盡。就像我們沒有必要在俗家人面前說五戒，沒必要用甲地的風俗去要求乙地的人。正如一個木雕人物小像，首先是因為它的工藝確實精湛了得，其次是因為我們還沒有達到「萬事萬物與我體同」的思想境界，再者是我們長時培養的一套審美情趣大體與此雕刻家的近似，所以我們才覺得它美好，有講述的必要性。

後記

回首沉香一夢閑

最近目睹了許多朋友的病，也目睹了他們的愁容。因為自己親歷了其中種種，所以能夠比較付責的說，讀書確實可以療病。不僅於此，甚或可以美容。

十年前我媽給我買書，後來內心有了某種嚮往，私下裏將零花錢集攢起來，走街串巷，搜羅舊書，記憶特別深刻的是夏夜在蚊帳中讀《聊齋》。盤腿坐在草席上，樣子活像一個老神仙。《三言二拍》因為有些段子太葷，於是只好偷偷埋在枕下，暗中領受著故事裏的驚心動魄與悱惻纏綿。五四學人、明末遺民、魏晉狂士，他們也以巨大的魅力影響著我。回想這些年來自己單身的經歷，恐怕便是因為有書相伴。當然讀書人自也寂寞，可是靜中製造一點喧囂，在讀書人也特別擅長。

自從〇二年發宏願著書立說。轉身十年過去，這個願望也即將實現。許多事情看來真的需要堅持。雖說人的某種品質是與生俱來，可是有些人因為環境，很快的就把這種質量激發出來，有些人卻只有苦苦傻等，不過執著會讓他如願以償，上天絕不造庸人，所謂的庸人，多數是因為錯過，許多機會錯過了，許多環境錯過了，許多與自己有緣的人也錯過了，因為種種錯過，最終使他們沒能夠顯示出自己特異的一面來。

〇二年，我十三歲，初中一年級。生平喜歡的第一個女生——於她的暗戀那時已然結束。結束之後，我聞到空氣中某種隱幽的花香，當時我家去學校需要經過一條馬路，這條路很窄，呈一個L形。街道樹那時還很弱小。那是一種類似於廣玉蘭的花——卻像手帕一樣掛在樹上，空氣的濕度很大；南風就像一雙大手，可以把人輕盈地舉起來。古詩裏所謂的銷魂，在那個環境中，你就會知道，其實並非真的有什麼東西把你的魂給銷了，而是你那時太陶醉，心臟因供血不足而引起了輕微的窒息——身體被放置在一種幸福的麻痹中忘其所有。

很難想像暗戀時的那種感覺和對書籍的愛，它們之間需要借助何種事物得以聯繫——或許那條馬路在中間就起著這樣一個作用。現在每次回到贛州路過它，我的身體都會像觸電似的，當年那個熟悉的感覺又蘇活過來，讓我既幸福又恐懼。〇二年的春天我買了一本《榮寶齋畫譜》，很雄心壯志的學畫，那個時候，晚上最喜歡做夢，當然那也是個最有資格做夢的年紀，我夢見自己娶了一個美人，然後教她讀書寫字。總之，在我們之間，我精心地構築了一場極其古典式的愛情，這個愛情像那個春天的某種花香一樣，隱蔽而幽微，懸浮空中，始終抓取不到；於是所有的願望只好在放在某種幻覺中努力實現。

後來許多的經歷告訴我，所謂的喜歡，也是有兩種的，一種是來自於感覺，當初第一眼看見她，你便起心動念，以至於魂牽夢繞，輾轉反側，惹得自己苦苦相思。還有一種喜歡完全是證實給自己看的，為了讓自己能夠被對方喜歡上而不折手段的去喜歡對方，以至於在任何時候都不甘心交往戛然而止，總想把眼前的這個遊戲持續地玩下去，於是甘願為其付出自己的所有，強迫自己愛著對方的一切。

花褪殘紅青杏小

太雅的東西附和起來就累，雅往往是需要閒心情去侍弄。譬如在窗臺上種兩缸白菊花就夠折騰人。以前我老喜歡焚香，為此弄來了一個瓷香爐，為熏一點香，費力、花錢、耗時間，結果還要小心翼翼地處理煙灰，真是瑣碎纏人，讓人心碎，所以堅持沒有多久，此番雅舉也便不了了之。

我承認我是一個偶爾精緻下的人，手腕，脖子上纏點珠子項鏈，以此標榜自己是藝術家。但是說老實話，我卻從來沒有藝術過。做藝術家首先要膽大，其次要想像力誇張驚人，再者還要眼神裏空空洞洞，容不下這個凡俗世界，說白了，也就是不把俗世人放眼裏。凡此種種，我都做不到，譬如在諸多事情上，我常常表現得膽小如鼠，譬如來點感冒風寒就忐忑不安，這會看見朋友親戚就開始作告別狀，倘若有女孩沖我微笑，更是兩股顫顫，六魄悠悠，緊張得不行，這一點點，都如實的證明了我並不是什麼藝術家，甚至不是一塊搞藝術的料，只是烏七八糟的大俗人一個，只不過俗得有些出奇離譜罷了。

生活的趣味來源於一種半開半合的狀態，所謂酒飲微醺，花看半開的境界。說起來宋朝以來道學家的禁欲思想必定是沒有用的。但是一味的放開，所謂的放縱，也要避免；《中庸》開宗明義就說：天命之謂性，率性之謂道，修道之謂教。這個思想翻譯成大白話也便是掛在黑板上的那句話：既要活潑，又要嚴肅。活得太雅了，會讓人覺得不敢靠近，太俚俗了，就讓人不屑於靠近。所以雅俗都需要照顧到，這樣才能在人群中使自己變得親和起來。

最近又翻出周作人的書來看，還是和以前看到的那樣好，絲毫沒有覺得褪色。有些書，事隔經年再讀，總覺得沒有那麼好了，原因是多方面的，也許是因為自己的心境變遷，變得太躁動了，內心的頻率也沒有以往微細了。所以遇見書中精彩的地方往往無動於衷。但也有可能是因為自己眼光日漸深邃的緣故，舊書再讀就自認為它矮了一大截。

童年眼中許多龐大的身體現在確實在無端的小下去。那時一個難以實現的願望現在卻變得易如反掌。童年的我們，因為本身足夠的渺小，所以看見茶杯裏的水，也會認為那就是大江大海。看見一只豹腳花蚊，也會認為那就是雲鶴。看見一顆泥巴丸子，也會認為那就是大山丘壑。因為當時把自己的姿態放得足夠低矮，時時懷著謙卑心上路，所以世界無形地也就擴大了十百萬千。現在我們的欲望不斷放大，許多在當時看來饒有興趣的事也覺得索然無味。其實，我們每天所面對客觀世界至始至終都沒有太大的改變，是我們的心態變了；要求日益增多，並且越來越苛刻，導致我們的內心越來越空虛浮躁，因此之故，很多事物的味道才慢慢地寡淡下去。

最近在化文書舍認識的幾個朋友都是我夢寐以求的，書上偶爾能夠遇見，不料現實生活中也有這一類人。原野女兒很自在瀟灑地到湖邊租了一個大房子，每天關起門來練琴。她身上有點魏晉人的氣質，尤其類似於嵇康。那天她一個人站在化文書舍的門口高抬起嗓子唱歌，讓我瞬間徹底愣住了。現在她的先生——也就是當年他的男友，十年前很豪情萬丈的跑到杭州去追她，她開始是拒絕，因為她壓根就沒想過要喜歡他。可是她後來覺得這人確實傻得可笑，一個人什麼都可以不管不顧，跑到杭州城來投奔自己。一個男人在他喜歡的女人的眼裏已經變得傻傻的像塊石頭，愛情的這一臺戲——自然而然的也就有了戲。

小樓昨夜又東風

小樓昨夜不僅又東風，還下了一層大雨，這樣一來，正好找點閒書來看。《蘇軾詩選》翻了沒有幾頁，手腳就困得不行。腥涼的雨味隨即也滿上來。

我對於陌生事物的認知，都來自於嗅覺，在我看來，任何東西都有它特有的氣息，每種氣息都像是一個巨大的場，這個場你靠近它，身體不由的驚悚一下，或者記憶裏的某個畫面突然被打開；讓你猝不及防。似曾相識的感覺讓你一時間愣住。這樣的事我曾無數次的經歷——以至於越來越堅信，嗅覺在各種官能裏的霸主地位。

有個朋友，很有演喜劇的天賦。他以前染過鼻炎，後來醫治好了，但嗅覺卻大不如前，他對於春天，完全是遲鈍的。昨天傍晚下了一層雨，熱氣蓬蓬；花草與泥土裏的香味被晚風吹得到處都是，讓人沒有心思走路，朋友卻一如既往的鎮定。春天像一個美人，散發著體香，朋友的這番冷淡

——讓春天對自己是否具足魅力也完全喪失了自信。很難想像，當我的嗅覺也變遲鈍之後，文字還能不能像現在一樣存有溫度？

在我看來，嗅覺器官直通大腦，有許多氣味一旦與身體靠近總往腦子裏鑽。腦子裏儲存著什麼？除了記憶和智慧，再就是各種要說的話。所以氣味鑽到腦子裏，一來容易把往事一頁一頁翻出來；另外呢，也有可能啟迪思想；再者呢，很可能寫幾行令人發酸又發麻的詩句。南唐後主李煜也是一個嗅覺極度敏感的人，他之所以說小樓昨夜又東風，大抵是因為風中的香味，這種香味或許是來自於某個多情女子，或者是來自於某種春天的花香，因為東風向來比較柔軟無力，像深閨的弱質柳。李煜坐在屋子裏，是不大可能聽見的。東風的存在，要靠嗅覺去辨識，的確與耳朵無關。

〇五年夏天，我十六歲。給天津的《今晚報》投稿。稿子最終被退了回來。那是一篇有關聲音、氣味的文字。當時看來，文字寫得足夠出彩，發表應該沒有問題，只因為當時把自己弄得過於酸腐：文章不但是以豎排繁體的面貌寄出，連稿紙還是自己刻印的；這樣一來，編輯就很不能理解，一個十多歲的孩子，居然把自己打扮得這樣古舊，無論如何，也不能鼓勵。前些時終於在黃石見到了《今晚報》的總編，假設我告訴他現在還和以前一樣——喜歡搗鼓些舊的玩意，恐怕他將要嘉獎我兩句，因為時間使我漸漸地——有能力與舊的事物親近。

除了古舊以外，我還老喜歡把自己弄得風雅十足，一有環境就抓住不放，可以說，「家」使我的這個癖好發揮到了極致。下午坐在五樓的窗臺前敲字，桌上是一本李白的詩，抄錄了幾句，枕在桌上的玻璃倒映著大半張天空。明淨、空闊。偶爾幾只鴿子從玻璃上經過，眼睛頓時被晃動了一下，視覺儘管不適應，但心裏卻感覺極好。覺得外面的喧囂全部被釘在了樓下。無論如何，也攀緣不到我所在的這個高度。

沒有什麼東西是屬於自己的，沒有什麼環境可以一直的待下去。許多熱鬧的門庭後來都冷落了，許多美好的春天都被時間埋葬了，許多有緣的人走著走著就消失了，許多美好的感覺像煙霧一樣漸漸地就消散了。但有時我卻很愛惜當前的美好。譬如對於一所屋子，想著我能夠在這個空間裏生活，每一個細小的物件聚擁在這裏，讓我溫暖、沉醉。內心也因此而甸實萬分。

有時候，感覺世界就裝在一個小的玻璃杯裏，你雙手緊抱它，感受著它的溫度，暖流就會順勢彌漫周身——內心從來都沒有過這麼安妥。我家樓頂種植了一些植物，傍晚天色混沌起來，我在窗臺前寫字，從對面窗戶上看到我爸穿著襯衫在樓頂侍弄花草。今年的葡萄因為傷了根器，果實明顯沒有去年的多。當想起這些，我突然覺得我的生命從來都不蒼白。孤獨的日子從來都未曾有過，因為我懷裏有一個小巧而精緻的家，裏面有構成家的所有的元素存在。

我們要想從事物中獲取滿足感，首先必須打心裏熱愛這些事物。有些東西，看似擁有了，但你始終沒有從中獲取到滿足。原因是，它在你懷裏完全是冷的。熱愛的前提必須用心感知。感知了，才有可能注入感情，感情能夠使一件本不屬於你的事物歸屬於你。在這一方面，嗅覺曾經幫過我的忙，讓我有能力與各種感興趣的事物貼近，使我與它們的距離變成一個大大的零。

雲想衣裳花想容

人與自然的巧妙結合很大一部分要歸功於衣裳，比如說青山綠水是要好衣服來襯；就像下酒要有好菜，賞花要有美人，發呆要有好風好水。我穿衣足夠隨便，隨便到讓你覺得上下完全是兩種風格。但是另一方面你又覺得我對衣服的挑剔非一般人能比，說老實話，我在意的不是衣服本身，而是一件衣服到手的過程。我不大喜歡跑到商店裏去穿衣照鏡，因為那樣的話，我總覺得衣服是在挑我，而非我在挑選衣服，一旦我被衣服選中，那麼也就意味著——總有一天，我會被它給拋棄。一件從商店買回的衣服就像一個無端突然闖入你生活裏的朋友，指不准哪天它會背叛你，讓你難堪到死。譬如我的一個朋友就被商店買回來的衣服給背叛了一次。他平常西裝革履，一本正經，頭銜是某某公司總裁，但是衣服才不顧你是什麼頭銜，當然也不看你平時有多麼正經。那天在化文書舍門口搬一個花盆。他下蹲稍微用力，褲襠就被撕開了一道口子，大家掩口葫蘆，他自己也哭笑不得。當然這樣的事情不可能在我身上發生。因為我在穿衣上足夠的傳統。傳統到對於衣服的添置不是買而是做。既要跑布店，又要找裁縫。我爸以前搞過很多年的服裝，偶爾他也為我親自操刀，這樣的衣服穿出來自然貨真價實，絕不可能讓衣服背叛。

布店是個足夠銷魂的地方。首先在布店你能夠聞到布匹的香味。棉的、綢的、麻紗的，像從水裏打撈上來的魚，新鮮到活蹦亂跳。大卷的布料很安靜的垂在那，讓你覺得時間也垂在那，安靜的，沒有聲音，細小的灰塵在上面飛舞，除此以外，不容其他事物打攪。有許多印了花的布更是精美的不行，有些女人覺得那些圖案裁剪開來太可惜了，隨便裹在身上也很好，我以前常去紙店買整刀的毛邊紙與宣紙回來，樣子有點像周作人買墨。買來之後並不在於用，僅僅是看一看，玩一玩罷了。有許多東西——它們的價值並不在於用，而在於別的諸多無用的方面，譬如家裏藏兩卷布，讓人看上去總是有點富餘，因為看上去富餘，所以這裏面自然有一種閑閑的味道，現在看來，所謂的閑情便是去搗鼓一些可有可無的東西。興趣在別人看來無意義，自己卻認為有意義的事物上。譬如把整卷的布料抱回家，撫玩上面的圖案，聞聞布的香，僅此而已。

然而現在卻很難看到大家有這樣的閒心情了，去布店剪一塊布回來，定做衣服的人已經很少。原因是大家是覺得如此不大划算。布錢、加上工錢還有整塊的時間，算盤一打，就會發現還是店裏買現成的衣服相對實惠。當然最主要的是這些年來人們觀念的轉變，在商店買個衣服，既時尚，又熱鬧。大家追求的，似乎並非衣服本身，而是一種生活的方式。現在大家十分注重個性，但卻從來沒有找到自己真正的個性，所謂的個性，都是別人強加給人的。他們注重衣服的款式，但這個款式完全是缺乏自己的創造力與想像力的東西。他們嫌棄裁縫店，說它不大能夠把衣服做出那種時尚的效果來。但事實上，他們卻不曾想到，在裁縫店裏，你可以親手把自己的某些個性捏制出來，而一旦陷入那些豪華的商鋪，身體便很無辜地淪為了某些「個性」的模特。

釀文學129　PG0831

生活在江西
——天時、地理、博物

作　　者　朱　強
責任編輯　林千惠
圖文排版　張慧雯
封面設計　陳佩蓉

出版策劃　釀出版
製作發行　秀威資訊科技股份有限公司
114 台北市內湖區瑞光路76巷65號1樓
電話：+886-2-2796-3638　傳真：+886-2-2796-1377
服務信箱：service@showwe.com.tw
http://www.showwe.com.tw
郵政劃撥　19563868　戶名：秀威資訊科技股份有限公司
展售門市　國家書店【松江門市】
104 台北市中山區松江路209號1樓
電話：+886-2-2518-0207　傳真：+886-2-2518-0778
網路訂購　秀威網路書店：http://www.bodbooks.com.tw
國家網路書店：http://www.govbooks.com.tw
法律顧問　毛國樑　律師
總 經 銷　創智文化有限公司
236 新北市土城區忠承路89號6樓
電話：+886-2-2268-3489　傳真：+886-2-2269-6560
博訊書網：http://www.booknews.com.tw

出版日期　2013年02月　BOD一版
定　　價　350元

國家圖書館出版品預行編目

生活在江西：天時、地理、博物 / 朱強著. -- 一版.
-- 臺北市：釀出版, 2013.02
面； 公分
ISBN 978-986-5976-76-7 (平裝)

855 101019025

讀者回函卡

感謝您購買本書，為提升服務品質，請填妥以下資料，將讀者回函卡直接寄回或傳真本公司，收到您的寶貴意見後，我們會收藏記錄及檢討，謝謝！如您需要了解本公司最新出版書目、購書優惠或企劃活動，歡迎您上網查詢或下載相關資料：http:// www.showwe.com.tw

您購買的書名：________________________

出生日期：________年________月________日

學歷：□高中（含）以下　□大專　□研究所（含）以上

職業：□製造業　□金融業　□資訊業　□軍警　□傳播業　□自由業

□服務業　□公務員　□教職　□學生　□家管　□其它____

購書地點：□網路書店　□實體書店　□書展　□郵購　□贈閱　□其他

您從何得知本書的消息？

□網路書店　□實體書店　□網路搜尋　□電子報　□書訊　□雜誌

□傳播媒體　□親友推薦　□網站推薦　□部落格　□其他________

您對本書的評價：（請填代號　1.非常滿意　2.滿意　3.尚可　4.再改進）

封面設計____　版面編排____　內容____　文／譯筆____　價格____

讀完書後您覺得：

□很有收穫　□有收穫　□收穫不多　□沒收穫

對我們的建議：________________________

____

____

____

請貼
郵票

11466
台北市內湖區瑞光路 76 巷 65 號 1 樓
秀威資訊科技股份有限公司 收
BOD 數位出版事業部

（請沿線對折寄回，謝謝！）

姓　　名：＿＿＿＿＿＿＿＿ 年齡：＿＿＿＿ 性別：□女　□男

郵遞區號：□□□□□

地　　址：＿＿＿＿＿＿＿＿＿＿＿＿＿＿＿＿

聯絡電話：(日) ＿＿＿＿＿＿＿＿ (夜) ＿＿＿＿＿＿＿＿

E-mail：＿＿＿＿＿＿＿＿＿＿＿＿＿＿＿＿